謎解き『嵐が丘』

廣野由美子

The Anatomy of Wuthering Heights

Yumiko Hirono

松籟社

目次

謎解き「嵐が丘」

第1章

序説

――『嵐が丘』の謎はどこから生じてくるのか――

◆エミリ・ブロンテの謎

『嵐が丘』(*Wuthering Heights*, 1847) は謎に満ちた小説である。それは作者エミリ・ブロンテ (Emily Brontë) 自身が謎に包まれた人物であることと切り離せない。エミリは一八一八年七月三〇日、ヨークシャー地方の片田舎の貧しい牧師の家に生まれた。彼女はわずかな期間をのぞくと生涯ほとんど故郷ハワース (Haworth) から離れることなく、荒野に囲まれた自然のなかで社会から隔絶され、短い人生を送った。何度か寄宿学校の生徒や教師になるという目的でハワースを離れたことがあったが、エミリはそのつど激しい郷愁に駆られてほどなく故郷に戻ったという[1]。父パトリック・ブロンテ (Patric Brontë, 1777-1861) は、アイルランドの貧農から身を起こしイギリス国教会の牧師になった非凡な人物である。エミリは幼くして母マライア (Maria Brontë, née Branwell, 1783-1821) と死別したのち、父と伯母エリザベス・ブランウェル (Elizabeth Branwell, 1776-1842) に育てられ、才能の傑出した姉妹や兄とともに独自の想像の世界を創り上げていった。その家庭環境には並はずれた要素がそろっていて、ブロンテ家全体が私たちを引きつけてやまない怪しい魅力を秘めているようである。

しかし、ともに偉大な小説家として名を連ねる姉シャーロット (Charlotte Brontë, 1816-55) や妹アン (Anne Brontë, 1820-49) と比べても、エミリはとりわけ謎の多い人物である。エミリは生涯独身を通し、恋人や友人がいたという明確な証拠も残っていない。彼女は生涯にただ一冊の小説『嵐が丘』を書くことによって、文学史上不朽の名を残した。そのほかに、姉妹たちとともに一八四六年に出版した詩集一冊と、彼女の死後編集された詩集（一八五〇年、シャーロットは『嵐が丘、アグネス・グレイ』の第二版を出版し、これにエミリの詩一七編を収録した）がある。しかし、それ以外にエミリが書いたもので残されているのは、三通の短い手紙（Berg, p.3）と日記の残片[2]、ブリュッセルで練習用に書いたフランス語のエッセイ（Gérin, pp.267-74 収録）くらいしかない。彼女の人生に関する情報は、ほとんどが姉シャーロットの言に基くもので、その出所はシャーロットが友人に宛てて書いた手紙やエミリの死後作品に付した序文、それらをもとにギャスケル夫人（Elizabeth Gaskell, 1810-65）が『シャーロット・ブロンテ伝』（*The Life of Charlotte Brontë*, 1857）で書いていることなどに限られる。ことにギャスケル夫人の伝記で断片的に描かれるエミリの姿は、たとえば、飼っていたブルドッグが言うことをきかなかったとき、犬の目が腫れ上がるまで拳骨で殴りつけて懲らしめ、あとで湿布をしてやったという有名なエピソードにも見られるように（Gaskell, pp.268-69）、彼女の奇人としての側面が強調されている。エミリの内面生活を辿るための手掛かりとなる資料は、著しく不足していると言わねばならない。

エミリは、シャーロットやアンをはじめ多くの小説家たちがやっているように、自作品に序文を付けて作家としての考えを直接表明するようなこともしていない。早くから自分の作品を出版社や著名人に送り旺盛な文学的野心を示していたシャーロットとは対照的に、エミリは他人に自分の作品を見られることを極度に嫌った。彼女はシャーロットの熱心な勧めに従って、エリス・ベル（Ellis Belle）という匿名を用いるという条件付きで、しぶしぶ詩集と『嵐が丘』を出版した。世間では、エリス・ベルとは実は『ジェイン・エア』（*Jane Eyre*, 1847）の作者カラー・ベル（Currer

Bell)——すなわちシャーロット・ブロンテ——と同一人物ではないかという憶測が出回るに至ったが、エミリは自分の正体を明かすことを最後まで拒み通した。

兄ブランウェル（Branwell Brontë, 1817-48）が堕落の果てに悲惨な死を遂げ、エミリはその葬式でひいた風邪がきっかけで肺病を患う。彼女は死の直前まで医者の診察を拒み、家事に従事しつつ淡々と日常生活を送ったという。この驚異的な精神力を目の当たりにしたシャーロットは、のちに妹たちの死後出版した作品に付した伝記的注釈において、エミリが「男よりも強く、子供よりも純真で、比類ない存在」[3]であったと語っている。こうしてエミリ・ブロンテは『嵐が丘』出版の翌年一八四八年一二月一九日に、三〇歳の若さでこの世を去った。

◆『嵐が丘』の謎

このようにエミリ・ブロンテの人生もその文学も、それらを探るじゅうぶんな手掛かりを欠いたまま、ともに深い謎で覆われている。しかし、何といっても最大の謎は、『嵐が丘』という作品自体のなかに含まれていると言ってよい。自分の想像の世界を世間に晒すことを極度に嫌ったエミリにとって、『嵐が丘』の出版は、一種の「想像世界への裏切り行為」（Miller, *DG*, pp.161-62）であった。しかし、ヒリス・ミラーも言うように、この小説が実に捕らえがたい難解な作品であるため、エミリの想像世界の「秘密」は依然として保たれていると言えるであろう。

『嵐が丘』は、謎に満ちた小説であるゆえに読者を魅了してやまない。この小説は通常の恋愛小説とは著しく異なる。出版当初、『嵐が丘』はその独創性と力強さによって読者を驚嘆させつつも、[4]

当時としてはあまりにも常軌を逸した内容であったため、強い反発を招いた。この小説の荒々しさと混沌のなかに道徳的汚点を見出し誹謗する批評家も少なくなかった。[5] しかし、二〇世紀に入って以来、『嵐が丘』の評価は着実に高まってきた。現代では、この小説は群を抜いて広範な読者層を捕らえていて、数十カ国語に翻訳され、各国でも数多くの版が重ねられている。また、映画、劇、バレー、オペラ、テレビドラマ、続編・長編小説など、この作品の翻案が飽くことなく製作され続けている。[6] 日本においても、舞台を鎌倉時代に置き換えた吉田喜重監督映画『嵐が丘』（一九八八年、松田優作・田中裕子主演）や、戦後の軽井沢に置き換えた水村美苗の小説『本格小説』（二〇〇二年）[7] をはじめ、評判となった翻案作品がいくつかある。

このような通俗的人気に支えられる一方で、『嵐が丘』は批評の世界においても、たえず論争を引き起こし続けている。この作品の解釈をめぐる研究は無数で、しかもその内容は千差万別である。過去約一七〇年にわたって、『嵐が丘』についておびただしい数の著書や論文が書かれてきた背後で、文学全般の批評方法も大きく変容してきた。伝統的な印象主義批評や伝記的・歴史的批評方法から、ニュー・クリティシズム、ロシア・フォルマリスムなどの形式主義的批評、精神分析批評、神話的・原型的批評、読者反応批評、マルクス主義批評、フェミニズム批評、構造主義批評、ディコンストラクション批評、文化批評、ポストコロニアル批評、新歴史主義等に至るまで、さまざまな理論の展開があった。本書でも折々紹介してゆくように、『嵐が丘』批評は、これら諸々の批評方法の特徴をいびつなまでに反映しつつ、めまぐるしく変化してきている。『嵐が丘』の批評の流れを辿ることは、まさに文学批評理論の歴史を辿ることに等しいと言ってもよい。[8]

これほどさまざまな読み方が可能であることは、言い換えると、『嵐が丘』がいかに複雑で謎めいた作品であるかということの証左にほかならない。では、『嵐が丘』の「謎」はいったいどこから生じてくるのだろうか。まず、謎の根源となる具体的要因を、次にいくつか挙げてみたい。

◆物語の内容と構造

まず、物語の概略を述べることから始めよう。しかし、概略をいかに説明するかということすら、この小説の場合決して容易な問題ではない。ロシア・フォルマリスムから構造主義、物語論へと至る文学研究においては、「ストーリー」(story／仏 histoire／露 fabula) と「プロット」(plot／仏 discours／露 sjuzet) の概念は、厳密に区別される。ストーリーとは、出来事の起こった時間順に並べられた物語内容であり、プロットとは、物語の語られ方、つまり出来事を再編成したものをいう。『嵐が丘』においては、ストーリーとプロットの相違がきわめて大きいため、物語の内容と構造との間のずれから、さまざまな解釈が生まれてくるのである。

ではまず、『嵐が丘』の「ストーリー」を見てみよう。出来事を年代記的に記述した例として、フィリス・ベントリーの説明にそって物語を辿ってみる。

アーンショー夫妻とその子供ヒンドリー、キャサリン兄妹は、北ヨークシャー地方の荒野の旧家嵐が丘屋敷に住んでいる。そこから四マイル谷を下った所には、リントン夫妻とその子供エドガー、イザベラ兄妹が、大邸宅スラッシュクロス屋敷《グレインジ》に住んでいた。アーンショー氏はリヴァプールへ所用の旅に出かけた途中、身元不明の浮浪児を拾って家へ連れ帰る。彼はこの少年を扶養すると主張し、アーンショーの姓を名乗らせぬまま、死んだ息子の名に因んでヒースクリフと名づける。嵐が丘屋敷の女中でのちに家政婦となるネリー・ディーンによれば、ヒースクリフの一代記とは、いわば他の巣を横取りするカッコウ鳥の物語である。彼は当初からアーンショー家に悪感情を育んだ。ヒンドリーはヒースクリフを憎み、この侵入者を可愛がる父を恨む。キャサリンはヒースクリフを愛し、兄を嫌うようになる。アーンショー氏の死後、若主人になったヒンドリーは、ヒースクリフを下男の身分に落とす。キャサリンはこれに反感を覚えつつも、兄の陰謀に逆らわず温厚なエドガー・リントンと結婚を約束し、ヒースクリフは姿を消す。三年後にヒースクリフは、金持ちの紳士になって戻って来る。キャサリンはヒースクリフへの愛と夫への忠誠との間で引き裂かれ、娘キャサリンを産んで死ぬ。ヒースクリフはリントン、アーンショー両家への復讐に着手する。彼はヒンドリーを酒と賭博に浸らせ、嵐が丘屋敷を巻き上げて、彼の息子ヘアトンを使用人の身分に落とす。ヒースクリフはイザベラと駆け落ちし、生まれた息子リントンがエドガーの遺産相続人になる。虚弱なリントンは、父の指図のままにキャサリンの同情を買い嵐が丘屋敷におびき寄せ、彼女と結婚する。娘が罠にはまっているさなか、エドガーは遺言状を書き換えることもできぬまま死ぬ。エドガーに続いてリントンが死に、ヒースクリフはリントン、アーンショー両家の全財産を手中に収める。こうして彼の復讐計画は遂げられるが、ヘアトンとキャサリンが愛し合い、幸福と救いを見出したため、両家のすべての人間を不幸に陥れるという彼の願望は挫かれる。それまで亡きキャサリンの微かな幻影に長らく取りつかれていたヒースクリフは、ついにその幻影を見るに至って歓喜しつつ死ぬ。(Bentley, *The Brontës*, pp.91-92)

以上のストーリーは、物語を誰がいつどのように語っているかという点を排除して、出来事を時間順に並べ換えたものである。語り手ネリーの名には一度触れられるが、この作品のもうひとりの語り手ロックウッドの存在や役割はまったく省略されている。それゆえ、「語り」との関係を絶ち切られた物語内容は、遠い過去に終結したいわゆる「ヒストリー」としての性質を帯びる。物語の中心はヒースクリフに置かれ、結局これは、「カッコウ鳥の物語」がいかに展開したかを辿る話であると要約できる。つまり、「ストーリー」として見るならば、この小説は、二軒の家を乗っ取った男ヒースクリフの一代記であると「解釈」することができるだろう。

しかし、物語の「プロット」は、ストーリーの流れを組み換え縦横に分断しながら、そのような解釈を突き崩してゆく。この作品の「プロット」は、まず「ストーリー」の発端から三〇年たったのち、語り手ロックウッドが登場するところから始まるのである。ロンドンから隠遁の地を求めてやって来た青年ロックウッドは、スラッシュクロス屋敷を借り、家主ヒースクリフに会うため嵐が丘屋敷を訪れる。そこで彼は、家主と無愛想な美人、無骨な若者との奇妙な人間関係を目の当たりにする。ロックウッドは嵐が丘屋敷に泊まることになり、寝室で「キャサリン」と署名された本の書き込みを読む。そこには、父の死後、兄ヒンドリーが自分とヒースクリフを迫害するという内容が綴られている。これを読んだあと、ロックウッドはキャサリンと名乗る亡霊の夢を見てうなされ、ヒースクリフに異常な衝撃を与える。翌日ロックウッドはスラッシュクロス屋敷に帰り、家政婦ネリーに嵐が丘屋敷の住人たちにまつわる話を聞く。かくしてネリーは、アーンショー家の使用人であったころを振り返り、昔に遡って一族の物語を語るのである。しかし、物語は時々中断され、ヒースクリフが嵐が丘屋敷から失踪したというところに来て、いったん閉じられる。その後ロックウッドは数週間病気で寝込むが、退屈しのぎに再びネリーの物語の続きを聞くことにする。物語はヒースクリフの再登場から始まって、キャサリン二世（以下、キャサリン母娘について区別する必要がある場合は、一代目を「キャサリン一世」、二代目を「キャサリン二世」と表記する）が未亡人になり、嵐が丘屋敷でヒースクリフとヘアトンとともにいがみ合いながら暮らしているという現時点に至って終わる。ロックウッドはキャサリン二世に会って心引かれつつ、ロンドンへ帰って行く。数か月後、ロックウッドが再び嵐が丘屋敷を訪れてみると、ヒースクリフはすでに亡く、状況がすっかり変化している。彼はネリーから物語の続きを聞き終えて、再び去って行く。

以上がプロットの骨組みである。大筋としては、物語がほぼ終わりに達した段階から始まり、過去に遡って語るという配列方法が取られている。これは〈推理小説〉のプロットの形態に似ている。推理小説では、最初に死体が発見されるところから始まり、過去に遡って死体の発見に及ぶまでの経緯が述べられるというパターンが取られる。同様に『嵐が丘』でも、嵐が丘屋敷の住人たちの荒廃した人間関係——ヒリス・ミラーの表現を借りるなら、「死せる生活共同体という死体」(Miller, *DG*, p.178)——の提示から始まって、過去に遡り現在に及ぶまでの事態が説明されるのである。したがって『嵐が丘』は、すべての出来事が何から生じてきたのか、その源泉を探り当てる物語[9]であるとも言えよう。つまり、プロット自体が謎解きの形態を象《かたど》っているのである。

またこの作品のプロットは、物語のヒストリー、すなわち「歴史性」を解体する役割も果たしている。語り手ロックウッドを媒介にして設定された「現在」という基準点と、物語中の人物や出来事との関係が、随所に挿入されるため、物語と現在との連続性、共時性が強化されるからである。その結果、物語の中心がどこに置かれているかが曖昧になってくる。「カッコウ鳥の物語」は、この小説の多様な側面のうちのひとつにすぎない。確かに、物語の中心人物がヒースクリフであるという見方は、作品発表当初より根強かったが、フェミニズム批評の影響も加わって一九七〇年代ころから、物語の中心をキャサリン一世に置く見方も現われ始める（Stoneman, "Introduction," p.xx）。ロックウッドが最初に突入した物語の断片がキャサリン一世の「日記」であり、彼の夢のなかに現われた彼女の亡霊が物語を起動させる発端になっていること、またある意味では、彼女の人生は同名の娘の人生へと引き継がれてゆくと考えられることから、キャサリン一世こそ物語の中心であるとも考えられるであろう。

あるいは、この物語が「事件の渦中から（*in medius res*）」始まっていると見るならば、その発端はロックウッドが第二世代の若者たちキャサリン、ヘアトンらのもつれた人間関係に巻き込まれたことにあり、最後は二人の若者たちの関係が解きほぐされるところで物語が閉じられている。したがって、物語の中心を第二世代に移し換えて見ることも可能であろう。語り手ロックウッドは、キャサリン二世と自分とのロマンスの可能性をほのめかし、彼女を女主人公に仕立てようと目論んでいるようにも見える。テレンス・ドーソンは「父からの解放の戦い」（一九八九）と題する論文において、『嵐が丘』はキャサリン二世を中心とする教養小説で、第一世代の物語はすべて彼女の経験の前触れとして描かれたものであると主張している（Dawson, pp.289-304）。この小説の冒頭部分に、ロックウッドが初めて嵐が丘屋敷を訪れたとき、扉の上に「一五〇〇年ヘアトン・アーンショー」（I・第一章）という文字が刻まれているのを見る箇所がある。物語の中心を人物よりもむしろ「屋敷」に置くならば、これは初代ヘアトンが立ち上げたアーンショー家が、いかに滅亡の一途を辿り、最後に末裔ヘアトンの代で回復されるに至ったかを描いた物語であるという見方もできる。マルクス主義批評家テリー・イーグルトンによれば、自作農（yeoman）の一族の末裔ヘアトンが資本家地主階級（agrarian capitalist）リントン家の仲間入りをするに至る過程を描いた作品として読めば、ヒースクリフの生涯は「破壊的ではあるが短命の幕間劇」（Eagleton, *MP*, pp.113-14）にすぎないことになる。

物語の傍観者である語り手ロックウッドやネリーたちもまた、決して没我的存在ではなく、自分たちがひとつの中心であることを主張している。ロックウッドはその軽薄な俗物的視点を通して、ネリーはその鈍感な常識人の目を通して、それぞれ物語を自己流に染め上げている（廣野『一人称小説とは何か』、三一‐四三頁）。イザベル・メインは、ロックウッドが一九世紀の典型的な読者像を映し出した人物であるとして、彼の存在の重要性を主張する（Mayne, pp.207-13）。またジェイムズ・ハフリーは、ネリーの言動のうちに物語をこじらせる悪意を読み取り、彼女こそこの作品中の最大の「悪者」であるという説を打ち出している（Hafley, pp.199-215）。

このように『嵐が丘』では、ストーリーがダイナミックに再編成されて「プロット」に仕立て上げられることによって、さまざまな物語解釈が生み出される。つまり、物語の「構造」の奇抜さが、物語内容を複雑にし、「謎」を仕掛ける土台になっているのである。

◆限定的な語りの視点

この作品で用いられている「語りの形式」も、謎を生み出す大きな要因のひとつである。小説『嵐が丘』は、物語に登場する二人の語り手ロックウッドとネリーによって、一人称で語られている。ウィリアム・ワイラー監督映画（一九三九年。ローレンス・オリヴィエ、マール・オベロン主演）では、ネリーは登場するがロックウッドは現われない。またピーター・コズミンスキー監督映画（一九九一年。レイフ・ファインズ、ジュリエット・ビノシュ主演）では、作者エミリ・ブロンテ自身が物語を語る。しかし、小説『嵐が丘』における二人の語り手の存在はきわめて重要であり、この点において映画作品が描いている世界は原作とまったく異質なものであると言わねばならない。

伝統的な三人称小説では、物語世界の外に位置する「全知の視点（omniscient point of view）」から語られ、ときには広々とした視野が示され、またときには語り手の声を通して作者自身の声が聞き取れることも珍しくない。しかし、二〇世紀女性作家ヴァージニア・ウルフ（Virginia Woolf, 1882-1941）も述べるように、『嵐が丘』には作者である「私」がまったく存在しない（Woolf, p.202）。この小説では、終始一人称の語り手たちの「声（voice）」を通して、きわめて限られた「視野（perspective）」しか提示されないのである。

作品の冒頭と結び、その間の所々で、語りは［図1］のように二重構造となっている。ロックウッドの手記という枠組みのなかで、A・B・C……等の人物が登場し、ロックウッドの目を通して

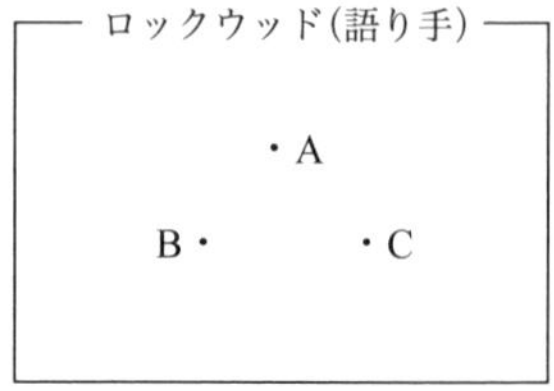

［図 1］一重構造の語り

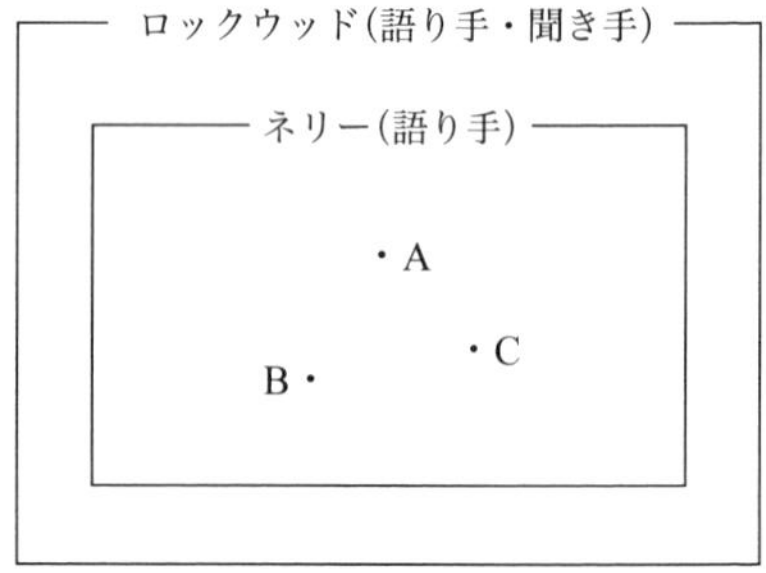

［図 2］二重構造の語り

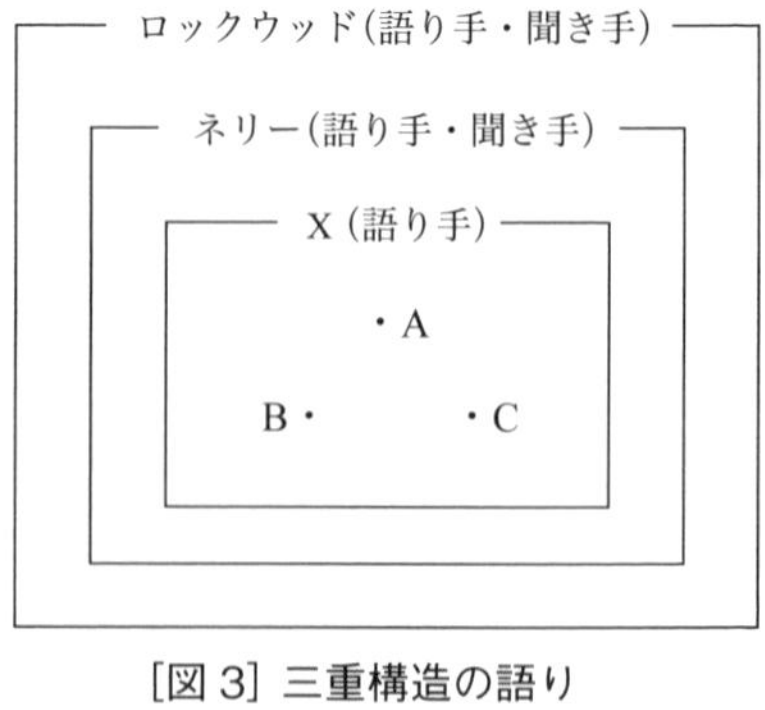

［図 3］三重構造の語り

描かれるのである。そして、作品の中心となる物語は、ネリーがロックウッドに語り聞かせるという形で示される。つまり、［図2］のように、ロックウッドが聞き手役を演じる外枠と、ネリーが語る内枠によって形成される二重の枠組み構造が、作品の基本形式となっているのである。二人の平凡な語り手たちの声は、常軌を逸した物語に信憑性を与えつつ（廣野『一人称小説とは何か』、四二-四三頁）、他方その二重のフィルターを通すことによって物語をいっそう曖昧なものにしている(Mathison, pp.216-34)。

ロックウッドとネリーは、ストーリーの中心人物ではなく傍観者であるため、彼らが伝える情報はかなり制限されている。ロックウッドは、ストーリーがほぼ終わりかけた段階で見聞したわずかな情報を別とすれば、ネリーから間接的に聞いたことしか知らない。ネリーも、ストーリーの中心人物たちとつねに同座しているわけではない。たとえば、ヒースクリフとキャサリンが初めてリントン家の屋敷を訪れたときの出来事は、ヒースクリフから聞いた話によって、ヒースクリフとイザベラの駆け落ち後の状況は、イザベラからの手紙によって、ネリーの知るところになるのである。このような箇所では、ネリーの語りのなかにさらに別の語り手（X）による話が挿入され、［図3］のように三重構造が形成されていると見ることができる。

このように人伝《ひとづて》に聞く機会がない場合、ネリーの知識の領域外にあることは、語りの内容から省かれることになる。たとえば、ネリーは「ヒースクリフがどこで生まれ、誰の子供で、最初にどうやって金儲けしたか」（I・第四章）を知らないと言う。彼女が知らないことは、ほかにもたくさんあったであろう。アーンショー氏がリヴァプールへ行った目的は何であったか、ヒンドリーがどこの大学へ行きどのような生活をしていたか、イザベラが夫ヒースクリフのもとから逃れたのちロンドンでいかなる暮らしをしていたか等々、ネリーの物語から省かれている部分は多い。

このような語りの空白部分が生み出す謎めいた雰囲気は、読者の憶測をいやおうなく刺激する。受容理論を提唱するヴォルフガング・イーザーによれば、テクストのなかの「空白（gap）」は、作品の欠陥ではなく、むしろ読者とテクストの間に活発な相互作用を引き起こす重要な美的要素とされる。『嵐が丘』では、限定的な一人称の視点が用いられることによって、制限の少ない視点で描かれるよりもいっそう自然な形で、多くの空白部分が設けられているのである。

とりわけ中心人物ヒースクリフの出自や変身に関わる重大な情報さえ欠落しているのだから、作品全体が謎で包まれるのである。それゆえ、本書の第3章でも取り上げるように、ヒースクリフが何者であるかという問をめぐってさまざまな説が唱えられている。読者や批評家ばかりではなく、作中人物までがいろいろな説を述べる。たとえば、リントン氏はヒースクリフが「インド人の水夫の子か、アメリカ人かスペイン人の捨て子だろう」(I・第六章)と言い、ネリーはヒースクリフを励まそうとして、「あなたの父親は中国の皇帝、母親はインドの女王、両親ともにそれぞれ一週間の収入で嵐が丘とスラッシュクロスの両屋敷を買い上げることができるほどの金持ちで、あなたは悪い船乗りにさらわれてイギリスに連れて来られた」(I・第七章)と空想をでっち上げる。ロックウッドは、ヒースクリフが三年間の失踪時にアメリカの戦争で功を立てて金持ちになったのかと憶測をめぐらし、ネリーもヒースクリフの体格の変化から、彼が軍隊にいたのではないかと推測する(I・第一〇章)。このように作中人物による「謎解き」によって、物語はいっそう色濃い謎で包まれることになるのである。

しかもそれぞれの推測の根拠が、何らかの形でテクストのなかから見出されるのだ。アーンショー氏に拾われてきたとき、ヒースクリフが「誰にもわけのわからない言葉」(I・第四章)、すなわち外国語を話していたこと、その後も繰り返し述べられているように、彼の肌が黒いことなどは、彼が異民族であることを示唆している。また、ヒースクリフの失踪期間は、歴史上のアメリカの独立戦争の年代と重なり合う。[10] ネリーの荒唐無稽な空想のなかにさえ、ヒースクリフがのちに「嵐が丘とスラッシュクロスの両屋敷を買い上げる」という筋書きが含まれていて、彼があるいは高貴な生まれかもしれないという可能性を暗示している。このように、この作品は推定を決定的に裏付ける証拠を欠いたまま、謎解きの材料を無数に含んでいる。それによって、読者は「謎解き」への衝動をいっそう駆り立てられるのである。

◆語りの空白――省略法と黙説法

すでに見てきたとおり、『嵐が丘』では限定的な語りの視点が用いられることによって、物語の空白部分が多くなっている。しかし、「空白」はたんに語り手の知識不足という理由のみから生じている現象ではない。語り手が知っていながら「語らないこと」もある。ここから生じてくる空白部分について考えてみたい。

物語論者ジェラール・ジュネットは、物語の空白部分を生じさせる語りの方法として、「省略法(ellipse)」と「黙説法(paralipse)」を挙げている。ジュネットは、物語の時間の流れのなかである部分が飛び越えられる場合を「省略」とする。さらに彼は、省略された時間の持続が示される場合を「限定的省略法(déterminée)」、それが指示されない場合を「非限定的省略法(indéterminée)」というように区別している。ジュネットの用語を借りるならば、『嵐が丘』の語りにおいては、「限定的省略法」がしばしば用いられていることが指摘できる。たとえば、ヒースクリフがアーンショー家に連れられて来た直後の様子が描かれたのち、「そして二年もたたぬうちに、アーンショー夫人が亡くなると……」(I・第四章)というように、ネリーは「二年」という時の流れを示すことによって物語をはしょる。キャサリンとヒンドリーが死んだあと、ネリーは「この不幸な時期に続く一二年間は、私の一生のうちでいちばん幸せなときでした」（Ⅱ・第四章）と述べて、キャサリン二世が一三歳になるまでの成長過程を要約し、歳月を大幅に飛び越える。そのあとまた、彼女が「やがてキャシーお嬢様が一六歳になり……」（Ⅱ・第七章）と述べると、読者は三年間が省略されたことに気づくのである。このような省略は、概してネリーが重要でない出来事を省き語りを節約するために用いているように見える。他方、それによって物語の細部が隠されたという印象も免れない。次のネリーとロックウッドの会話は、このことを敢えて読者に想起させるために挿入されているようである。

「さて、三年間ほど話を飛ばすことにさせていただきましょう。その間にアーンショー夫人は……」

「いやいや、そんなふうに話をはしょってはだめだよ。こういう気分を味わったことがないかい。ひとりですわっているとき、目の前で敷物の上の親猫が子猫をなめているのを見ているうちに、つい夢中になってしまい、片耳をなめ忘れたのを見ただけでも本気で腹が立ってくるような感じってあるだろう」（Ⅰ・第七章）

この会話のあと、結局ネリーは三年間をはしょるのをやめて、翌年から話の続きを語る。仮にネリーが三年間を省略していたとすれば、ヘアトンの誕生、フランセスの死、妻を失ったヒンドリーの悲嘆と堕落への過程など、その間の出来事は物語から欠落していたことになる。もしそうなっていたならば、この部分は、先代アーンショー夫人の死やリントン夫妻の死、キャサリンとエドガーの結婚式など、他のごく簡単に切りつめられた箇所と同様、謎めいた雰囲気で覆われていたかもしれない。先の会話が読者の注意を喚起しているように、ネリーの語りの「省略」は、ロックウッドの表現を借りるならば、「猫のなめ忘れた片耳」のように、読者にとって気になる部分として浮かび上がるのである。

他方、「黙説法」とは、ある「一事実」を避けて迂回する語り方である。ジュネットは時間を飛び越える「省略法」とは区別して、語りが覆っているはずの時期に含まれているにもかかわらず、状況の構成要素のひとつが削除される場合を、「黙説法」として規定する。この例としては、たとえば、ネリーがロックウッドから「ディーン夫人」と呼ばれているにもかかわらず、彼女の結婚については物語中でいっさい触れられていないことが挙げられるだろう。ネリーの幼少期から中年期までをカバーする物語のなかで、これに関する事実がいっさい削除されていることは、いささか奇妙である。また、ネリーは自分の家族についてもほとんど触れていない。「私の母はヒンドリーの乳母でした」(I・第四章)という記述があり、ずっとあとに「私の母は八〇歳まで生きて、最後まで元気でした」(II・第八章)とキャサリン二世に語っている箇所があるが、それ以外には、アーンショー家の使用人であったはずのこの母親についての言及はまったくない。しかし、これらは特に不自然な欠陥と見なす必要はないだろう。事実を削除する可能性のある語り手として、ネリーのほかにもうひとりロックウッドという編集者がいることを想起すればよい。第II巻第一章冒頭でロックウッドは、「ネリーの話を言葉どおりに書くが、ほんの少し簡略化する」という編集方針を述べている。彼は最初に家政婦ネリーと話をしたときの印象として、「彼女は噂好きではなさそうだ。自分のことならしゃべりそうだが、それにはぼくのほうが関心が持てそうもない」（I・第四章）とも述べる。したがって、ネリーは「自分のこと」をもっと話そうとしたか、あるいは話したかもしれないが、それに関心のないロックウッドが、その部分を削除して編集したという推測が成り立つのである。このように、語り手ネリーが何者であるかに関する具体的情報は、テクストからかなり削除されていることがわかる。

　黙説法の例をもうひとつ作品から挙げると、ネリーは「ヒースクリフとは、幼児期に死んだアーンショー家の息子の名でした」（I・第四章）と語っているが、このヒースクリフ・アーンショーについていっさい触れられていないことである。ネリーは、彼について何も知らなかったゆえに、その存在を削除したのかもしれない。しかし、もしそれがヒンドリーよりあとに生まれた子であったとすれば、彼女はその死に遭遇していたかもしれないし、たとえそうでなくても、幼いころからアーンショー家の使用人であったネリーが、この子について何か聞き知っていた可能性は大いにある。それゆえ、ネリーは知っていながらその事実を避けて迂回したとも考えられる。確かにこの男児の死は、物語が覆う時間の領域外で起こった出来事であるため、語りから削除されても不自然ではない。しかし、主人公がその名に因んで名づけられている以上、ヒースクリフ・アーンショーは読者にとって抹消することのできない存在である。路頭で会った浮浪児を、死んだわが子と同名に名づけ――しかしアーンショー姓は与えず――異常なばかりの愛情を注いだアーンショー氏の心理には、何か不可思議なものがある。「幼児期に死んだアーンショー家の息子」が空白のなかに埋め込まれているゆえに、いっそう謎が深まるのである。

◆閉鎖的な世界

読者を謎解きへと誘う引力は、この作品の舞台の閉鎖性からも生じてくる。イギリス小説の伝統を代表する女性作家ジェイン・オースティン（Jane Austen, 1775-1817）は、小説を書くには「田舎の村の三、四軒の家庭」[11]があれば、材料としてじゅうぶんであると言って、ごく狭い世界を舞台に人間社会の基本的な図を描いて見せた。しかし、『嵐が丘』の舞台はさらに狭く、「片田舎の二軒の家」、すなわちアーンショー家の嵐が丘屋敷と、リントン家のスラッシュクロス屋敷に限られる。話にしばしば出てくる近くのギマトン村さえ、実際に描かれることはない。また、作品の背景にある自然の存在は大きいが、それが直接描写される場面は意外に少ない（Homans, p.91）。『嵐が丘』の多くの映画版で見られるようにヒースクリフとキャサリンが広大な荒野で遊んでいる場面は、小説では一度も描かれていないのである。まして、リヴァプールやロンドン、そしてヒースクリフの出奔先へと、地理的に遠い場所へ舞台が移動することはまったくない。これは、語り手ネリーの行動範囲がごく限られているという技法上の制約から自然に感じられるものの、他の人物による語りや手紙の挿入など、舞台を拡大するための手段がいっさい排除されていることも、また事実であると言わねばならない。

この狭い舞台に登場する人物の数も、ごく限られている。［図4］の家系図[12]に見るとおり、三代

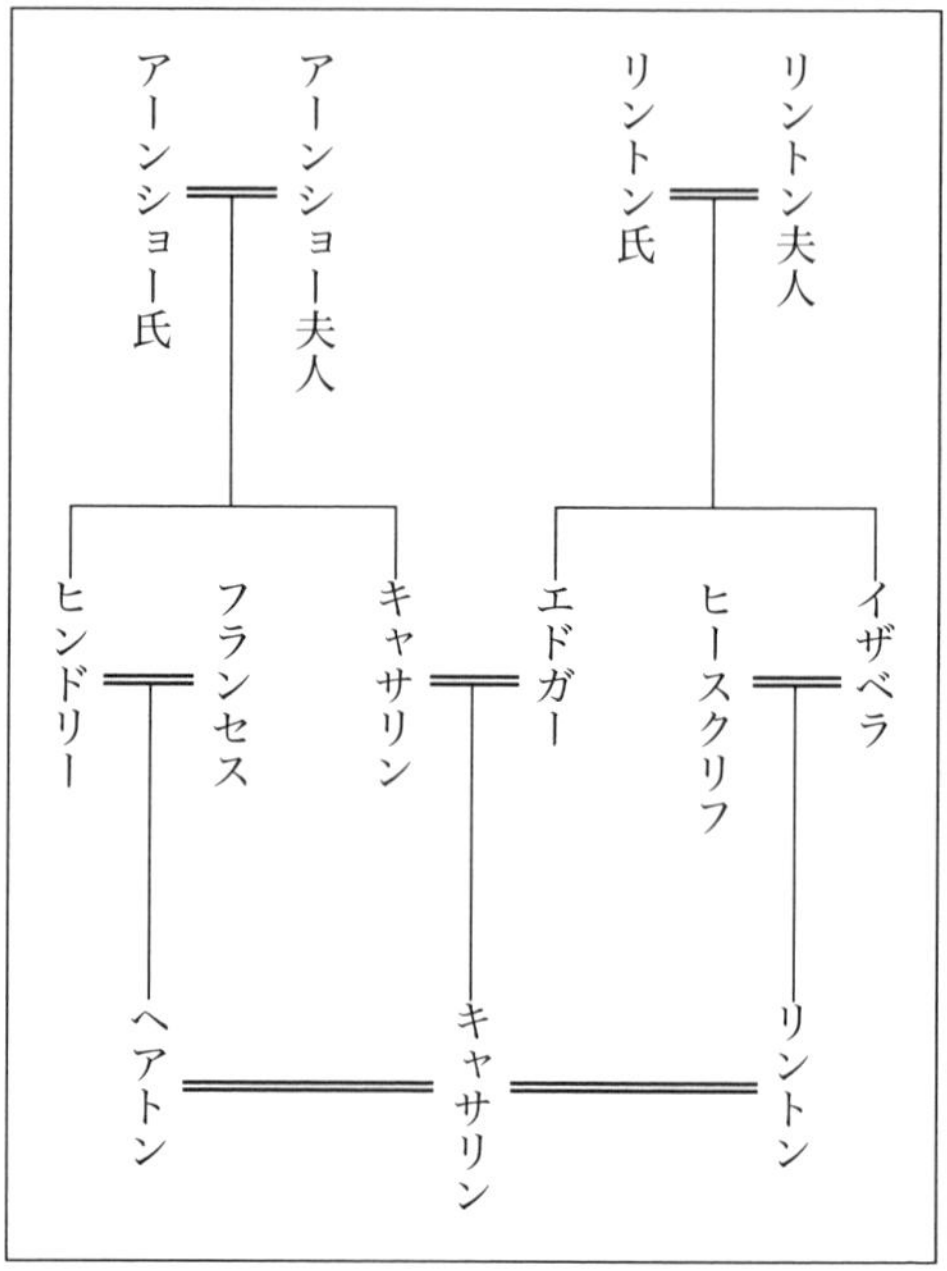

［図4］アーンショー／リントン家の家系図

にわたるアーンショー、リントン両家の家系図は、実に閉塞的に構成されている。この図に含まれる人物が、この物語の主要人物のほとんどすべてである。それ以外には、語り手ネリーとロックウッド、使用人ジョウゼフくらいしか登場しない。そのほか、ジラと二、三の使用人、医者ケネス、弁護士グリーン、副牧師など、ほとんど登場の機会のない数名の人物の名が出てくるに留まる。これは、人間社会としては実に閑散とした世界であると言わねばならない。たとえば、妻の死後堕落したヒンドリーのもとには、始終悪い仲間が集まっていたと語られているが、具体的な人間や場面そのものは描かれていない。またネリーは、「一五歳でキャサリンは、この辺りの地域では女王さまのような存在で、競争相手がいませんでした」（I・第八章）と述べているが、実際に村の若者たちがキャサリンをもてはやしているさまは描写されない。イギリスの伝統的な作家たちならば、人間社会や風俗を描くための、ここぞという筆の振るい場で、エミリ・ブロンテは場面を遮断してしまうのである。

したがって、『嵐が丘』の世界は、オースティンの小説をはじめ伝統的なイギリス小説が繰り返し描いてきた現世的な人間社会とは本質的に違うものであることがわかる。この作品の究極的な閉鎖性から生じてくるものは、社会から隔絶された独立した世界、いわば原型的要素のみから成り立つ世界とも言える。それゆえこの作品は、物語の構造的パターンや、人間経験の根源をなす「原型（archetype）」を探り当てる欲求へと、読者を駆り立ててやまない。たとえばデイヴィド・セシルは、この小説を「宇宙的構図を成す小世界（a microcosm of the universal scheme）」として捉えている。彼は『嵐が丘』が、「嵐（storm）」の原理と「凪（calm）」の原理の対立と調和のプロセスを描くことをテーマとした作品であると考えるのである（Cecil, pp.127-31）。また、この作品はしばしば「神話」として捉えられる。リチャード・チェイスは、『嵐が丘』が「未開と文明、悪魔と神、物質と精神、静と動」など宇宙の諸力間の分裂を描いた神話的作品であり、ヒースクリフは「運命や自然、神、悪魔」などに置き換えることの可能な象徴的役割を果たしているとする（Chase, pp.487-506）。サンドラ・ギルバートとスーザン・グーバーは、『嵐が丘』が、従来の男性中心文化における神話をフェミニズムの立場から修正し、小説という方法で作り上げた「神話」であり、それゆえ神話独特の「ミステリー」を含んでいると論じている（Gilbert & Guber, pp.248-308）。そのほかにも、この小説のなかに、「近親相姦」（McGuire, pp.217-24）や「幼児殺し」（Thompson, pp.271-80）などさまざまな原型的パターンを見出そうとする試みが数多く展開されている。

そして、この遮断された世界の内に漲《みなぎ》る強烈な緊迫感が、謎を生み出す基調になっていることも、付け加えておきたい。『嵐が丘』は、余分なものが極限まで切りつめられている点で、一種の密室的世界であるとも言えるだろう。

◆記号の過剰さ

以上に見てきたように、『嵐が丘』には、語りの視点や舞台の設定、人物の配置のうえで、著しい制限が加えられているという特色がある。他方、この作品のテクストは、読者を解釈へと誘う記号、暗号のようなもので満ち溢れている。謎を生じさせる素材と謎解きの手掛かりとが、ともにあり余るほどテクストに盛り込まれていることについては、すでに見てきたとおりであるが、ここでさらに記号の過剰さという特質に着目してみたい。

たとえば、この作品ではまず登場人物の名前が、わずかな種類の名前の順列組み合わせによって成り立ち、一種の暗号として機能している。二人の女主人公の名前がともにキャサリンであることは、何を意味するのか。一代目はキャサリン・アーンショーとして生まれ——キャサリン・ヒースクリフとなる可能性を含みつつ——結婚してキャサリン・リントンとなる。他方二代目は、キャサリン・リントンとして生まれ、一度目の結婚でキャサリン・ヒースクリフに、再婚によってキャサリン・アーンショーとなる。これらの名前にこめられた暗号への注意を喚起するかのように、第Ⅰ巻第三章にはまず、ロックウッドが嵐が丘屋敷の寝室で「キャサリン・アーンショー——キャサリン・ヒースクリフ——キャサリン・リントン」という落書きに遭遇する場面が挿入されている。ロックウッドはこの綴りをなぞるうちにうとうととし、「白い文字がぎらぎらと暗闇から妖怪のように鮮やかに浮かび上がり、あたりの空気がキャサリンで充満した」と語る。これは、このあとロックウッドの夢のなかに「キャサリン・リントン」と名乗る「妖怪」が現われることを予示しているばかりではない。それは、意識の朦朧とした状況をリアリスティックに表わす表面上の意味の背後で、「キャサリン（Catherines）」がこれから始まる物語を解読するための重要な暗号であることをほのめかす凄まじいばかりの表現であると言えよう。また、「ヒースクリフ」が名と姓の両方を兼ねていること、「リントン」が姓と洗礼名の両方に使用されていることなども、名前の順列を錯綜させる一因になっている。ヒースクリフとイザベラとの間に生まれた息子「リントン・ヒースクリフ」は、その名前が奇妙な組み合わせから成り立った記号であることを反映しているかのように、脆弱で変質的な存在である。第二世代のヘアトン・アーンショーもまた、独自の名前を有するわけではない。ロックウッドが嵐が丘屋敷で出会った使用人風情の無骨な若者から、「おれの名前はヘアトン・アーンショーだ。この名前に敬意を払えよ」（I・第二章）と挑まれたとき、読者は、ロックウッドがすでにこの屋敷の扉の上に刻まれた「一五〇〇年、ヘアトン・アーンショー」（I・第一章）という文字を目にしていたことを想起するのである。のちにキャサリン二世が、扉の上のこの文字を見て、「なぜそれがそこに彫ってあるのかを知りたい」（II・第七章）と述べる箇所があるが、これに対する説明はテクスト内では与えられていない。しかし、読者は一五〇〇年という年号から、それがおそらくアーンショー家の祖先の名であり、この下男風の男が作中で最も重要な家系の嫡流の存在であることを推測するのである。名前とは本来、個々の人物に恣意的に与えられた「記号」であることは確かだが、以上に見てきたとおり、この小説では、とりわけそれが解読を誘う「暗号」であることが強調されているように思われる。

そのほかにも、テクストに繰り返し現われイメージを喚起しつつ、表面的な意味以外の何かをほのめかしているような「記号」の類が、この作品には無数に含まれている。直接描かれることのほとんどない「荒野（moor）」が、この作品において重要な象徴的意味を持つことは疑いない。キャサリンが断食し錯乱状態に陥ったとき、自分の床を「ペニストン岩の下の洞窟」（Ⅰ・第一二章）と呼んでいること、娘のキャサリンが、スラッシュクロス屋敷から遠くの山を眺めて、頂上に険しくそそり立つ「黄金色のペニストン岩」（Ⅱ・第四章）に心引かれ続け、ついに父の禁を犯してそこを訪れ、ヘアトンに初めて出会うことは、何を意味しているのだろうか。荒野や一度も直接描かれることのないこの岩山が、どのような記号としての機能を帯びているかについては、本書の第8章、第10章で考察を試みる。

また、アーンショー氏の死、ヒースクリフの家出、ヒースクリフの死などの出来事が起こったり、ヒースクリフとキャサリンの幽霊が出ると噂されたりするときが、嵐や大雨の晩であるのは、何を意味しているのか。冒頭でロックウッドは、「ワザリング・ハイツ（嵐が丘）」の「ワザリング（wuthering）」とは、「この地方の方言の形容詞で、高地が嵐のさいに晒される大気の凄まじい騒乱状態を意味する」（Ⅰ・第一章）とわざわざ説明している。「嵐」が小説の表題の一部を成していることからも、それがたんなる「感傷的誤謬（pathetic fallacy）」[13]として用いられているのではなく、もっと本質的な意味を含んだ――セシルによれば「宇宙的」原理とも呼ぶべき――記号であることに、私たちは気づくのである。マーク・ショーラーは、この小説では、登場人物を描くさい「動物」のイメジャリーが、また人間の原始的感情と関連させて「風」、「雲」、「水」、「火」などのイメジャリーが、メタファー（metaphor）として多用されていることに着目し、これらが人間と世界との関係を示す記号であると考えた。[14]

また、この作品で「窓」が象徴的意味を持つことは、ドロシー・ファン・ジェントをはじめ多くの批評家たちが指摘している（Van Ghent, pp.153-70）。そのほか、ギマトン教会、墓、扉、鍵、箱寝室、書物、夢等々、解読を誘うさまざまな「記号」が作品から見出せる。本書の第5章では、特に空間的なイメジャリーにしぼって記号の解読を試みる。

ヒリス・ミラーは、ディコンストラクション批評の立場から『嵐が丘』を取り上げて、この小説を「過剰に豊かな」テクストと呼び、テクスト自体が明白な総合的説明を欠いたままさまざまな謎を提示するから、読者を「探偵」にしてしまうのだと説明している（Miller, *FR*, pp.43-52）。ミラーは、ロックウッドが箱寝室でキャサリンの名前の落書きを見る先述の場面、荒野を覆う雪に石の列が埋もれた情景（I・第三章）、荒野の斜面に三つの墓石が並んだ情景（II・第二〇章）を挙げて、これらの描写が文字どおりの表面的な意味を超えた何かを示す「記号（signs）」や「目印（clues）」として機能していて、作品全体を表わす「表象（emblem）」として捉えられると主張している（Miller, *FR*, pp.54-60）。これらはミラーも言うように、「ただ与えられているだけ」であって、最終的にいかに解釈するかという答えは、テクスト内部に見出すことができないのである。

またフランク・カーモードは、「古典」とは何かという観点から『嵐が丘』について論じ、同様にこの小説の「意味するもの（signifier）」の過剰さに着目している。カーモードは、「古典」とはひとりの解釈者、あるいは一世代の解釈者だけでは手に余るほどの意味を含んだ「複雑で不確定な」作品であると定義づけて、『嵐が丘』はまさにこのような属性を具えた作品であると指摘する(Kermode, pp.340-57)。彼もまた、重要な暗号の例として、寝室に刻まれた「キャサリン・アーンショー――キャサリン・ヒースクリフ――キャサリン・リントン」という文字に着目し、これをソフォクレス(Sophocles)の『オイディプス王』(*Oedipus Rex*, c.430-425 B.C.)におけるスフィンクスの問――「この三つの形で存在するのは何者か」という謎――と比べている。このように『嵐が丘』の謎は、この作品の古典的特質から自ずと生じているとも言えるであろう。

◆ジャンルの混在

ある作品がどのような「ジャンル(genre)」に分類されるかが明らかであれば、それは作品を解釈するさいの有力な手掛かりになる。ジャンルには、形式上のカテゴリーや内容上のカテゴリーなどさまざまな分類基準によって決定づけられたものがあり、またその分類のレベルやカテゴリーの規模も統一的ではない。しかし少なくとも、既成のジャンルを規定している基本概念に基づいて作品を読むことによって、解釈の可能性がより限定されてくることは確かであろう。通常の文学作品は、たいてい何らかの形で文学史や同時代の作品との影響関係を反映しているものである。したがって、他の文学との比較によって近似したジャンルを見出すことは、それほど困難でない場合が多い。

しかし、『嵐が丘』は決して単純な分類や位置づけを許さない作品である。イギリス小説の伝統について論じたＦ・Ｒ・リーヴィスも、『嵐が丘』を「ある種の突然変異」(F. R. Leavis, p.39) と呼んで、文学史上の位置づけを断念し、伝統の流れから除外している。しかし、『嵐が丘』を、いかなるジャンルとも絶縁した偶発的作品であるとするのは妥当ではない。これまで、この作品をどのジャンルに帰属させるべきかという問題に関して、さまざまな論争が展開されてきたことからも (Gilbert & Guber, p.258)、むしろそれは、ひとつの作品内にさまざまなジャンルを混在させた小説であると言ったほうが正確であろう。多様なジャンルの上にまたがっているという特色が、この作品の解読方法を多義化し、「謎」をいっそう深める要因になっているのである。[15]

まず、『嵐が丘』をロマン主義的な小説と見るべきか、あるいはリアリズム小説として位置づけるべきか、という大ざっぱな見方においてさえ、批評家たちの意見は大きく分かれる。全般的には、『嵐が丘』を非現実的なロマンチックな作品と見る前者の傾向が、従来より多勢であると言えよう。確かに、この小説にはロマン主義的雰囲気が濃厚に立ちこめている。ヒースクリフの素性が不明であること、彼のエキゾチックな外貌、異常に激しい性質などは、彼を典型的な**ロマンス**の主人公に仕立てていると言える。また、ヒースクリフとキャサリンの激しい愛に焦点を当てて、この小説をロマンスとして捉える傾向は根強い。古い例では、詩人スウィンバーン (Algernon Charles Swinburne, 1837-1909) が『嵐が丘』に描かれた激情に注目し、「自らの命をむさぼり食い、消すことのできない荒れ狂う火で現在をも未来をも焼き尽くしてしまうその愛は、本質的に炎や日光と同じくらい純粋なものである」(Swinburne, p.98) と賞賛している。また、ウォルター・ペイター (Walter Horatio Pater, 1839-94) は、ウォルター・スコット (Sir Walter Scott, 1771-1832) の作品に見られた「ロマン主義の精神」が、エミリ・ブロンテの『嵐が丘』において「真に独創的な実を結んだ」(Pater, p.99)と評価している。現在に至っても、たとえばいくつかの映画の脚色を見れば、この作品をロマン主義的に解釈する傾向がいかに優勢であるかがわかる。

また『嵐が丘』には、**ゴシック小説**の題材が数多くちりばめられている。ロックウッドの夢のなかにキャサリンの亡霊が現われ、彼がその化け物の手を破れたガラスに擦りつけて夜具を血で染める場面(I・第三章)、キャサリンの足に噛みついた犬が血の滴る舌を垂らす場面(I・第六章)、キャサリンの死を迎えたヒースクリフが木の幹に頭をぶつけて血しぶきをあげる場面(II・第二章)、ヒースクリフともみ合ってヒンドリーの手首の肉がナイフで切れる場面(II・第三章)、ヒースクリフの墓暴きのエピソード(II・第一五章)など、この小説は流血や怪奇的題材に事欠かない。ウォード夫人は、『嵐が丘』の扇情的要素に着目し、この作品がホフマン(E. T. A. Hoffmann, 1776-1822)の小説をはじめとするドイツのゴシック小説から大きな影響を受けたものであるとしている(Ward, pp.104-08)。S・M・コンガーも、作品の冒頭からゴシック風の城を彷彿とさせるような嵐が丘屋敷の荒廃し孤立した有様が描かれていることや、「憂鬱、欲望、恐怖」というゴシック小説特有の雰囲気が濃厚に漂っていることなどを指摘する。しかし、コンガーはただ『嵐が丘』を〈ゴシック小説〉のジャンルに分類するに留まらず、エミリ・ブロンテがゴシック小説に美的要素を与え、従来の固定的なプロット形式に自由な修正を加えたこと、さらにキャサリンという「新しい種類のゴシック・ヒロイン」を創造したことを評価している(Conger, pp.401-02)。

フランスのジャンル理論家ツヴェタン・トドロフによれば、**幻想文学**とは、物語中の出来事が超自然的なものか現実であるかが曖昧であるために、読者が感じる「ためらい（hesitation）」によって特徴づけられる文学ジャンルである（Todorov, pp.24-40）。たとえば、ヘンリー・ジェイムズ（Henry James, 1843-1916）の『ねじの回転』（*The Turn of the Screw*, 1898）では、屋敷に本当に幽霊が出たのか、あるいはそれがヒステリックな女家庭教師の幻覚にすぎないのかがテクストから判断できないということを、トドロフは一例として挙げる（Todorov, p.43）。『嵐が丘』において、ロックウッドがキャサリンの幽霊の夢を見るという現象自体は、あくまでもリアリズムの枠組み内で書かれている。他方、ヒースクリフはキャサリンの死後、彼女が幽霊になって現われることを待ち続け、「ぼくは幽霊の存在を固く信じている。幽霊がこの世に存在しうる、いや実際に存在していることを確信しているんだ」（II・第一五章）とネリーに語る。この一見理解しがたいヒースクリフの言動がいかに強固な執念に裏付けられているかを知るゆえに、読者の意識のなかで、「ロックウッドが幽霊の夢を見た」ことと「幽霊がロックウッドの夢に現われた」こととの区別が次第に曖昧になり、一種の「ためらい」を抹消できなくなることも確かである。それゆえ、『嵐が丘』は〈幻想文学〉の要素を含んでいると見ることも可能であろう。

『嵐が丘』のなかに**お伽噺**の原型を見出す説もある。エリオット・ゴーズは、『嵐が丘』がお伽噺よりもはるかに複雑な小説であるとしながらも、そこから明確なお伽噺のモチーフをいくつか拾い上げることによって、物語を読み解く。女主人公の父親がはじめに旅に出て、約束の土産とは違った「運試し」の贈り物を持ち帰るという物語のパターンに、ゴーズは『美女と野獣』（*Beauty and the Beast*）のモチーフを見出す。この「贈り物」ヒースクリフは、「野獣」すなわち「変装の王子」の役柄を担っている。つまり、醜い動物が女主人公の愛によって美しい王子に変身する『蛙の王子』（*The Frog Prince*）のパターンが、重ね合わされている。他方、キャサリンとヒースクリフが初めてスラッシュクロス屋敷の居間を覗き込む場面は、さながら「王子の宮殿」を描いたようであり、ここから女主人公がやがて王子と結婚し女王に変身するという『シンデレラ』のモチーフが見出される。キャサリンは、これらの相反するお伽噺パターンのうち、いずれの女主人公に自己を同一化させるのか――つまり獣が王子に変身するために献身するか、あるいは自らシンデレラのように王女に変身するのか――を決断しえなかったゆえに、自己分裂に至る。キャサリンが錯乱状態に陥り、鏡に映った自分の姿さえ見分けられなくなったとき、時計が「夜中の一二時」を打つ場面（I・第一二章）がある。それが、魔法が解けて王女がもとの姿に戻る時刻であることは言うまでもない。そして、美しい王子に変身し損ねたヒースクリフは、グリム童話の『ガラスの棺』（*The Glass Coffin*）の魔法使いが、愛する女性に拒絶されたことへの仕返しに、彼女の兄を雄鹿に変えたように、ヒンドリーとヘアトンを「非人間化すること（dehumanization）」によって復讐をはかろうとする。以上のように、ゴーズは『嵐が丘』のなかに潜むお伽噺の原型を見事に浮かび上がらせるのである（Gose, pp.59-71）。本書の第8章では、たんに子供向けのお伽噺としてではなく、より本質的な文学的要素として〈ファンタジー性〉という概念を捉え、『嵐が丘』を**ファンタジー**として読むことを試みる。

他方、『嵐が丘』をリアリズムの枠組みで捉え、この作品のリアリスティックな性質を、内容面や技法面から立証する試みも少なくない。たとえば、アーノルド・ケトルは、『嵐が丘』が一八四七年のイギリスのヨークシャー地方における資本主義社会を描いた作品で、その内容は、財産の所有、社会的安楽の魅力、結婚制度、教育の重要性、宗教の効力、貧富の関係といった具体的な題材であると主張する。それゆえケトルは、この小説をディケンズ（Charles Dickens, 1812-70）の『オリヴァー・ツイスト』（*Oliver Twist*, 1838）と同種の**社会小説**として位置づけるのである（Kettle, pp.139-55）。Q・D・リーヴィスも、『嵐が丘』が「脆弱で腐敗した上品な上流社会と、争いと暴力が慣例化した旧態依然たる辺境の農家の未開生活とのコントラスト」（Q. D. Leavis, pp.98-100）をテーマとした社会小説であると述べている。マギー・バーグは、『嵐が丘』がアン・ブロンテの『ワイルドフェル・ホールの住人』（*The Tenant of Wildfell Hall*, 1848）と同様、当時の社会問題であった「男性による女性の虐待」を描いた小説であると指摘する（Berg, p.6）。

ことに発表当時、『嵐が丘』は不道徳な作品として読者に戸惑いを与えたが、のちには**道徳小説**として見直す向きもあった。たとえばアーノルド・シャピロは、この小説は決して幻想世界の物語ではなく、伝統的なヴィクトリア朝小説と同様、社会的・道徳的問題を追求した作品であると主張する。『嵐が丘』は大部分が道徳的発展性のない子供じみた人物で構成されていて、第二世代のキャサリンとヘアトンの間に形成される「教える者と教えられる者」の関係において初めて「文明化」が達成されると、シャピロは解釈している（Shapiro, pp.284-95）。また先に紹介したドーソンの説のように、『嵐が丘』を**教養小説**として捉える考え方もある。

C・P・サンガーは、技法面から、『嵐が丘』が**リアリズム小説**の方法に則って書かれた作品であることを立証した。彼はこの小説が、時間体系、地形学、法律学、植物学などの諸観点において実に正確に構成された作品であることを検証し、「私の知るかぎり、世界文学のなかでこれだけの分析に耐えうる小説はほかにない」と断言する（Sanger, pp.71-82）。実際、技法という点に限定するなら、この小説が徹底したリアリズムで貫かれていることは、確証できると言ってよいだろう。サンガーの指摘した観点のほかにも、たとえば、人物の外観や気質、体質などに見られる遺伝学的リアリズム、[16]キャサリンやヒンドリーの狂気、ヒースクリフやキャサリンの幻視等に見られる病理学的リアリズム、ヴィクトリア朝の紳士ロックウッド像に見られる社会学的リアリズム、ジョウゼフの方言に見られる言語学的リアリズムなど、枚挙にいとまがない。キャサリンやイザベラの「食欲」に、産科学的リアリズムを見出すことすら可能である。[17]ロックウッドの夢に幽霊が現われる場面は、最もゴシック的色合いの濃い部分であるが、それにさえもじゅうぶんな物理的裏付けが与えられている。ロックウッドは濃い茶を飲んで消化不良を起こし、犬に嚙まれて出血し、風邪をひきかけて悪寒がしていたうえに、まどろむ直前までキャサリンの落書きや日記を見ていたのだから、このような悪夢を見たことは、いっこうにリアリズムとは拮抗しないのである。

そのほかにも、ロマン主義かリアリズムかという二分法では必ずしも分類できない文学ジャンルをいくつか挙げておこう。小説家E・M・フォースター（E. M. Forster, 1879-1970）は、『小説の諸相』（*Aspects of the Novel*, 1927）において**予言小説**という概念を導入し、「言葉で語られていることよりも、暗示されていることのほうがより重要な意味を持ち」、独特の「調子」を帯びた作品として定義づける。その数少ない例のひとつとして、フォースターは『嵐が丘』を挙げ、作品を満たす嵐や突風などの「音」こそ、この小説では言葉や思想にもまして重要な要素であると言う（Forster, pp.116-33)。

詩人エドウィン・ミュア（Edwin Muir, 1887-1959）は、『小説の構造』（*The Structure of the Novel*, 1928）においてプロットの形態によって小説を分類する。彼は、プロットが強烈な動きと緊密な因果関係を示す小説を**劇的小説**と名づけ、この顕著な特色を示す作品として、『嵐が丘』を例に挙げている。劇的小説では、空間が遮断され、終局へと向かう時間の進展が大きな要因を成す。ミュアは、キャサリンが登場する最初と最後の場面では、「キャサリンという人物のうえに、ほとんど物理的変化といってもよいほど時間の経過がはっきりと刻まれている」と述べて、『嵐が丘』において「時間」がいかに重大な意味を持つかを指摘している（Muir, pp.41-87）。

フランスの思想家・作家ジョルジュ・バタイユ（Georges Bataille, b1897-1962）は『文学と悪』（*La Littérature et le Mal*, 1967）において、文学と悪との本質的な関係について論じながら、「悪」を最も完璧な形で具象化した作品として、『嵐が丘』を取り上げる。バタイユは、この作品の主題とは、運命の定めによって自分の王国から追われながらも、それを取り戻そうとする欲望に駆られるままに、留まることなく悪徳の限りを尽くした人間の反抗であるとする（バタイユ、一七－四六頁）。ここでエミリ・ブロンテは、ボードレール（Charles-Pierre Baudelaire, 1821-67）、ミシュレ（Jules Michelet, 1798-1874）から、ブレイク（William Blake, 1757-1827）、サド（D. A. F. de Sade, 1740-1814）などへとつながる**悪の文学**の系譜上に位置づけられている。

西洋文学には、ホメロスに遡り古くから「姦通」というテーマがあるが、トニー・タナーはことに一八世紀後半から一九世紀の小説において、それが特に重要な意味を持つことを指摘する。『嵐が丘』は、姦通が辛うじて注意深く回避されてはいるが、そうした**姦通小説**のなかに含められる可能性があると、タナーは述べている（Tanner, p.12）。トマス・モーザーは、『嵐が丘』をフロイト的に解釈し、性的エネルギーを具現するヒースクリフが、人妻キャサリンを征服し、無能な夫エドガーに勝利する三角関係の物語であるとする。モーザーによれば、ヒースクリフとの再会によって「火のついた」キャサリンは、それから数日間内にエドガーの子を身籠もっているため、ヒースクリフはキャサリン二世の象徴的な父親であると言う（Moser, pp.1-19）。つまり、モーザーの解釈によれば、『嵐が丘』は象徴的な意味で姦通小説だということになるであろう。

『嵐が丘』を、一種の**自叙伝**とする見方もある。エミリの兄ブランウェルは、家庭教師としてロビンソン家に寄宿していたさい、ロビンソン夫人（Lydia Robinson）と恋愛関係になり、これが発覚して主人から追放され、その後ブロンテ家に帰って酒と阿片に浸る。このブランウェルの惨状を間近に見て影響を受けたエミリが、兄の悲劇をもとにしてヒースクリフの物語を書いたと主張する伝記批評家は多い（Reid, pp.87-89; Robinson, pp.89-93）。ノーマ・クランダルは、エミリはこれを題材として使いながら、実は自分とブランウェルの愛憎関係を、キャサリンとヒースクリフの関係に投影しているのだと主張している（Crandall, p.29, p.117）。

すでに指摘したように、プロットの形態という観点から見ると、この作品は**推理小説**にも似ている。つまり、素人探偵ロックウッドが、嵐が丘屋敷をめぐる謎を解くという形で展開する物語とも取れるのである。本書の「おわりに」でも取り上げるとおり、ジョン・サザーランドは、ヒースクリフがヒンドリーを殺害したという説を唱えている。仮にその説が正しいとするならば、この作品は**犯罪小説**に組み入れられることになるだろう。ほかにも、『嵐が丘』を**田園詩**の文学伝統の系譜上に位置づけようとする試みもある（Spencer, pp.46-53）。また、複数の世代にわたる家族の歴史を辿っている点で、『嵐が丘』を一種の**年代記小説**として捉えることもできるだろう。ゴシック小説やロマンスの内容を一部留めつつ、リアリズムの方法によってそれらをパロディ化しているさまがうかがわれる点では、**諷刺小説**として位置づけることもできるかもしれない。本書の第3章では、『嵐が丘』を**分身小説**として位置づけて議論を展開する。

先にも述べたとおり、ジャンルの分類基準は統一的でないため、『嵐が丘』に関わりのあるジャンルは、このほかにもさらに挙げることができるだろう。しかし以上に挙げた例からだけでも、この小説がいかに多様なジャンルの上にまたがった作品であるかが、じゅうぶん立証できたことと思う。ひとつの作品内にこのようにさまざまなジャンルを混在させていること自体、驚嘆に値するが、それと同時に、この特色が作品の解釈をいっそう重層的なものとし、謎を深めていると言えるだろう。

＊

以上、『嵐が丘』の謎の根源となる要因をいくつか挙げてきた。しかし、そもそも「謎」の本質は、原因不明の点にこそあるのだから、いかに項目を並べてみても、その根源を突き止めることはできない。そこで以下の本論では、『嵐が丘』のさまざまな謎のなかからことに重要なテーマをいくつか取り上げて、実際に謎解きを試みてゆきたい。確かにそれはとりとめのない無謀な試みであるにちがいない。はじめにも述べたとおり、『嵐が丘』の謎を解く試みはこれまでに無数にあり、その批評史をまとめることさえ、もはや困難をきわめる作業となりつつあるからである。また、『嵐が丘』の謎が容易には解きがたい性質のものであることは、以上の検討からもすでに推察できる。

しかし、『嵐が丘』という文学作品の本質に迫るには、やはりこの小説に含まれる謎のひとつひとつと対決してゆくしかない。謎を解くための証拠をテクストから拾い上げてゆくことによって、この作品の新たな地平が見えてくるであろう。本書の目的は、具体的な「謎」の側面から『嵐が丘』を精密に読み直し、このはかり知れない作品世界の性状の一端を提示することに尽きる。

第2章

「許されざる者」とは誰か

——『嵐が丘』の神学的解釈——

1　ロックウッドの夢

◆『嵐が丘』と聖書

『嵐が丘』は、ヴィクトリア朝時代におけるキリスト教の道徳規範にはとうてい収まりきらない作品である。作者エミリ・ブロンテが宗教に対していかなる考えを持っていたかは曖昧で、確かな手掛かりもない。聖職者の娘として牧師館に育ったとはいえ、エミリの置かれていた宗教的環境は、一般的なイギリス国教会教徒の家庭とは異質なものであった。父パトリック・ブロンテは、アイルランドのプロテスタントの家に生まれ、のちにジョン・ウェズリー（John Wesley, 1703-91）の創始したメソジスト主義（Methodism）の影響を受け、ケンブリッジ大学を卒業後、イギリス国教会の教区牧師補に任命され各地を転々とするうちに、福音主義（Evangelicalism）からも大きな影響を受けた。また、ブロンテ家の子供たちの養育に当たった伯母エリザベス・ブランウェルや女中タビー（Tabby）は、厳格なメソジスト派の信仰者であった。しかし、パトリックは基本的に、魂の問題についてはあらゆるドグマの束縛から解放され自由に探求すべきであるという考えの持ち主で、父のこの教育方針の影響を受けたブロンテ姉妹たちは、その作品においても、それぞれ独自の自由な立場から宗教的テーマを扱っている。とりわけ自由論者としてのエミリの態度は、一家のなかでも際立っていた。彼女は、キリスト教の教義に対して徹底した無関心な態度を示したばかりか、宗教についての自分の考えをつねに秘密にしていたと言われる（Thormählen *BR*, pp.1-23, pp.47-52; Miller,

DG, pp.181-82）。このようなエミリの姿勢は、批評家たちによって、しばしば反キリスト教的、あるいは異教的な思想に基づくものと見なされがちである（Pritchett, 71-76）。

しかし、それは決してエミリの作品が、宗教的要素の希薄なものだということを意味しない。本書の第10章では、『嵐が丘』における異教的要素について探るが、ここではまず、『嵐が丘』が、聖書を踏まえた内容や表現を全編に含み、聖書と切り離すことのできない作品であることを、強調しておきたい。ギルバートとグーバーも、ロックウッドが最初に嵐が丘屋敷を訪問する導入部分から、語りの声はすべて筋の動きと叙述をことさら宗教用語で描こうとしていると指摘している（Gilbert & Guber, p.253）。ことに第I巻第三章には、聖書的色彩の濃厚な箇所が見出される。嵐が丘屋敷に泊まったロックウッドが、箱寝室のなかで夢を見る場面である。まずこの箇所に着目し、聖書との関わりを検討してみたい。

ロックウッドはそこで二つの夢を見る。読者がより強烈なインパクトを与えられるのは、キャサリンの幽霊が現われる第二の夢であろう。この夢が物語の重要な導入部を成すものであることは明らかである。しかし、ロックウッドはその前にもうひとつ奇妙な夢を見ている。この宗教色の強い難解な夢が何を意味するのか、何のために作品に挿入されているのかという点については、ときとして見落とされがちである。しかし、実はこの第一の夢にこそ、『嵐が丘』の核心部分に関わる重要な鍵が隠されているのではないだろうか。

◆ロックウッドの第一の夢

ロックウッドは眠りに陥る直前に、意識朦朧としながら、寝室に置いてあった書物の題名を目で辿る。そこには、「七の七〇倍、及び七の七一倍目の最初。ギマデン・スフ礼拝堂におけるジェイベス・ブランダラム師による説教（Seventy Times Seven, and the First of the Seventy-first. A Pious Discourse delivered by the Reverend Jabes Branderham, in the Chapel of Gimmerden Sough）」（I・第三章）と記されている。第一の夢は、この「七の七一倍目の最初」をテーマとした夢である。「七の七〇倍」とは、次の『マタイによる福音書』の一節からの引用である。

それからペテロが来て言った。「主よ、兄弟が私に対して罪を犯しますが、私はいくたび許せばよいのでしょうか。七度までですか。」イエスは彼に言った。「七度までとは言わない。七の七〇倍まで許してやりなさい」（『マタイによる福音書』第一八章、第二一–二二節）

七はキリスト教における完全数であり[1]、その倍数である七〇は、人間に対する神の恩寵の完全さを示す。つまり、「七の七〇倍」というほぼ無限に近い数まで、神は人間の罪を許すということである。したがって「七の七一倍目の最初」とは、字義どおりに解釈すると、神の最大限の恩寵の枠からさえはみ出た「許されざる罪（the unpardonable sin）[2]」を意味することになる。

さて、夢のなかでロックウッドは、家に帰ろうとしているとき、自分がこれから「七の七一倍目の最初の罪を犯したために、衆目のなかで摘発され破門される」罪人が誰であるかを知るために、ブランダラム師の説教を聞きに行こうとしていることに気づく。彼はその「許されざる罪人」とは、自分か、棍棒を携えて教会へ向かっているジョウゼフか、あるいは説教師ブランダラムの、三人のうちのいずれかであると思いこんでいる。礼拝堂に到着し、ロックウッドはブランダラムの説教を聞く。果てしなく続く長い説教のなかで、ブランダラムは七の七〇倍、つまり四九〇の罪を数え上げてゆく。ついに「七一倍目の最初」の順番へと達したとき、ロックウッドは、自分にこれほどの苦痛を味わわせたブランダラムこそ、「キリスト教徒が許すまじき罪人」であると会衆に訴える。ブランダラムが、ロックウッドに向かって「汝こそその者なり」と宣告すると、全会衆がいっせいに杖を振りかざしてロックウッドを襲撃し、たちまち会堂じゅうが殴り合いの騒動になったというところで、ロックウッドは目が覚める。

実に混沌としたとりとめのない夢であるが、現実の知識と夢特有の荒唐無稽な論理とが混ざり合っている点では、妙にリアリスティックな夢でもある。この部分には、『マタイによる福音書』をはじめ、聖書からの引用が数多くちりばめられている。ロックウッドが会衆に向かって叫ぶ「彼の故郷ももはや彼を認めぬように（. . . the place which knows him may know him any more）[3]」という言葉は『ヨブ記』、ブランダラムの台詞「汝こそその者なり（*Thou art the Man!*）[4]」は『サムエル記』第二巻、「兄弟たちよ、記された裁きを彼に処せ。その誉れは、神の聖徒たちにあり（Brethren, execute upon him the judgement written! Such hounour have all His saints!）[5]」は『詩篇』、ロックウッドの語りのなかの表現「誰もの手が、隣の者に打ってかかる（Every man's hand was against his neighbour）[6]」は『創世記』に、それぞれ典拠がある。濃い聖書色に塗り込められた雰囲気のなかで、一貫してその基調となっているのは「罪」の観念である。ここには、「許されざる者は誰か」という問に対して答えを求める強迫観念じみた衝動が含まれている。ロックウッドとブランダラムは、相手こそその罪人であると互いに告発し合う。ジョウゼフをはじめとする会衆たちは、最初はロックウッドを裁こうとするが、最後は誰もが相手かまわず打ってかかる。つまり、問に対する明白な答えに到達せぬまま、夢は混乱のうちに途切れてしまうのである。しかし、この夢が提示する問は、実はこのまま立ち消えになったわけではなく、いったん保留され、あとに続く物語へと持ち越されたのではないだろうか。つまり、この第一の夢が含む問は、物語全体に謎を投げかけていると考えられるのである。

◆二つの夢の連続性

ロックウッドは、ブランダラムが説教壇の板を猛烈に叩《たた》く音を夢のなかで聞くうちに目を覚まし、その轟音の正体が突風に吹かれて寝室の窓ガラスに当たる樅の木の枝であったことを突き止める。その直後にロックウッドは再びまどろみ、第二の夢を見る。夢のなかでロックウッドが騒々しい音を止めようと、窓ガラスを突き破り木の枝をつかむと、それは少女の手で、彼にすがりついて部屋の中に入れてほしいと懇願する。その「幽霊」は、「キャサリン・リントン」と名乗り、二〇年間荒野をさまよっていると言いながらすすり泣く。ロックウッドは恐怖のあまり少女の手首を割れた窓ガラスに擦りつけ、夜具を血で染め上げる。ようやくその手を振りほどいたあと、彼は金切り声をあげながら夢から覚めるのである。

この第二の夢はロックウッドが箱寝室で寝ているという状況設定で、一種の明晰夢（lucid dream．現実の状況を把握しながら見る夢）とも言え、教会を舞台とした第一の夢とはまったく別個のもののように見える。しかし、「説教壇を叩く音→樅の木のざわめく音→キャサリンの泣き声」というように、音の変質を通して二つの夢は連続している。また、ロックウッドが接触しているものも、「群衆の棍棒→樅の木の枝→キャサリンの手の指」というように、同一物の変形として捉えることができる。それゆえ、これらの夢はさらに深いところでつながっている可能性があると考えられる。

二つの夢の連続性を指摘した議論もこれまでにあるが、夢の解釈というと、やはり精神分析批評的な傾向のものが圧倒的に多い。たとえば、フィリップ・ウィオンは、二つの夢の底に「家に帰る」という共通のテーマが流れていることに着目する。第一の夢の発端は、ロックウッドが家に帰る場面から始まり、家に帰るには「巡礼の杖」がなければならないというジョウゼフの言葉を、ばかばかしいと感じるうちに、彼は自分の行き先が教会で、これから説教を聞きに行くということに気づくのである。ウィオンはこの部分をフロイト的に解釈し、「家（home）」は母（究極的には子宮）を象徴し、男性の象徴である「杖（staff）」によってそれに侵入するというオイディプス的イメージが、この夢を強烈な不安感で染め上げているとする。第二の夢も、「家に帰って来た」少女の幽霊が現われるという点で、共通のモチーフで貫かれている。ウィオンによれば、この少女の幽霊はロックウッドの母親の倒錯した姿であり、窓から中へ入れてほしいという幽霊の懇願に対してロックウッドが極度の恐怖感を覚えるのは、その根底に近親相姦への罪悪感が潜んでいるゆえであるとされる（Wion, pp.325-26)。またロナルド・ファインは、二つの夢から性的行為を象徴する表現を拾い上げ、そこにロックウッドの抑圧された性的願望が含意されているとする。ファインによれば、第二の夢の幽霊は、ロックウッドが実際に会って心引かれた女性キャサリン二世であり、彼女が侵入してくる悪夢のなかに、自分の性的不能に対する彼の不安感が現われているとされる。ファインはさらに作品中のキャサリン一世やヒースクリフの夢も取り上げて、そこからも同様に性的含意を読み取っている（Fine, pp.16-22)。

確かに、夢のなかに現われた人間の無意識の領域に光を当てることは興味深いが、ロックウッドの夢が聖書的雰囲気の濃厚なものであることを考え合わせると、それにフロイトの心理学を応用することが、適切な解釈方法であるとは必ずしも言えない。そこでこれらの夢をまず、キリスト教的観点から分析してみる。二つの夢は、「許されざる罪」という宗教的テーマによって、執拗につながっていると見ることができるのではないだろうか。[7] キャサリンの幽霊は、「私は荒野で道に迷っていた」、「二〇年間宿無しだった」と言う。これらの言葉は、どのように解釈するべきか。ロックウッドは、悪夢にうなされ興奮がまだ冷めぬうちに、ヒースクリフに向かって次のように言う。

「あの小悪魔がもし窓から入っていたら、たぶんぼくを絞め殺していただろう！……(中略)…キャサリン・リントンかアーンショーか何だか知らないが、あのおてんば、取替え子にちがいない。悪いやつだ！　二〇年間地上をさまよっていると言っていたが、きっと大罪を犯したことに対する当然の報いにちがいない」（I・第三章）

このように、夢を見たロックウッド自身の印象からすると、夢に現われたキャサリンの幽霊は、生前に何か「大罪（mortal transgressions）」を犯している。つまり、彼女は罪を犯し、追放の身であるゆえにさまよっていることがほのめかされているのである。

そこで、二つの夢をつなぎ合わせてみると、「七の七一倍目の最初」つまり「許されざる罪」を犯した者は、キャサリンであるという答えが浮かび上がってくる。これらの連続的な二つの夢は、これから始まる物語が、ある「許されざる者」の話で、それがキャサリンであることをほのめかしているのではないだろうか。

2 キャサリンとは何者か

◆アーンショー氏の死に至る不安

ネリーが語るアーンショー氏の最期の様子には、何か不可解さがつきまとう。それまで「活動的で健康的」（I・第五章）であったアーンショー氏が急速に弱ってゆく。ネリーはその原因が心労であったことをほのめかしている。彼はヒースクリフを溺愛し、この自分のお気に入りが少しでも痛めつけられるようなことがあると苛立ち激怒し、たえず神経をとがらせて警戒する。やがてアーンショー氏はヒンドリーを大学へやり厄介払いするが、さらにキャサリンとジョウゼフの二人が災いをもたらす原因になったと、ネリーは語る。使用人ジョウゼフは独善的な偽善者で、たえず聖書のなかから主人一家にとって呪いとなるような言葉を探しまわっては、アーンショー氏に吹き込み洗脳する。ことに彼は、いちばん悪いのはキャサリンであるというような話を毎晩のようにアーンショー氏に聞かせるのであった。ネリーはそのころのキャサリンの様子を次のように描いている。

確かにキャサリンは、見たこともないような変わった子でした。私たちはみな、彼女に対して我慢の限界を超えるようなことが、一日のうち五〇回以上もありました。起きてから寝るときまで悪戯ばかりして、私たちは片時も気が休まりません。たえず気分が最高潮で、始終舌を動かし、歌い、笑い、自分と同じようにしない者を困らせ、本当に手に負えない小娘でした。…(中略)…お父さまに厳しくとがめられると、もっと怒らせてやれという悪戯心を起こしますし、みながいっせいに怒り出すと、もう嬉しくてたまらないという様子でした。挑みかかるような生意気な顔をしてへらず口をたたき、ジョウゼフの呪文のような説教を笑いものにし、私をからかい、お父さまに対しては最も嫌がることをするのです。つまり、彼女が横柄なふりをすることのほうが(旦那さまは、ふりではなくて本当だと思っておられましたが)、旦那さまの親切よりもヒースクリフに対して効力があること、そして、ヒースクリフは彼女の命令ならば何でも聞くのに、旦那さまの言うことには気の向いたときしか聞かないということを、見せつけるのです。(I・第五章)

死に至るアーンショー氏の最後の心労の種は、どうやらこのキャサリンであったようだ。彼はよくキャサリンに次のようなことを言っていたと、ネリーは回想する。

「私はおまえが好きになれない。おまえは兄さんよりももっと悪い。向こうへ行って、お祈りをして神さまのお許しを請いなさい。おまえを生んで育てたことを、私も母さんも後悔しなければならないかもしれない」（I・第五章）

アーンショー氏の言葉は、聖書の言葉のように単純で厳かな趣があるが、たんなる子供の無邪気な悪戯に対する親の台詞としては、いささか奇妙な言葉にも思える。まるでキャサリンは生まれてこなかったほうがよかったと言っているような、絶望的な響きがここにはある。アーンショー氏は、「ヒンドリーは駄目な人間で、どこへ行ってもろくな人間にはならないだろう」と述べているが、キャサリンはそのヒンドリーよりも「もっと悪い」と言うのである。彼女が「神さまのお許し」を請うても、救われる望みが薄いことをすでに予感しているような節さえある。しかし、いかに手に負えない悪戯っ子とはいえ、キャサリンは「悪気のなさそうな」愛嬌のよい子供であったとも、ネリーは言っている。では、実の父が娘をかくまで「悪い」と直観したのはなぜだったのだろうか。

ネリーは、晩年のアーンショー氏が「少しでも自分の権威が軽んじられると、気も狂わんばかりに激怒した」と述べている。したがって、キャサリンの不遜な態度は、アーンショー氏を最も苛立たせ、その寿命を縮めかねないような類のものであったことがわかる。アーンショー氏の死の場面は、ネリーによって次のように描かれる。

いまでも覚えていますが、旦那さまはうとうとする前に、キャサリンの美しい髪を撫でておられました。彼女が珍しくおとなしいのを見てお気に召され、こうおっしゃいました。

「どうして、いつもよい娘でいられないのかね、キャシー」

すると彼女は旦那さまの顔を見上げて、笑って答えました。

「どうして、いつもよい人ではいられないの、お父さん」

旦那さまのご機嫌がまた悪くなったのに気づくと、キャサリンはその手にキスをして、歌を歌って眠らせてあげるわ、と言いました。そして、彼女がとても静かな声で歌い始めると、旦那さまの指が彼女の指から滑り落ち、頭が胸まで垂れてきました。（I・第五章）

一見安楽な死の場面ではあるが、アーンショー氏が息を引き取る間際に、娘の口答えを聞いて苛立ち、その歌声を聴きながら死んでいったことは暗示的である。彼の言う「よい娘（a good lass）」の good の概念には、一般的なレベルから宗教的レベルまで広い意味が含まれる。聖書においては、good は善なる神との関連によって規定される属性を意味し、その反対概念は、神に対する故意の反逆から生じた属性とされる evil である。[8] したがって、アーンショー氏の言葉には、キャサリンが善なる存在ではないことへの嘆きが含まれているとも取れる。アーンショー氏は、彼の信頼する従僕ジョウゼフの信仰を嘲笑し、父に反抗するキャサリンの不敵さのなかに、神に逆らうことをも畏れぬ悪の兆しを見て取ったのかもしれない。娘の最後の反抗の言葉と死の歌を聴きつつ、彼は消しがたい予感を抱きながら死んでいったにちがいない。
この場面は、キャサリンが父の死の直接的な原因ではないまでも、少なくとも精神的には死の引き金となるような存在であったことを暗示している。晩年のアーンショー氏の異常な苛立ちの真相がいかなるものであったかは、依然として不可解であるが、キャサリンの存在が、ことに彼の寵児ヒースクリフとの関わりのうえで、まさに死に至る不安を彼に与えていたように思えるのだ。彼は、ヒースクリフと争いの絶えなかったヒンドリーを嫌い疎んじたが、ヒースクリフと密な関係にあったキャサリンを、それにもまして危険視していたのかもしれない。

◆キャサリンの夢

第I巻第九章でキャサリン自身がネリーに語る夢のなかにも、彼女が「許されざる者」であるという暗示が含まれている。夢の話をする前に、キャサリンは「もし私が天国へ行ったら、とても惨めだと思うわ」と切り出す。するとネリーは、「あなたは天国へ行くには似つかわしくありませんからね。罪人はみな天国では惨めなものですよ」と答える。それに対してキャサリンは、天国へ行った夢の話をしようとするが、自分が「罪人（sinner）」と呼ばれたことについては反論しない。キャサリンが罪人であることは、彼女自身もネリーもすでに了解しているような雰囲気が、ここには漂っている。キャサリンは、自分が見た夢について、次のように語る。

「天国は私の住む所ではなさそうだったわ。私は地上に帰りたいと言って、胸が張り裂けるほど泣いたの。そうしたら天使たちが怒って私を放り出し、嵐が丘のてっぺんのヒースのまん中に突き堕としたのよ。私はそこで嬉し泣きをしているうちに、目が覚めたの」（I・第九章）

ギルバートとグーバーをはじめ多くの批評家たちが指摘しているように、この「天国から堕ちる」というパターンのなかには、ミルトン（John Milton, 1608-74）の叙事詩『失楽園』（*Paradise Lost*, 1667）における楽園喪失のモチーフの反復が見られる。[9]『失楽園』において、神の怒りを買い天国から突き堕とされた天使ルシファー（Lucifer）は、地獄で悪魔サタン（Satan）となり、神への復讐のために人間を堕落へと誘う。もし「キャサリン＝堕天使」という図式を当てはめるならば、彼女は神に反逆し人間を堕落させるサタンであることになる。夢のなかのキャサリンは、天国から堕とされたことに対して、サタンのようには神を恨まず、逆に嬉し泣きする。しかし、それは神の怒りに対して悔い改めないという点で、同様に救いからほど遠い態度であると言えよう。また、キャサリンが天国から堕ちた先は地獄ではないが、キリスト教的な天国とは別の、「嵐が丘」という楽園である。このように、この夢には、キリスト教的な意味での背徳の気配が漂っている。キャサリンは、この夢が「ワインが水を染めるように、心のすみずみまで染み通り、私の心の色を変えてしまった夢」で、これが「私の秘密を説明することになる」と述べている。したがって、このあとキャサリンの心は、自分がキリスト教的な神から見放された者となる定めにあるという思いで、染め上げられたにちがいない。

キャサリンのこのような信条は、彼女の言葉の端々に表われる。たとえば、ヒースクリフが三年ぶりに姿を現わした晩、キャサリンは狂喜して、「今晩の出来事で、私は神とも人間とも仲直りしたわ。これまでは神に対して腹を立てて盾突いてきたけれども。…(中略)…私は天使よ」(I・第一〇章)とネリーに言う。「神と仲直りした」というのは、それほどヒースクリフと会えたのが嬉しかったという言い回しであって、謙虚なキリスト教徒としての表現とは捉えがたい。むしろ、自分が「神に対して腹を立てて盾突く」者であることを、口にしてはばからないキャサリンの開き直りが、注意を引く。また彼女は三日間の断食後、過去を振り返って、ヒースクリフと引き離されリントン夫人になったあとの自分は、自分自身の世界から「追放された者、見捨てられた者(an exile, and outcast)」(I・第一二章)になったとネリーに語る。このキャサリンの自己定義は、ロックウッドの夢に現われた少女の幽霊が、自分は二〇年間荒野をさまよっている「宿無し(a waif)」(I・第三章)であると名乗ったことと、奇妙に重なり合う。そして、キリスト教において、死後さまよう霊とは、神の天国から「追放された者」にほかならないのである(この問題については、第10章で再度取り上げる)。

3 「許されざる罪」とは何か

◆「許されざる罪」の定義

以上見てきたとおり、この物語のなかの「許されざる者」とはキャサリンであるという答えが、かなり明白に浮かび上がってきた。では、キャサリンの犯した「許されざる罪」とは、何なのだろうか。

まず、「許されざる罪」という概念が、キリスト教においてどのように定義づけられているか（丹羽、九-一二八頁）を確認しておきたい。聖書では、『マタイによる福音書』、『マルコによる福音書』、『ルカによる福音書』などに、その典拠を見出すことができる。『マタイによる福音書』の第一二章第三一-第三二節には、「人が犯すいかなる罪も冒瀆も許されるが、聖霊を冒瀆することは許されない。また人の子に対して言い逆らう者は許されるが、聖霊に対して言い逆らう者は、この世でも来るべき世でも決して許されない」とある。『マルコによる福音書』第三章第二八-第二九節、『ルカによる福音書』第一二章第一〇節にも、ほぼ同じ意味のことが書かれている。『ヨハネの第一の手紙』第五章第一六節に言及されている「死に至る罪（the sin unto death）」も、この「許されざる罪（the unpardonable sin）」を指しているものと考えられる。[10] つまり聖書では、人間が犯すあらゆる罪は許されるが、「聖霊に逆らう罪（the sin against the Holy Spirit）」だけは、絶対に許されない罪であると規定されているのである。聖霊に逆らう罪とは、聖書中の文脈では具体的に、イエスの行った奇跡を悪霊の技であると言って故意に中傷したパリサイ人の行為を指しているが、通常は、神の尊厳や力を無視する言葉を吐いて神に大胆に敵対する態度や、故意に強情になって決して悔い改めようとせず、神の救いから自らを閉め出すような背信的態度を意味する。[11] したがって、聖書における「許されざる罪」の概念とは、神に対する人間の故意の反逆であると解してよいであろう。

「許されざる罪」のテーマは、古来、西洋文学においてしばしば取り上げられてきた。[12] ミルトンの

『失楽園』は、その代表例のひとつである。これは、神に対して意図的に反逆し大胆に敵対したサタンを中心に、「許されざる罪」のテーマを大規模に描いた物語である。この作品における「楽園喪失」のモチーフが、『嵐が丘』におけるキャサリンの夢の内容と重なり合うことについては、すでに指摘したとおりである。ここで、『嵐が丘』と『失楽園』の構造的関係について、もう少し考察を推し進めておきたい。

◆ヒースクリフの楽園喪失

『嵐が丘』には、ヒースクリフを中心とするもうひとつの「楽園喪失」のモチーフが含まれている。ヒースクリフは、他の登場人物からもしばしば「悪魔（devil）」や「鬼（goblin）」、「怪物（monster）」などと呼ばれていて、その凄まじい激情や異常な言動、復讐行為、悪魔的外貌ゆえに、彼をサタンと結びつける批評家は多い。『嵐が丘』の物語中に「許されざる者」がいるとするならば、その筆頭に挙げるべき人物とは、ヒースクリフであると一般には考えられるにちがいない。シャーロット・ブロンテも、一八五〇年版の『嵐が丘』に付した序文において、妹エミリの作品を評価しながらも、ヒースクリフだけは弁護の余地のない人物であるとし、はじめから終わりまで「ヒースクリフは地獄に向かって矢のようにまっしぐらに、ただの一度も逸れることなく突き進み、救いからほど遠いところにいる」[13]と述べている。

しかし、たとえヒースクリフの地獄堕ちのモチーフが読み取れるとしても、彼を天国から突き堕としたキリスト教的「神」と彼の関係は、この作品にはほとんど描かれていないのである。ヒースクリフは、キャサリンを失ったあとの自分には「死と地獄（*death and hell*）」（Ⅰ・第一四章）しか存在しないと言う。しかし、彼女が死んだときヒースクリフが呪いの言葉を発するのは、彼女を自分から奪った神に対してではない。彼は自分を取り残していった「嘘つき（a liar）」キャサリンに対して、「キャサリン・アーンショーよ、ぼくが生きているかぎり、安らかに眠るな！」（Ⅱ・第二章）と、直接呪いの言葉を向けている。ではヒースクリフがサタンと重なる人物であるとするならば、彼は何者に対して反逆したのだろうか。

ヒースクリフは、リントン夫人となったキャサリンに再会したあと、彼女に対する恨みを述べ立てて復讐を宣言する。驚いたキャサリンがその真意を尋ねると、彼は次のように述べる。

「きみに復讐するというのじゃないよ。そういうつもりはない。暴君が奴隷を虐げても、奴隷は暴君には反抗しないで、自分よりもっと下の者を踏みつぶすのだ。きみは自分の気慰めのために、ぼくを死ぬほど痛めつけるがいい。ただ、ぼくが同じやり方で楽しむのを、きみにもちょっとは認めてもらいたい。そんなに侮らないでくれ。ぼくの宮殿をひっくり返しておきながら、掘っ建て小屋を建てて家を施してやったというように、いい気になるなよ」（Ⅰ・第一一章）

ここでヒースクリフは自分自身を、「宮殿（palace）」から追われた者、すなわち楽園から追放された者として位置づけている。宮殿を破壊した者、つまり彼を楽園から追放した「暴君（tyrant）」とは、キャサリンを指す。ここからは、神によって楽園から追われた僕《しもべ》が、その恨みを晴らすために、神に対してではなく、神が創った人間たちに復讐するという『失楽園』のモチーフが浮かび上がってくる。つまり、堕天使ルシファーたるヒースクリフは、神なるキャサリンに楽園から追放されたあと、まさにサタンのごとく、キャサリンの縁者に次々と復讐してゆくという構図が見えてくるのである。

これと似た構図が、メアリ・シェリー（Mary Shelley, 1797-1851）の『フランケンシュタイン』（*Frankenstein*, 1818）にも見出される。[14] 冒頭に『失楽園』（第一〇巻第七四三－五行）からの引用がエピグラフとして掲げられていることからも、シェリーがミルトンの神話を意識的に下敷きにしたことは明らかである。「造物主（Maker）」に対する人間アダムの悲痛な訴えを綴ったその引用部分には、創造者フランケンシュタインに対する「怪物（monster）」の訴えが重ね合わされている。この作品では、怪物はこの世でただひとり自分とつながりを持つフランケンシュタインから見捨てられ、その恨みを晴らすために、フランケンシュタイン自身にではなく、彼の縁者をはじめとする人間たちに次々と復讐する。しかし、怪物はフランケンシュタイン自身には危害を加えず、憎しみと同時に強い思慕の念を抱き続け、その死に遭遇して悲しみのあまり破滅する（廣野『批評理論入門』、九八－一〇〇頁）。それと同様ヒースクリフも、まさしく怪物のごとく復讐行為を重ねながらも、つねにキャサリンを絶対者のごとく愛し続けるのである。

死期の迫ったヒースクリフに対して、ネリーは次のように言う。

「あなたは一三歳のころから、利己的で非キリスト教徒的な生き方をしてきて、その間ずっと聖書をほとんど手に取っていないみたいですね。もう聖書の中身も忘れてしまったにちがいないし、いまとなってはじっくり読んでいる時間もないでしょう。どんな宗派でもいいから誰か牧師さんでも呼んで、聖書の教えを説明してもらって、あなたがどれほどそこから逸れてしまったか、死ぬ前によほどのことでもないかぎり天国には行けそうもないということを、話してもらったらいかがですか」（Ⅱ・第二〇章）

それに対してヒースクリフは、「ぼくはもうほとんど自分の天国に到達しそうだから、他人の天国なんかどうだっていいし、行きたくもない」と答える。ヒースクリフの言う「自分の天国」は、「他人の天国」すなわちネリーが説くキリスト教的な天国とは、明らかに異なるものであることがわかる。ネリーの発言の内容からも、それに答えるヒースクリフの態度からも、彼の念頭から聖書的観念がまったく欠落しているさまがうかがわれる。彼はことさらキリスト教の神に反逆しているわけではなく、むしろ別の「宗教」で頭がいっぱいといった様子である。その「宗教」とは、キャサリンへの帰依にほかならない。この少し前にも、ヒースクリフはネリーに、「今日、ぼくは天国が見えるところにいる。この目に見えるんだ。三フィートと離れていないところに！」（Ⅱ・第二〇章）と言う。そのころ、ヒースクリフが苦痛と恍惚感の入り交じった表情で、しきりに近くの幻影を目で追っている様子を、ネリーは目撃している。このことからも、ヒースクリフの言う「天国」とは、「キャサリンとの再会」を意味することが推測できる。サタンとなって神なるキャサリンに反逆したヒースクリフは、結局再び僕《しもべ》となり、キャサリンのいる世界へ回帰するという願望を追い求め、「復楽園」を達成するのである。

ヒースクリフは、死ぬ前のキャサリンに対して、「不幸も堕落も死も、神や悪魔が加えるどんな仕打ちも、ぼくたちを引き裂くことはできなかった。だから、きみが自分の意志でそうしたんだ」（II・第一章）と言っている。この表現にも、ヒースクリフにとってキャサリンが、神（God）や悪魔（satan）よりも上位の存在であることがうかがわれる。ヒースクリフはひたすらキャサリンのみを見ていて、それを超越したいかなる存在にも帰依せず、反逆もしない。

問題の「許されざる者は誰か」をテーマとするロックウッドの夢にも、ヒースクリフは登場しなかった。この謎かけの夢との関連で見るかぎり、ヒースクリフの罪の痕跡はそこにまったく見当たらないのである。そういう意味でも、やはり「七の七一倍目の最初」の夢の外にいるヒースクリフよりも、夢の内にいるキャサリンのほうが、より「許されざる者」たる可能性が強いと言えよう。

◆キャサリンの「許されざる罪」とは何か

ではキャサリンは、どのような「許されざる罪」を犯したのだろうか。キャサリンが父の権威の前にも屈せず、何者に対しても大胆不敵な態度を取り、神をも畏れぬ人物であることは、すでに見てきたとおりである。ロックウッドが嵐が丘屋敷の寝室で見つけた聖書には、キャサリンの日記と狂信的信者ジョウゼフの漫画が書き込まれている。彼女はその厳《いか》めしい聖なる書物に平気で落書きし、冒瀆してはばからない。また、夢のエピソードが物語っているとおり、キャサリンは天国から突き堕とされても悔い改めず、むしろ神から見放されたことを喜ぶような背教的思想の持ち主である。

そしてキャサリンは、少女のころから「小さな女主人（the little mistress）を演じる遊びが大好きで、手を振り回して仲間に命令し」（Ⅰ・第五章）、「一五歳のころには、このあたりの地域では女王さま（the queen）のような存在で、競争相手もなく、すっかり高慢で我が儘な娘になった」（Ⅰ・第八章）とネリーは述べている。このようなキャサリン像のモデルを、エミリが少女時代に妹アンとともに構想した「ゴンダル王国（Gondal）」物語の女王に見出す批評家も少なくない。ファニー・ラッチフォードは、シャーロットとブランウェルの構想した「アングリア王国（Angria）」物語では、バイロン的な主人公アーサー・ウェルズリー皇帝への愛に貴婦人たちが身を捧げるのに対して、「ゴンダル王国の女王は、その圧倒的な美しさと魅力によって、彼女を愛する男たちを足もとに跪《ひざまず》かせ、その利己的な残酷さによって、彼らに悲劇をもたらす」（Ratchford, pp.11-38）と指摘している。つまり、エミリのゴンダル王国は女王が君臨する世界であり、『嵐が丘』もまた、キャサリンが女王のごとく、自分を愛する男たちを支配する世界であると考えられるのである。ヒースクリフは言うまでもなくエドガーにとっても、キャサリンは運命を狂わせるファンム・ファタール（魔性の女）であったと言える。

しかしヒースクリフは、たんに女王の臣下、崇拝者たるには留まらなかった。彼は、女王キャサリンから無慈悲な扱いを受けたとき、彼女を神の位置に据え、サタンのごとき復讐に身を投じる。この反目のなかで、キャサリンはとことんヒースクリフを道連れにすることを決する。彼女は死んだのちまでヒースクリフの心を支配し続け、死霊となって地をさまよいながら彼の死を待つ。こうしてキャサリンは、生きている間も死んだあとも、ひたすらひとりの男の絶対者たる道を突き進んだのである。このようなキャサリンの態度は、キリスト教において「神への反逆」と呼ぶに値するものであろう。ひとりの人間の絶対者になろうとする行為は、神の力に対する大胆な挑戦とも取れる。『フランケンシュタイン』では、科学者フランケンシュタインは、人間を創造するという野心に駆られて、怪物を産み落とす。ひとりの人間の創造者たろうとする行為は、神の力に対する大胆不敵な挑戦であり、その許されざる罪の結果、フランケンシュタインは「かの全能に憧れた大天使のように、永劫の地獄につながれている」(第二四章)と自ら述べているとおり、地獄堕ちの運命に至ったと解釈することができる。それと同様、ヒースクリフの絶対者になり彼を「怪物」のごとき者に変えてしまったキャサリンも、キリスト教の枠組みにおいては、神を冒瀆する「許されざる罪人」ということになるであろう。

◆残された謎

以上のように、神学的に解釈すると、『嵐が丘』はひとりの人間の絶対者になろうとした「許されざる者」キャサリンの物語であると読み解ける。しかし、この作品では「許されざる罪」のテーマは、あくまでもひとりの登場人物ロックウッドの夢という枠組みのなかで掲げられているのであって、作者の声が告げるものでも、神託として与えられたものでもないことを想起しなければならない。平凡なヴィクトリア朝紳士の悪夢に現われた、異様なまでに狭い峻厳なキリスト教世界において、そのテーマは提示されているのである。ジョウゼフがこの夢の数少ない登場人物のひとりであることも、注意を引く。エミリはジョウゼフ像を通して、偽善的なカルヴィン主義者を諷刺しているとしばしば指摘される（Thormählen, *BR*, p.16）。この人物が、「巡礼の杖（a pilgim's staff）」の代わりに、罪人を打ち倒すための「握りの太い棍棒（a heavy-headed cudgel）」（I・第三章）を携えて登場することからも、この夢の世界が偏狭に歪められたものであることが察せられる。また、ヒリス・ミラーも指摘するように、「七の七〇倍」についてのイエスの教えとは、本来の聖書のコンテクストでは、隣人がいかに罪を犯してもわれわれは許し続けるべきであるという趣旨の忠告であるのに、ジェイベスは字義どおりの解釈に固執して、四九〇の罪を辛抱強く待てば隣人に復讐することが正当化されるというように曲解する（Miller, *DG*, pp.187-88）。このジェイベス像の描写を通して、エミリはメソジスト主義を諷刺しているとも指摘されている[15]。

このような歪曲した夢のなかに聖書の命題を押し込み、複雑に屈折させるという方法を取ることによって、作者は自分自身の聖書に対する解釈を隠す。エミリが、ある特定の宗派を批判しようとしているのか、それとも聖書の教えに対して大胆な異説を唱えようとしているのか、あるいはそのどちらでもないのかは、結局判断できず謎のまま残る。ギルバートとグーバーが言うように、エミリは、ミルトン的な伝統的キリスト教観に対して、自分の創作した女主人公キャサリンにもまして激しく反発し、自らの王国を求めてやまない作家であったかもしれない[16]。しかしまたエミリは、詩「私の魂は臆病ではない（"No coward soul is mine"）[17]」において、「ああ、私の胸の内なる神／つねにましします全能なる神よ」と己の「神（God, Deiety）」に呼びかける。詩のなかの「私」は、「天の栄光の輝き」や「信仰の輝き」を見て、「不滅の不動の岩に確固として錨をおろした神の無限性」を高らかに謳い上げている。この詩に見られるのは、ひたすら自分の魂の内に神の在処を求める詩人の姿であって、反逆の精神ではない。この「神」への「信仰」がいかにエミリ独自のものであったとしても、それが必ずしもキリスト教と拮抗するものであったと断じることはできないのである。

では、キャサリンに「許されざる者」の烙印を押す者はいったい誰なのかという謎が最後に残る。いずれにせよ、それが作者自身でないことは確かであろう。

第3章

ヒースクリフは何者か

――「分身」のテーマの変容――

1　ヒースクリフ像の起源

◆ヒースクリフの出自の謎

ヒースクリフは、『嵐が丘』の登場人物のなかで最も謎めいた人間である。彼の出生の秘密は作中では明かされない。ロックウッドはヒースクリフに最初に会ったとき、「色黒でジプシー風の顔立ち」（Ⅰ・第一章）であると印象を述べている。リントン氏は子供のころのヒースクリフを見て、「インド人の水夫の子か、アメリカ人かスペイン人の捨て子」（Ⅰ・第六章）であろうと推測する。イザベラは、「ヒースクリフは人間なの？　もしそうなら、気が狂っているの？　もし人間でないなら、悪魔なの？」（Ⅰ・第一三章）と、彼との結婚後間もなくネリーに尋ねる。その後イザベラは、いささかの迷いもなく夫を「獣（brute beast）」や「悪魔の化身（incarnate goblin）」、「怪物（Monster）」（Ⅱ・第三章）と呼ぶようになる。それを聞いたネリーは、「あの人も人間ですよ……もっと悪い人間も世の中にはいますからね」とイザベラをたしなめる。しかしそのネリーも、死期の迫ったヒースクリフの異様な表情を見たとき、「彼は食屍鬼（ghoul）か、それとも吸血鬼（vampire）か？」（Ⅱ・第二〇章）という思いに囚われる。その夜ネリーは、「彼はどこから来たのだろう？　善良な人に助けられながら、禍のもととなったあの色黒の子は？」と、「迷信の囁き」を聞きながらまどろみ、夢うつつに「彼にふさわしい両親」を想像し、彼の全生涯を辿り直してみる。しかし、そのときネリーが具体的にどのような図を描いたかは、作品に書かれていない。

このように、ヒースクリフの出自をめぐる謎は、作品全編を通してことさら強調され、読者の想像を掻き立てる。批評家たちはこれに対してさまざまな説を述べてきた。エリック・ソロモンは、ヒースクリフはアーンショー氏の隠し子であるというたって単純明快な説を立てる。アーンショー氏のリヴァプールへの旅の目的が語られていない不自然さや、作者がヒースクリフとキャサリンを結婚させなかったことの背後には、このような事情が隠されていると、ソロモンは説明するのである（Solomon, pp.80-83）。イーグルトンは、ヒースクリフがアイルランドの難民であるという説を立てている。彼は、一八四五年八月にエミリの兄ブランウェルがリヴァプールを訪れたときの時代を考証し、そのころはアイルランドで大飢饉が起こる直前の時期で、すでにかなりの数の移民がリヴァプールの町に溢れていたであろうと推測する。その数か月後にエミリは『嵐が丘』を執筆し始めているため、ブランウェルがアイルランドの状況をエミリに手紙で書き送り、彼女に題材のヒントを与えた可能性が考えられるのである。しかし、以上の議論を経たうえでイーグルトンは、それが確実な説ではないことを認め、「ヒースクリフはジプシーか、（『ジェイン・エア』のバーサ・メイソンのように）クレオール人か、その他の異国人かもしれない。彼がどの程度黒いのか、もっと正確に言うと、その黒さのどこまでが肌の色で、どこまでが汚れや不機嫌さのためなのか判断しがたい」と述べている（Eagleton, *HGH*, p.3）。クリストファー・ヘイウッドはポストコロニアル批評の立場から、ヒースクリフはジャマイカ人で、『嵐が丘』は、ヨークシャー地方で奴隷の労働力を使って財産を築いた砂糖農園経営者たちに対する諷刺の物語であるという説を唱える（Heywood, pp.184-98）。二〇一一年にイギリスのアンドレア・アーノルド監督によって製作された映画『嵐が丘』では、ヒースクリフ役として黒人俳優が起用され、ヒースクリフが黒人であるという解釈が映像表現によって示されている[1]。

また、ヒースクリフ像を実在の人物と重ね合わせる伝記批評家たちもいる。しばしば指摘されるのは、エミリの兄ブランウェルがモデルであるとする説である。メアリ・ロビンソンは、家庭教師先で失恋したあとのブランウェルの言動と、ヒースクリフのそれとの類似性を指摘し、この説の根拠としている[2]。そのほか、エミリが耳にしたと考えられる伝説中に登場する人物として、ウェルシュ（Welsh）、ジャック・シャープ（Jack Sharp）、ヘンリ・カッソン（Henry Casson）、エミリの近所に住んでいたと推定されるロバート・クレイトン（Robert Clayton）などが、ヒースクリフのモデルとされた可能性があるが、これについては、改めて第9章（「『嵐が丘』の起源」）で扱う。

ヒースクリフの起源を、他の文学作品のなかに辿ろうとする試みもある。ウィニフリド・ジェイランは、バイロン（George Gordon Byron, 1788-1824）の詩作品に登場する激情的な主人公たち、とりわけ出自の不明なララ（Lara）や、破滅的な恋に陥るマンフレッド（Manfred）のなかに、ヒースクリフとの類似性を見出している（Gérin, pp.44-46）。また、ドイツやイギリスのゴシック小説の登場人物のなかにヒースクリフ像の起源を探る論考もあるが、これについては、あとで詳しく述べることにする。あるいは、エミリ自身の初期の詩作品「ゴンダル詩」に登場する「黒髪の主人公たち」のなかに、ヒースクリフの原型を辿る試みもある（Ratchford, pp.11-38）。

◆ヒースクリフとキャサリンの関係の謎

以上のように、ヒースクリフの出自や起源をめぐって、さまざまな議論が展開されている。しかし、この小説においてより重要な文学的問題は、キャサリンとの関係においてヒースクリフを何者として位置づけるかであろう。ヒースクリフとキャサリンの関係は、通常の恋愛関係とはかなり異なり、これまでに文学作品で扱われてきた男女関係のなかでも、ほとんど類例の見られないものである。当時イギリスにおいて主流を成していたリアリズム小説では、結婚が主たる題材であったのに対して、『嵐が丘』は、結婚という社会的、現世的合一を果たせなかった男女の関係を、死後の霊界における合一に及ぶまでとことん追求した作品である。

この不思議な関係がいったい何を意味するのかという問題についても、これまで批評家たちがさまざまな見解を述べてきた。先に挙げたソロモンの説によると、ヒースクリフとキャサリンは異母兄妹であったことになる。そのほかにも、二人の関係のなかに近親相姦的な要素を見出す批評家は多い（McGuire, pp.217-24）。精神分析批評家ウィオンは、ヒースクリフはキャサリンにとって幼くして亡くした母親の代償で、『嵐が丘』は失われた根源的同一性に対する激しい憧れを描いた作品であると述べる（Wion, pp.315-29）。ギルバートとグーバーは、フェミニズム批評の立場から、この小説は、キャサリンがヒースクリフの出現によって家庭内の不利な力関係から解放されると同時に両性具有的な充足感を体験し、その後この楽園を喪失する物語であると解釈する（Gilbert & Guber, pp.248-308）。あるいは、ユングの理論を適用して、ヒースクリフをキャサリンのアニムス（animus）と見立てる見解（内田、四七-八五頁）、二人の強力な連帯感が、ブルジョアジーの階級的抑圧に対する反逆のなかから生まれたとするマルクス主義的な解釈（Kettle, pp.139-55）など、さまざまな議論が展開されてきた。

本書においてもすでに前章で、キャサリンの「許されざる罪」をめぐってキリスト教的観点から考察し、キャサリンがヒースクリフにとっての絶対者であるという議論へと発展させた。本章では、キャサリンとヒースクリフの関係という問題を中心に据えて、もう少し別の角度からさらに考察を推し進めてみたい。

◆〈分身小説〉の影響

エミリの世界観の形成に影響を与えた要因として考えられるのは、エミリの置かれていた宗教的、思想的環境のほかに、彼女の読書体験がある。エミリが読んだ文学作品の領域は、かなり限られたものであった。詩作品はかなり読んでいたが、彼女はオースティンやディケンズ、サッカレー（W. M. Thackeray, 1811-63）などのリアリズム小説は読まなかったらしい。エミリが読んだ散文は、ウォルター・スコットの小説のほかは、ほとんどが『ブラックウッズ誌』（*Blackwood's Magazine*）や『フレイザーズ誌』（*Fraser's Magazine*）に掲載されたもので、当時流行したゴシック小説がその中心を占めていた（Gérin, pp.213-14）。復讐・亡霊・流血・墓暴きといったゴシック小説的な題材が、『嵐が丘』にも数多く見られることから、エミリがこのジャンルから影響を受けたことは、じゅうぶん推測できる。しかし、読者の恐怖を駆り立てることを主眼とするゴシック小説においては、概して恋愛のテーマは不毛で、ヒースクリフとキャサリンの関係に匹敵するような奥行きのある男女関係は見当たらない。では、エミリがこの文学ジャンルから受けた影響は、たんに表面的な特徴に留まるのであろうか。

ゴシック小説は、いわばその副産物として、人間性の探究を深めるうえで重要なひとつの文学的テーマを発展させている。それは「ドッペルゲンガー（Doppelgänger）」、つまり自我の分裂によって生じる「分身」の概念である。これは古くから文学作品のなかに繰り返し現われてきた概念であるが、文学的テーマとして本格的に扱われ始めたのは、ドイツ・ロマン派文学あたりからだとされる。[3] とりわけこれが好んで用いられた「恐怖小説（Shaueroman）」と呼ばれる一派と、イギリスのゴシック小説が密接に通じていたことは、よく知られている。一七九〇年代は、ドイツ・イギリスにおける恐怖小説の全盛期で、両国間における翻訳の交流も盛んであった。たとえば、イギリスのM・G・ルイス（M. G. Lewis, 1775-1818）による『マンク』（*The Monk*, 1796）が、ドイツのホフマンの『悪魔の霊液』（*Die Elixiere des Teufels*, 1815-16）の種本となり（Varma, p.154）、さらにこの作品から影響を受けたジェイムズ・ホッグ（James Hogg, 1770-1835）が、再びイギリスにおいて『義とされた罪人の私的回想と告白』（*The Private Memoirs and Confessions of a Justified Sinner*, 1824）を著した（Carey, pp.xxi-xxii）という例からも、両ジャンル間に影響関係があったことは明らかである。そして、このホフマン、ホッグの作品あたりから、自分の「影」のような存在に取りつかれおびえる人物が登場し、「ドッペルゲンガー」のモチーフが作品に濃厚に現われてくる。しばしば指摘されるように、これに先立ってイギリスでは、ゴドウィン（William Godwin, 1756-1836）の『ケイレブ・ウイリアムズ』（*Caleb Williams*, 1794）や、その娘メアリ・シェリーの『フランケンシュタイン』などに、すでにこのテーマの兆しが現われ始めていたことも、付言しておかなければならない。

エミリ・ブロンテがこのような「分身小説」を読んだ可能性はきわめて高い。彼女が『ブラックウッズ誌』を通して、ホフマンやメアリ・シェリー、ホッグなどの作品を入手して読んだことはほぼ確実であると、ジェイランは推測している（Gérin, p.215）。ウォード夫人は、エミリが特にホフマンから大きな影響を受けたと指摘し（Ward, pp.104-06）、他方ジェイランは、ホッグの『義とされた罪人の私的回想と告白』と『嵐が丘』の類似性に着目する。ジェイランは、両作品がともに遺産相続をめぐるテーマを扱っていること、『告白』に登場する信心深い老従僕ジョン・バーネットが『嵐が丘』のジョウゼフに酷似していること、いずれの作品にもリントン（Linton）という固有名詞が出てくることなどを指摘している（Gérin, p.217）。ことに『告白』に登場するデヴィル（Devil）ことジル・マーチン（Gil-Martin）が、異常な力・外貌・言葉づかいなどの点において、一九世紀小説中で唯一ヒースクリフになぞらえうる際立った人物であることを、ジェイランは強調するが、このとき両人物は悪魔的な異常性という一点において結びつけられているにすぎない。つまり、ジェイランが注目したのは人物の外面的な特徴であって、作品の底流を成すドッペルゲンガーのテーマ自体は、その論点から切り離されている。

しかし、実は『嵐が丘』のなかに、分身のテーマが執拗に形を変えて生き続けていると見ることはできないだろうか。もちろん『告白』の場合のように、主人公と分身が瓜二つというわけではないが、ヒースクリフは姿こそ違えキャサリンの「ドッペルゲンガー」であるという解釈は成り立たないか。もちろん、ヒースクリフがキャサリンの分身であるといった類の表現は、二人の関係について述べられたほとんどすべての議論に見え隠れしているといっても過言ではない。プラトン（Plato, c. 427 - c. 347 B.C.）が『饗宴』（*Symposium*, c. 384 B.C.）において「愛」の起源を説いて以来、かつて一体であった片割れを切望し合うというアンドロギュノス的な分身の概念は、あらゆる恋愛物語に多かれ少なかれ通底してきた考え方である。しかしここでは、「分身」という言葉をたんに比喩的に用いるのではなく、文学史上のある時期に生じた特定のモチーフとして捉える。つまり、近代に自我の分裂の問題が浮上してくるとともに生まれてきたいわゆる「分身小説」の系譜に、『嵐が丘』を位置づけることが可能であるかどうかを探ってみる。それによって、キャサリンとヒースクリフの関係に新たな光を当ててみたい。

2　ドッペルゲンガーのモチーフ

◆ドッペルゲンガーの概念

作者エミリがその読書体験を経て、ゴシック小説から「ドッペルゲンガー」の概念を吸収し、独自のテーマを形成していったものと想定して、『嵐が丘』から分身のテーマを抽出してみよう。そこでまず、「ドッペルゲンガー」の概念規定を明らかにしておく必要がある。カール・ケプラーは『第二の自我の文学』において、ドッペルゲンガーという言葉がこれまで非常に多義的に用いられてきたという問題を指摘し、内的に連続性を持ったきわめて密接な二つの別人格間の関係に限定して、そのうち主体の方を〈第一の自我（the first self）〉、分身の方を〈第二の自我（the second self）〉と呼んで区別し、具体的な特徴の分析を試みている。[4] 以下、ケプラーの言う〈第二の自我〉を「ドッペルゲンガー」の定義に当てはめて、それを論拠としながら考察を推し進めてゆきたい。

◆ヒースクリフの登場

まずドッペルゲンガーの普遍的特徴として、その出自や登場の仕方が曖昧であることが、第一に挙げられる。すでに述べてきたとおり、ヒースクリフが誰の子で、どこで生まれたのかは、物語では明らかにされない。また、彼が最初に登場してくる状況にも、何か割りきれない不合理なものが含まれている。この出来事にまつわるネリーのおぼろげな回想のなかで、ただアーンショー氏の言葉だけが直接話法で伝えられているため、その部分が際立って鮮明に浮かび上がり、彼の一言一言に何か意味深長な含みがあるように感じられる。まず、彼が旅立つ前にわが子に対して述べている言葉を見てみよう。

「さあ坊や、私は今日リヴァプールへ行くのだが——お土産は何がいいかな。何でもほしい物を言ってごらん。でも小さな物でなければいけないよ、行きも帰りも歩くのだから。片道六〇マイルというのは、長い道のりだよ！」（Ⅰ・第四章）

アーンショー氏はなぜ「刈り入れ時の始め」という忙しい時期に、片道六〇マイルもの遠路をわざわざ「徒歩」で往復しなければならなかったのか。土産は小さな物にと子供たちに念押ししたとき、彼はたんに長旅の苦しさのみならず、何かほかに持ち帰るものがあることを予測していたように取れなくもない。「長い道のり（a long spell）」の spell という言葉は、ある仕事を行っている間に持続する時間を意味し、この場合、旅の行程を指していると考えられるが、この言葉にはまた「魔法」、「呪縛」などの意味もあり、その含みが重ねられているかのように不気味に響く。次の一節は、この三日後にアーンショー氏が帰宅したときの模様を語っている。

それから暗くなって…(中略)…ちょうど一一時ごろ、ドアの掛け金がそっと引き上げられ、旦那さまが家に入って来られました。椅子にどさっとすわり、笑ったり唸《うな》ったりしながら、みんな近寄らないでくれ、死にそうなくらいへとへとなんだから、とおっしゃいます。――三つの王国をやると言われたって、もうこんなに歩くのは二度とごめんだ、と。「そのあげく、死ぬほど驚いたよ！」と言いながら、旦那さまは巻いて腕にかかえていた厚地の外套を開きました。「これをごらんよ、奥さん《ワイフ》。こんなにまいったのは、生まれて初めてだ。でも、これを神さまからの授かり物だと思ってくれよ。まるで悪魔のところからやって来たみたいに黒いやつだがね」（Ⅰ・第四章）

こうしてヒースクリフは、真夜中、静かな掛け金の音とともに忍び入り、アーンショー氏の外套の奥から姿を現わすのである。前触れもなく暗闇のなかからそっと入って来るというのが、典型的なドッペルゲンガーの登場の仕方であるが、この状況はまさにその条件に適合している。疲れきって笑ったり唸ったりしているアーンショー氏は、あたかも何かに取りつかれているようであり、彼がその状態を「死にそうな（nearly killed）」、「死ぬほど驚く（flighted to death [*flighted:* frightened]）」と重ねて形容していることも、意味深長である。つまり、ヒースクリフが「死」をもたらす存在であることが、ここで微かに予示されていると言える。「夏」のある日の出来事なのにもかかわらず、彼が「厚地の外套」を携えているのも奇妙で、さながらヒースクリフを隠すために作者が用意した小道具のようである。そして、アーンショー氏がヒースクリフを指して「まるで悪魔のところからやって来たみたいに黒い」と表現していることが注意を引く。このあとも、ヒースクリフを形容するdark, blackなど薄暗い影のイメージを示す表現が、ネリーの語りや登場人物の台詞のなかで頻繁に現われる。ケプラーは、ドッペルゲンガーとは「薄暗い影から現われる侵入者」、「最も温和な面にさえ影の国の不気味さのようなものが漂う、影のある未知の人物」（Keppler, pp.2-3）であると規定していて、ヒースクリフは、その出自の曖昧さ、悪魔を連想させる不気味な暗さなどの点で、まさにドッペルゲンガーのイメージに合致した人物であると言える。

またケプラーは、主体と分身との出会いは一見偶然のようであって、実は両者の出会いの準備が整った瞬間起こるべくして起こり、双方の意志とは無関係に、あらゆる論理や因果関係を超越した力によって引き起こされる出来事であると言う。彼はこの「力」を、「偶然（Chance）」や「原因（Cause）」とは区別し、「運命（Fate）」と呼ぶ。「偶然」はまったく偶発的なものであるし、「原因」

は、決定的、論理的な法則によって生じるため、仮定のうえでは逆の原因によって回避されうるものである。しかし「運命」は、いかなる努力によっても変えられず、それが起こることは絶対に避けられないという特性がある（Keppler, pp.195-96）。ヒースクリフの登場の場面は、いかにも偶然の出来事のようであって、その実、背後に何か秘密が隠されているように描かれている。ソロモンのように、その秘密とは、ヒースクリフがアーンショー氏の隠し子であることだと限定する批評家もいるが、むしろ、そのような明快な論理では説明のつかない「運命」の力がここには潜んでいるように感じられるのである。

自分への土産のヴァイオリンが壊れていると知って、ヒンドリーが泣き出したのに対して、キャサリンは父が土産の鞭をなくしてしまったことへの面当てに、ヒースクリフに歯をむき出して唾を吐きかける。この挿話は、ヒースクリフがキャサリンにとって、〈力〉の象徴である「鞭」の代わりの役割を果たす存在として出現したこと――他方、脆弱なヒンドリーにとって、ヒースクリフは〈喜び〉を奪う破壊者となること――を暗示しているばかりではない。最初の出会いのさいにキャサリンが示したこの横暴きわまりない態度は、彼女のヒースクリフに対する一貫したヘゲモニーを象徴するものであり、ここで主体と影の関係が決定づけられているとも言えるのである。

ヒースクリフの到着後二、三日間不在にしていたネリーは、帰ってみると二人がすっかり「親密な（thick）」（I・第四章）関係になっていたと述べている。ヒースクリフが急速に、しかもただひとりキャサリンとだけ親密になっていたこと、そしてそのプロセスが叙述のギャップに埋め込まれていることから、彼らの関係の発端に神秘的な光が投げかけられる。ケプラーは、主体と分身の関係の特性について、次のように説明する。

客観的に分離している間、両者は出会いの瞬間まで互いの存在を知らないかもしれない。しかし、主観的には互いに連続していて、相手について言葉で表現できない知識を持っているばかりではなく、無言で伝達し合う力、呼び合い反応し合う力、表面下に潜む内的必然性を具えている。

(Keppler, p.197)

このように、出会う前からもともと親密で、互いに対して特別な反応を示すことが、主体と分身に必須の関係であるとすれば、キャサリンとヒースクリフは、この条件によく適合していると言える。しかも、二人の関係は当初から対等ではない。「キャサリンの見せかけの横暴の方が、旦那さまの親切よりもヒースクリフには有力で、彼はキャサリンの命令なら何でも聞くのに、旦那さまの言うことは気が向いたときしか聞きませんでした」(I・第五章)とネリーが語っているように、恩人アーンショー氏に対してすら感謝の念を示さなかったヒースクリフが、ただキャサリンにだけは絶対服従の態度に徹していることがわかる。キャロリン・ハイルブルーンは、ヒースクリフとキャサリンの関係を「両性具有的な理想」の愛として賞賛しているが(Heilbrum, pp.80-82)、彼らの間に存在する主従関係は、そのような理想像からいくぶんかけ離れたものであることは否めない。ヒースクリフは、発端からまさしくキャサリンに影のごとく寄り添う不思議な存在として、読者の前に姿を現わすのである。

◆主体とドッペルゲンガーの分裂

キャサリンはエドガーとの婚約をネリーに打ち明けたさい、自分とヒースクリフの関係について、次のように説明している。

ほかのすべてのものが滅び去ったとしても、ヒースクリフさえいるなら、私はずっと存在し続けるでしょう。でもほかのすべてのものが残っていても、彼が無になれば、宇宙はまったく見知らぬものになり、自分がその一部とは思えなくなってしまうわ。エドガー・リントンに対する私の愛は、森の木の葉のようなもの。冬が木々を変えてしまうように、時がその愛を変えてしまうことは、よくわかっているわ。ヒースクリフに対する私の愛は、永遠の地下の岩に似ていて、見て喜びを与えるものではないけれど、なくてはならないものなの。ネリー、私はヒースクリフよ——彼はいつも私の心のなかにいる——私が私自身にとって喜びでないのと同じで、彼は喜びとしてではなく私自身として存在しているの……（I・第九章）

宇宙と自分との関係を述べながらキャサリンは、彼女が一個の完結した存在ではないこと、その欠落をヒースクリフによって補充することが彼女の存在の要件であることを示している。キャサリンとヒースクリフの結びつきが、男女の性差を度外視したものであることも、ここで明らかになる。彼女は、エドガーへの愛と対比することによって、ヒースクリフに対する思いを一般的恋愛感情と区別するばかりではなく、恋愛に付随する delight や pleasure といった感情そのものを、それから切り離す。キャサリンの言葉から読み取れるのは、ギルバートとグーバーが言うような「完全な両性具有者（a perfect androgyne）」（Gilbert & Guber, p.265）となる喜びに満ちた充足感ではなく、むしろ憂いに満ちた宿命観のような響きである。バーバラ・シャピロも指摘するように、出会いのときから死別に至るまで、キャサリンはヒースクリフに対して、喜びよりもはるかに多くの苛立ちや怒りの感情を示している（Schapiro, p.38）。ここでキャサリンが述べていることは、決して愛の賛歌などではなく、まさにドッペルゲンガーの定義にほかならない。これほどの自覚があるのにもかかわらずヒースクリフとの結婚の可能性を除外しようとする彼女の強引な論理、そして、「私はヒースクリフである（I *am* Heathcliff）」という不可解な命題に含まれる謎は、ヒースクリフがキャサリンの分身、すなわち彼女自身であると考えると氷解する。つまり、人は自分自身とは結婚しないという単純な理屈が、半ば無意識のうちに彼女の論理を支えているのである。

　ヒースクリフが嵐が丘屋敷から失踪したとき、キャサリンは異常にうろたえ、重病になって生死をさまよい、発狂寸前の危機に見舞われる。彼女のこの反応は、「分身」との分離が「主体」にもたらす影響を如実に示すものである。ヒースクリフの不在の三年間は、ネリーの物語から省略され、それと同時にロックウッドの語りに移行して四週間が経過する（I・第九章末～第一〇章はじめ）。このように時間上、叙述上の断絶が設けられることによって、その間キャサリンの生命が半ば停止状態にあったことが暗示されるのである。

　三年後にヒースクリフが帰って来ると、彼女はいったん活気を取り戻すが、彼とエドガーとの間に衝突が起こると、致命的な病に冒される。このとき彼女は、鏡に映った自分の顔さえ識別できなくなるほど錯乱する（I・第一二章）。この挿話は、ヒースクリフの離反によってキャサリンが自己のアイデンティティーを喪失した状態に陥っていることを、象徴するものである。三日間部屋に閉じ込もって食を断ったころから、キャサリンは頻繁に死への意志や予感を口にし始める。彼女はなぜ断食という自殺紛《まが》いの行為に走り、死へと傾斜してゆくのか。読者は、なぜキャサリンが死ななければならないのかという素朴な疑問さえ抱く。しかし、ドッペルゲンガーのモチーフにそって見ると、これはプロットから必然的に導き出される結果であると言える。ケプラーは、ドッペルゲンガーが主体に及ぼす影響について、次のように述べている。

第二の自我と関わりを持った結果、第一の自我の人生に甘美さや光明（sweetness and light）がもたらされることは、めったにない。第二の自我は、混乱や不幸（turmoil and disaster）をもたらすことのほうがはるかに多いのである。（Keppler, p.193）

そして、その「混乱や不幸」の具体的内容とは、「感情の乱れ、心身の苦しみ、喪失、死」など、およそ「これ以上はありえないというほどカタストロフィックな危害」（Keppler, p.194）であるとされる。つまり、第二の自我すなわちドッペルゲンガーと出会った主体は、ほぼ確実に死を免れないというのが定則である。ケプラーは、さらに次のように述べる。

しかし、おおかたの場合、第二の自我がもたらす危害は、第一の自我を小さくしたり狭めたり、その成長を阻むようなものではない。それはたいてい、結局は第一の自我を殺してしまうけれども、縮小することはない。逆にその危害は、第一の自我を揺り起こし、自己満足や自己防衛という快い殻を突き破り、あらゆる自己欺瞞の仮面を剝ぎ取って容赦なく目覚めさせ、苦悩を経て自己拡大を実現させるのである。(Keppler, pp.194-95)

このように、ドッペルゲンガーのモチーフは、主体の破壊と同時に覚醒のプロセスを含んでいることが特徴なのである。この線にそって見てみると、キャサリンはエドガーとの結婚という世俗的誘惑に負けて、第二の自我たるヒースクリフと引き裂かれ、この分裂の認識とともに真実に目覚め、自ら犯した自己欺瞞のゆえに死んでいったと解することができる。ヒースクリフとキャサリンが交わしている次の対話は、このことを裏付けるものである。

「きみはぼくを愛していた――じゃあ、いったい何の権利があって、きみはぼくを捨てたんだ？どんな権利か――答えてみろ――エドガー・リントンのことをちょっと好きになったからか？不幸も堕落も死も、神や悪魔が加えるどんな仕打ちも、ぼくたちを引き裂くことはできなかった。だから、きみが自分の意志でそうしたんだ。ぼくがきみの心をつぶしたんじゃない――きみがつぶしたんだ――そして、自分の心といっしょに、ぼくの心をつぶしてしまったんだ。ぼくは体が丈夫だから、なお悪い。生き長らえたいものか。どんな生き方があるというのだ、もしきみが――ああ、きみなら生きていたいか、自分の魂が墓に入ってしまってから？」

「もう言わないで」とキャサリンはすすり泣いた。「もし私が間違っていたとしても、私はそのために死んでいくのよ。それでじゅうぶんじゃないの！……」（II・第一章）

ここでヒースクリフは、破局の根本的な原因がキャサリンの過ちにあると断じている。それに対してキャサリンも、自らの罪が死を招いたことを自認しているように見える。「もし私が間違っていたとしても、私はそのために死んでいく（If I've done wrong, I'm dying for it）」というキャサリンの言葉は、自己欺瞞の仮面をはずした彼女の覚醒の言葉と取れるのである。

◆ヒースクリフの追跡

キャサリンが死んだとき、ヒースクリフは次のような奇妙な言葉を発する。

「キャサリンはどこにいる？　あそこではない——天国にはいない——消え失せてはいない——どこなんだ？　ああ、きみはぼくの苦しみなんて何とも思わないって言っていたな！　ぼくもひとつのことを祈るぞ——舌の根がこわばるまでそれを繰り返す——キャサリン・アーンショーよ、ぼくが生きているかぎり、安らかに眠るな！　きみは、ぼくに殺されたと言った——じゃあ、化けて出ろ！　殺された者は、殺した者のところに取りつくものだ。幽霊が地上をさまよっていることを、ぼくは信じている、いや知ってるんだ。いつもぼくといっしょにいてくれ——どんな姿でもいい——ぼくの気を狂わせてくれ！　ただ、きみのいないこの奈落にぼくを置き去りにしないでくれ！　ああ、言葉では言えない！　自分の命なしには生きてゆけない！　自分の魂なしには、生きられないいんだ！」（Ⅱ・第二章）

ヒースクリフは、このようにキャサリンなしには生きてゆけないと繰り返し叫びつつ、なぜ死を選ぼうとしないのか。イザベラもヒースクリフに対して、「キャサリンを失ったあと、よくも生き長らえていられるものね」（Ⅱ・第三章）と疑問を投げかけている。自分はあくまでも地上に踏み留まり、死者が幽霊になって出て来るまで待つというのは、容易に解しがたい発想である。

しかし、ここにもまたドッペルゲンガーのモチーフが色濃く表われている。生前にキャサリンは、天国についての夢の話をネリーに語る。前章でも検討したとおり、これはキャサリンが天国から突き堕とされて喜ぶという反キリスト教的な筋書きを含んだ夢である。キャサリンが死んだとき、ヒースクリフが彼女の居場所を指して「あそこではない――天国にはいない」（Not *there*—not in heaven）と断言しているのは、彼もまた彼女が天国にいないことを確信しているからにほかならない。したがって、ヒースクリフにとっては、キャサリンとの再会の場は、地上以外にはありえないのである。ヒースクリフが、自らの死が近づいたとき、しばしば用いる「天国」という言葉が、キリスト教的な天国の概念とは異なることも、すでに前章で見たとおりである。ヒースクリフが死んだあと、彼とキャサリンの幽霊が嵐が丘屋敷や荒野に出没するという挿話が作品に織り込まれているのも、彼らの行き先が天国ではなく地上であることをほのめかしていると言えよう。

このように、この作品が暗示するヒースクリフとキャサリンの合体とは、キリスト教的な天国における再会とは異質なものであることがうかがわれる。これは、ドッペルゲンガーのテーマとも一致する特色である。たとえ黄泉の国からでもやって来て地の果てまでも追いかけ合うというのが、従来より見られた主体と分身の関係であり、ドッペルゲンガーのテーマは、あくまでも地上にスポットを置いて自我の分裂の問題を扱うものである点で、非宗教的なきわめて現世的なテーマであると言える。そこで、『嵐が丘』にドッペルゲンガーのパターンを重ね合わせてみると、キャサリンを失ったときにヒースクリフが発している言葉は、まさに主を失った影の戸惑いと嘆き、そして地を這いずり回ってでもそれに追いつき合体しようとする意思の表われとして、自然に響いてくるのである。

このあと、ヒースクリフによるキャサリンの追跡が始まる。彼はキャサリンの死後一八年間、彼女の霊をたえず追い求め続けてきたことを、のちにネリーに明かす。

「ヘアトンといっしょに居間にすわっていると、外へ出ればキャサリンに会えるような気がした。荒野を歩いていると、家に入れば彼女に会えそうに思える。出かけたかと思うと、大急ぎで帰って来る。彼女が屋敷のどこかにきっといるにちがいないと思ってね。彼女の部屋で寝ていると——叩き出されてしまう——そこで寝ていられなくなるんだ。目を閉じた瞬間、彼女が窓の外にいたり、引き戸を開けたり、部屋に入って来たり、子供のときのようにぼくと同じ枕にかわいい頭を載せていたりする。それを見たくて、ぼくはどうしても目を開ける。そんなふうに、一晩のうちに百回も目を開けたり閉じたりして——そのたびにがっかりしていた！」（II・第一五章）

ヒースクリフは夜となく昼となく戸外をさまよい、家中を血眼《ちまなこ》で探し回り、あるときには墓さえも暴いて、キャサリンの気配を追い求め、そのつど期待を裏切られてきた。それは、彼自身も「一寸刻みどころか、髪の毛一筋の幅で切り刻むような奇妙な殺し方」と表現しているほどの苦しい緊迫した凄じい追跡であった。ここに、ドッペルゲンガーのテーマ特有の「追う者と追われる者」のパターンが見られる。ゴドウィンの『ケイレブ・ウイリアムズ』においては、ケイレブとフォークランドが互いにドッペルゲンガーの関係にあることがしばしば指摘される。ケイレブは主人フォークランドが殺人事件の真犯人であることに気づいたために、彼の迫害を受け追われ続けるが、逆に心理的にはフォークランドを追いつめ、ついに自分の前で罪を白状させるに至る。またフランケンシュタインも、彼のドッペルゲンガーである「怪物」と、互いに追いかけ合う（Joseph, p.xi）。ジーキル博士とハイド氏、ウィリアム・ウィルソンとその同姓同名人物も、やはり追いかけ合いを繰り返す[5]。このようにドッペルゲンガーのモチーフにおいては、追う者と追われる者の関係がしばしば逆転する。『嵐が丘』の場合も、ことに後半では、主体と分身の関係がときとして逆転している。ヒースクリフはキャサリンの霊を追いつつ、他方ではアーンショー・リントン両家の財産を収奪するという世俗的復讐計画に心を奪われており、このような迷妄から彼を目覚めさせるために、今度はキャサリンが彼を苛《さいな》み死へと導くドッペルゲンガーの役割を演じているとも解せるからである。

いよいよ死期の近づいたヒースクリフは、奇妙な現象に取り巻かれ始める。キャサリンの娘がだんだん母親に似てきて、ヘアトンがキャサリンの生き写しのような趣を呈し始めた、とネリーは語る。二人を見ると「気が狂いそうな感じ」（II・第一九章）がすると、ヒースクリフ自身も打ち明けているとおり、これが彼の心境に変化をもたらすきっかけになったことは、じゅうぶん推測できる。そして、彼はさらに次のようなことを述べるのである。

「床を見れば、必ず敷石にキャサリンの顔の形が浮かんでくる。どの雲にも、どの木にも――夜は空気を満たし、昼間はそこらじゅう彼女の姿だらけで、何を見ても面影がちらつくんだ！ごくありふれた男の顔や女の顔――自分の顔までが、彼女に似て見えてくる。世界全体が、恐ろしいばかりの覚え書きの集積となって、彼女がかつて存在したこと、そしてぼくが彼女を失ったということを思い出させるんだ！」（II・第一九章）

仇敵の子孫たちばかりではなく、すべての物体や自然物、人間の顔、ついには自分自身の顔までが、キャサリンの似姿に見えてきたというヒースクリフの異常な心理状態は、もはや彼の自我が消滅しつつあることを物語っている。なぜならヒースクリフは、全世界がキャサリンの分身の集積と化す現象のなかで、彼女の唯一のドッペルゲンガーたるべき自己のアイデンティティーを失い、茫然自失の体に陥っていると解せるからである。つまり、これまで自我の統一を果たすべく、主体キャサリンを追い求め続けてきたヒースクリフが、ここでさらに自我が無限に分裂する危機に見舞われたと考えられる。これがヒースクリフを追いつめ、彼の心身を消耗させて狂気を進行させる一因となったことは、想像に難くない。このあと彼は不眠絶食の日々を送り、次の場面に見るように、ついにはキャサリンの幻影を見るようになる。

確かにヒースクリフは、二ヤードの範囲内にある何かをじっと見つめているようでした。それは、何であるにせよ、彼に極度の喜びと苦しみを伝えているようでした。少なくとも、彼の顔に表われた苦しげな、しかし恍惚とした表情を見れば、そのことは察せられました。またその幻は少しもじっとしていないようで、ヒースクリフの目は飽くことなく執拗にそれを追いかけ続け、私に話しかけているときでさえ、彼はそれから目を離しませんでした。（Ⅱ・第二〇章）

ヒースクリフの表情から、彼が見つめている対象がキャサリンの幻影であることは間違いない。このとき彼は、キャサリンの霊を二ヤード以内にまで追いつめていたらしい。彼の目がまだあちらこちらにさまよっていることから、最後の追いかけ合いがなお執拗に続けられているさまがうかがわれる。この出来事の三日後に、ネリーはヒースクリフが目を見開き「大歓喜」（Ⅱ・第二〇章）の眼差しを浮かべて死んでいるのを発見する。この表情から、ヒースクリフがついに死のきわでキャサリンの霊に追いついたであろうことが推察できる。つまり、ドッペルゲンガーである彼が、最後にようやく主体に追いつき合体を遂げるに至って事切れたというふうに解釈できるのである。

3 「分身」から「自己超越」へ

◆エミリは「分身」のテーマをいかに発展させたか

以上、ドッペルゲンガーのモチーフにそって物語を辿ってきた。このように、ヒースクリフをキャサリンの「ドッペルゲンガー」として位置づけると、二人の関係に関わる謎が、いくらか解けてくる。これは、キャサリンがヒースクリフにとって神のごとき「絶対者」であるという前章の結論といささか異なるように見えるであろう。しかし、主体とドッペルゲンガーとの間に、神という仲介者が存在しないという点では、主体はある意味でドッペルゲンガーの「絶対者」であるとも言えるだろう。こうして、作者がゴシック小説から吸収したドッペルゲンガーのモチーフを、作品に取り入れた可能性が、浮かび上がってくるのである。

従来の分身小説と『嵐が丘』の間には、大きな相違点がいくつかある。まず第一に、それまでは、男性の主人公に男性のドッペルゲンガーが取りつくというパターンが圧倒的に多く、『嵐が丘』のように両者が異性であるケースはごくまれであった。[6] 元来、分身とは一個の自我の分裂という発想に基づくものであるため、結果として生じた二つの自我が同性であるのは、ごく自然の形であったとも言える。第二に、従来のゴシック小説では、ドッペルゲンガーが、人間の内面に潜む悪を暴き出す脅威的な存在であったのに対して、この作品では、互いの親和力によって引き合い自己の欠落を充足する存在へと変質している。

これらの点で、『嵐が丘』は一般の分身小説から大きく逸脱しており、両者を結びつけることには、いささか無理がある観を免れない。しかし、エミリ・ブロンテが、従来の恋愛ロマンスに飽き足らず、男女の関係を、結婚という社会的枠組みからはずし、性的関係をも度外視して、もっと根源的な魂の問題へと掘り下げて捉えようとしたときに、ドッペルゲンガーという既存のモチーフが、彼女に意外な示唆を与えたと推察することも可能であろう。つまり、この小説によって分身のテーマがさらに奥行きのあるものへと発展し、自我の分裂の問題に新しい光が投げかけられたと考えられるのである。

◆「私以上の私」――〈自己超越性〉のテーマ

以上が、本書旧版（『「嵐が丘」の謎を解く』）執筆時点で到達した結論であった。しかし、その後年月を経て論考を重ねるうちに、筆者は、もしかしたらエミリは「分身」のテーマを発展させただけに留まらず、「自己とは何か」という近・現代的な問題をめぐって、もっとはるか先をゆく思想を指し示していたのかもしれない、と思い至るようになったことを、付け加えておく。

「私はヒースクリフ」というキャサリンの言葉の謎は、二人が互いに分身であるとすると、確かに解ける。しかし、その直前にキャサリンは、「彼（ヒースクリフ）は私以上に私なの（he's more myself than I am）」とも言っている。彼女はネリーに向かって問いかける――「誰だって、自分を超えた自分というものの存在があるし、あるはずでしょう。もし私が、私のこの体のなかにすっかり収まっているとしたら、私がいることに何の意味があるというの？」（I・第九章）と。キャサリンが言わんとしているのは、たんに自分が何者かと等しく一体であるということに留まらず、自己を「超える」というものの考え方なのである。

ここで、一九世紀以降に展開した「自己」をめぐる思想・哲学について概略する紙数上の余裕はないが、着目すべき思想をひとつ挙げておきたい。二〇世紀のオーストリアの心理学者・精神分析医ヴィクトール・フランクル（Viktor Emil Frankl, 1905-97）[7]は、独自の学説である実存分析において、「自己超越性（self-transcendence）」という考え方を提示した。フランクルは、一九四九年に導入したこの概念について、のちに英語で発表した著書『聞かれざる意味への叫び』（*The Unheard Cry for Meaning*, 1978）において、次のように述べている。

> 人間であるとはつねに、自分以外の何かまたは誰かへ、満たすべき意味や出会うべきもうひとりの人間へ、尽くすべき理由や愛する人へと向かって存在するということ。これこそ、「自己超越性」が示す根本的な人間学的事実である。人間存在のこの自己超越性をどれだけ実現したかという度合いにおいてのみ、人は真の人間となり、本当の自分になるのである。（Frankl, p.35）

ここで言う〈自己超越性〉は、キャサリンが「私以上の私」「自分を超えた自分というものの存在」という表現を通して伝えようとしたことと、似通っているように思える。自分が自分ひとりの内に留まっているのではなく、自己を超え出て他者に向かうとき、人間は初めて真に存在し得るという根本的発想において、両者は一致しているからである。キャサリンにとってのヒースクリフ、ヒースクリフにとってのキャサリンは、自分が本当の自分であるために、どうしても向かわねばならなかった「自分以外の誰か」「出会うべきもうひとりの人間」であり、文字どおり自分を超えた他者であったと言えるのではないだろうか。そうした自己認識の結果、彼らが取った行動や、陥った迷いや葛藤、犯した過ちなどの是非はともかくとして、『嵐が丘』は、人間の〈自己超越性〉という問題を、新たに文学のテーマに据えた作品であるとも考えられるのだ。そうすると、エミリ・ブロンテは、「分身」という旧来の概念を突き抜けて、二〇世紀の実存的思想へと通じる自己定義を、はや一世紀前に小説のなかで先見的に提示していたという見方さえ可能かもしれない。

第4章

時間の秘密

――年代記を解読する――

1　『嵐が丘』の時間体系

◆物語の年代記

『嵐が丘』は、実に複雑な時間構造を具えた作品である。ロックウッドの語りの内にネリーの物語が組み込まれているために、作品中で二つの時間体系が入り乱れ交差する。冒頭でロックウッドが登場したとき、彼の属する現実世界の時間は、すでに「物語」の終わりに近い段階と重なっている。ネリーは過去の発端に遡って物語を始めるが、途中で現実の時間が挿入されるたびに、「物語」の時間は停止したり、前後へ飛び越えたり、現実と絡み合ったりするのである。

このように錯綜した構成を持つために、『嵐が丘』は長らく技法的に難のある作品とされてきたが（Swinburne, p.96; Lee, pp.100-01）、これが作者によって意図的に仕組まれたものであることが、サンガーによって明らかにされた。サンガーは「『嵐が丘』の構造」（*The Structure of Wuthering Heights*, 1926）において、混沌に満ちた作品の背後に緻密な年代記が隠されていることを立証したのである。彼は作品の随所にちりばめられた時間に関する言及をもとにして、主な出来事の起こった年代や日付を推定し、物語の「年代記（Chronology）」を作成するという画期的な試みに成功した。これによって、従来の『嵐が丘』観は一気に塗り変えられたのである。

サンガーの功績は大きかったが、彼が作成した「年代記」自体には、いくぶん問題点が含まれていた。その後これを再検討し、さらに正確な年代記を編み出そうとする試みが引き継がれてきた。たとえばスチュアート・デイリは、「『嵐が丘』における月と暦」（"The Moons and Almanacs of *Wuthering Heights*", 1974）において、サンガーのいくつかの日付の誤りを訂正し、欠落した日付を補った。インガ＝スティナ・ユーバンクは、サンガーの年代記をもとにして、デイリの発見を付け加え、さらに自らいくつかの修正を補って、新たに「『嵐が丘』年代記」（"The Chronology of *Wuthering Heights*," 1976）[1]を作成した。

しかし、これらの年代記にも依然として問題点が残っているように思われる。第一に、年代記作成者たちは、いずれも年月日の算出方法をごく一部しか明示していない。たとえばサンガーの場合、計算のプロセスを示しているのは、約八〇項目のうちわずか数項目にすぎない。ある日付が、テクストに明記されたものなのか、算出されたものなのか、確実なデータなのか推定値にすぎないのか——このような注釈を欠いたまま年代記が拡充されてゆくことは、必ずしも研究上での前進とは言えない。第二に、示された算出方法の例を見ると、いずれも多かれ少なかれ作品の外部に手掛かりを求めていることがわかる。ことにデイリは、作品中の「月」に関する言及に着目して、作者エミリが一八二六年と一八二七年のカレンダーを参照したという説を打ち出し、月齢をもとにして詳細な日付を割り出すという方法を取っている。ユーバンクも、デイリの説を踏襲している点で、同様の立場を取るものである。サンガーも作品の冒頭の時期を推定するさいに、次のように、「ミカエル賃貸期間（Michaelmas tenancy）」、カレンダーの改訂、狩猟法など、当時の慣習や法令を適用することによって計算している。

ロックウッドは、一八〇一年に記述を始める。それは雪の降る季節で、一月か二月、あるいは一一月か一二月ころと思われる。しかし、彼は一八〇二年、年期借用期間が切れる前に戻って来る。それゆえ物語の冒頭は一八〇一年の終わりということになる。ミカエル賃貸期間は一〇月一〇日に始まる。カレンダーが改訂されたとき一一日分が削除されたため、それは九月二九日ではない。したがって、物語が始まるのは、一八〇一年一〇月一〇日よりあとである。またロックウッドが病気になって三週間たったあと、ヒースクリフはシーズン最後の獲物である雷鳥を彼に贈る。一八三一年の狩猟法制定以来、一二月一〇日以後は雷鳥を狩猟してはならないため、この日付ころがシーズン最後の雷鳥の時期だと考えられる。それゆえ物語の冒頭は、一一月半ばころということになり、そうすればあとに書かれていることとぴったり合う。(Sanger, p.75)

このように作品の外に手掛かりを求めて年月日を算定するのも、ひとつの方法であろう。しかし、重要なことは、この小説がそのような第二義的要因に頼らずとも、内部で完結した時間体系を具えていることである。サンガーは先の方法によって、冒頭の時期が「一一月半ばころ(about the middle of November)」と推定しているが(年表には「一一月終わり(late November)」と記されている)、実はもっと単純な計算方法があるのだ。ネリーがロックウッドに対して「いまから六週間ほど前、あなたが来られる少し前に、ジラと長話をしました」と語っていること、「いま」とは一八〇二年の一月第二週目(Ⅱ・第一六章)と記述されていること——これら二つの事実からだけでも、冒頭の時期が一一月末〜一二月初めであることは、算出できるのである。この一例にも見られるように、この小説は、テクスト内部に含まれた複数のヒントを寄せ集めれば、そこから出来事の時期が割り出せる仕組みになっている。

筆者は自ら年代記の作成を試みることによって、このことを実証した。本書に付録として収めた『嵐が丘』年代記とその推定方法」は、テクストに書かれた事実のみに基づいて作成したもので、本書における論考はすべてこれを土台としている。ここには、当時のカレンダーを参照したユーバンクの年代記ほど多くの明確な日付は記されていないが、これまでに見落とされていた新しい発見もいくつか含まれている。また個々の項目に対して算出方法を注で示し、推定の根拠を明らかにした。ただし、筆者がこの試みによって到達したのは、結局サンガーの発見以来繰り返し述べられてきたことと変わりない。つまり、『嵐が丘』がほぼ完璧な時間体系を具えていること、言い換えると、この小説の時間がいかなる綿密なアプローチにも耐えうるほど正確に構築されていることが、再び検証されたのである。

◆エミリはなぜ厳密な時間体系を仕組んだのか

作品に仕組まれたこの厳密な時間体系は何を意味しているのだろうか。それは、たんに作者エミリのパラノイア的なまでに几帳面な性格の表われにすぎないのか。作品で時間上の矛盾を犯さぬよう周到に配慮するタイプの作家は、ほかにもたくさんいる。たとえばディケンズは『大いなる遺産』（*The Great Expectations*, 1861）を執筆するにあたって、「年月日」（"Dates"）と題する簡単な覚え書きを作成し、これに主人公の経歴上の大ざっぱな年齢と、作品の最終段階における各登場人物の年齢を記している。しかし、『大いなる遺産』では絶対年代が与えられていないし、時間に関する情報も限られているため、ここから年代記を抽出することはできない。つまり、この場合のディケンズの時間的配慮は、第一に矛盾なく辻褄を合わせることにあったと考えられる。またオースティンの『高慢と偏見』(*Pride and Prejudice*, 1813) では、時間に関する情報がかなり豊富に盛り込まれ、出来事が正確に配列されているため、作者が当時のカレンダーを参照したのではないかとする説[2]さえ有力である。しかし、それはあくまでもオースティンの創作年代や作品中の歴史的事件をもとにして考証されたのであって、小説自体から出来事の年月日を割り出すことはできない。また、出来事は概ね時間の順に配列されていて、オースティンがことさら秘密の時間を仕掛けようとした形跡はない。

このようなディケンズやオースティンの「時間の正確さ」と『嵐が丘』のそれとでは、根本的な意味が異なる。すでに指摘したとおり、『嵐が丘』は内部で完結した時間体系を具えた小説である。当然エミリも出来事を時間の順に整然と並べることができたはずであるが、彼女は敢えてその配列を組み替えて錯綜させたのだった。この小説では、正確な年月日を記した記述はごくまれで、たいていはやや曖昧な示し方——たとえば、登場人物の年齢、出来事相互の間に経過した時間、「いまから××年前」といった表現——によって、頻繁に時間に関する言及が織り込まれている。これは、ごく平凡な家政婦ネリーの口述する物語に厳密な時間体系が張りめぐらされていることがあからさまに表われると、いかにも不自然であるため、それを避けるカムフラージュであると言えよう。E・M・フォースターがいみじくも述べているように、「エミリ・ブロンテは、『嵐が丘』において自分の時計を隠そうとした」(Forster, p.43) のである。したがって、彼女の小説には明らかに、たんなる創作者としての誠実さと几帳面さ以上のもの、つまり技巧的なねらいが含まれていると言える。

では、エミリはなぜ『嵐が丘』の「時間」に意匠を凝らそうとしたのか。それは、彼女がこの小説のなかで「時間」という要素に特別の意味を与えようとしたことを物語っているように思える。従来の研究では、時間体系の「正確さ」についての検証が重ねられてきたが、作品に込められた「時間の意味」そのものを解き明かそうとする試みは、ほとんど見られない。そこで、一歩踏み出して、作者の技法的意図は何なのか、『嵐が丘』の世界を呪縛している「時間」がどのような意味を持つのかを、考察してみたい。

2　時間の仕組みと意味

◆時間の法則性

この作品には二つの世代の物語が含まれている。つまり、キャサリン一世とヒースクリフを中心とする第一世代と、キャサリン二世、ヘアトンを中心とする第二世代である。登場人物の配置や状況、とりわけ女主人公をめぐって三角関係が生じることなど、二つの物語は多くの点で類似している。ここで、いまひとつの注目すべき類似点があることに気づく。それは、第一世代の物語と第二世代の物語が、時間のうえでも対応関係を成していることである。

作品の年代記から重要な項目をいくつか拾い上げ、次に列記してみよう（付録の「『嵐が丘』年代記とその推定方法」を参照）。

一七六四年　夏以前　ヒースクリフ誕生
一七六五年　夏　キャサリン一世誕生
一七七七年　一〇月　アーンショー氏死亡［キャサリン一世＝一二歳］
一七七八年　六月　ヘアトン誕生
一七八〇年　夏　ヒースクリフ、嵐が丘屋敷を去る
一七八三年　九月　ヒースクリフとキャサリン一世再会
一七八四年　三月二〇日　キャサリン二世誕生、キャサリン一世死亡
［キャサリン一世＝一八歳／ヒースクリフ＝一九歳］
一七九七年　七月　キャサリン二世とヘアトン、初めて出会う
［キャサリン二世＝一三歳／ヘアトン＝一八歳］
一八〇〇年　三月二〇日　キャサリン二世とヘアトン再会
一八〇二年　四月〜五月初め　ヒースクリフ死亡
［ヒースクリフ＝三七歳／キャサリン一世死後一八年目］
一八〇三年　一月一日　キャサリン二世とヘアトン結婚
［キャサリン二世＝一八歳／ヘアトン＝二四歳］

この年表を眺めてみると、ある注目すべき事実が浮かび上がってくる。それは、ともにキャサリンと名づけられた二人の女主人公を時間軸として全体を見たときに、物語がきわめてシンメトリカルに構成されていることである。キャサリン一世は一八歳で死に、母親と入れ替わりに登場するキャサリン二世は、物語の最後に一八歳で結婚する。キャサリン一世は死後霊界をさまよい続け、一八年目にようやくヒースクリフとあの世で再会する。このように彼女たちは、一八年ごとに大きな節目を迎えていると言えるのである。

これに対して、主人公を軸とした時間の対応関係は、もう少し複雑な様相を呈している。第二世代においてヒースクリフに対応する人物は、彼自身が「ぼくの若いころの化身」（II・第一九章）と呼んでいるヘアトンである。ヘアトンは、一八歳のときにキャサリン二世に初めて出会う。他方ヒースクリフは、これとほぼ同年齢のころ、キャサリン一世と死別している。これらの主人公たちの場合は、ヘアトンが恋人に出会うまでに一八年間を要したこと、かたやヒースクリフが恋人の霊と再会するために一八年間待ち続けたことが、むしろ対応関係にあると言えよう。彼らの恋愛のプロセスは、いわば順番が逆とも言えるが、この一八年間に関しては、ともに孤独な迷妄に閉ざされた期間である点で、状況の類似性が認められる。

このように大まかに見ると、第一世代と第二世代の物語が一八年を基本の周期として、均整を保ちつつ構成されていることがわかる。さらに細かい部分を見ていっても、やはり対応関係は見出される。たとえば、二つの物語はともに、全体の時間のなかの一時期を集中的に扱っている。第一世代の物語の場合は、キャサリン一世が一二歳のとき、つまり父親が死んだあと、彼女がヒースクリフとともに初めてリントン家を訪れエドガーに出会うあたりから、彼女が一八歳で死亡するまでの六年間に、大部分の紙数が割かれている。他方、第二世代の物語は、キャサリン二世が初めて二人の従兄弟ヘアトン、リントンに出会う一三歳のときから、結末で一八歳に至るまでの五年間を集中的に扱う。つまり、ともに女主人公をめぐって三角関係が形成される数年間に焦点が当てられている点で、共通しているのである。さらにこの数年間のなかには、ともに三年間のブランクが設けられている。つまり、ヒースクリフが嵐が丘屋敷を去ってからキャサリン一世に再会するまでの間、そして、キャサリン二世が初めてヘアトンと出会ってから彼と再会するまでの間には、ともに三年間の歳月が流れていて、作品からその期間が削除されているのである。

このように、二つの物語の時間的な対応関係は細部にまで及んでいる。これはたんなる偶然の一致というよりも、構成上の法則性として注目すべきものであろう。サンガーは、アーンショー、リントン両家の家系図がシンメトリカルに構成されていることを、図示して明らかにしたが、年代記のうえでもこれに劣らず見事な均整が保たれていることがわかる。見方を変えると、この小説の時間の流れは反復性を含んでいるとも言えよう。ヒリス・ミラーは、『嵐が丘』が論理的な説明を拒む「不気味な」反復を数多く含んでいることを指摘したが（Miller, *FR*, p.69）、ここでもうひとつの重要な反復の構成要素として、「時間」を新たに付け加えることができるだろう。

◆予言された時間

キャサリンという名前が一代目から二代目へと繰り返されていることに、いま一度着目してみよう。ここに時間の秘密を解く糸口があるように思われる。先にも述べたように、この二人の人生の流れは、反復のパターンを構成している。つまり、母親キャサリンの生涯において流れた一八年間の時間が、娘キャサリンの人生において繰り返され、娘が一八歳になったときを区切りとして、再び母親の生命が甦るのである。したがって、彼女たちの辿る経路は、厳密な時間の法則性に則っているのだと言える。

ということは、キャサリン一世が死後一八年間霊界をさまよい続けなければならないことも、たんなる作者の気紛れではなく、物語のはじめからあらかじめ周到に計画されていたことになる。ことに、次第に死へと傾斜してゆくキャサリン一世の口走るうわ言のなかに、この「予定」を暗示する言葉がすでに含まれているのだ。たとえば、彼女が発作を起こして三日間部屋に閉じ込もったあと、ネリーに語っている台詞を見てみよう。キャサリンは、錯乱状態のなかで目を覚ましたときの体験を次のように語っている。

「……私は嵐が丘の引き戸のついた樫のベッドのなかにいるのだと思っていたわ。何か大きな悲しみで胸がうずくのだけれど、目が覚めたばかりで思い出せなかった——何だったのだろうとあれこれ思い出そうとしていると、不思議なことに私の人生の過去七年間が、すっかり空白になってしまったの！　そんなものがあったということすら、記憶になくなってしまったの。私はまだ子供で、お父さんの埋葬が済んだばかり。ヒンドリーが私とヒースクリフを引き離す命令をしたときから、私の不幸が始まった——私は初めてひとりぼっちで寝かされて、泣きながら夜を過ごし、わびしい眠りから覚めて、引き戸を開けようと手を上げると、この部屋のテーブルの板に手が当たったわけよ！　絨毯をさわっていると、突然記憶が蘇ってきたの…(中略)…一二歳のときに、嵐が丘や子供のころに馴染んでいたいっさいのものとのつながりを断たれ、なかでもそのころの私にとってかけがえのなかったヒースクリフから引き離されて、たちまちリントン夫人、スラッシュクロス屋敷の女主人、見知らぬ人の妻というものになってしまって、それ以来、自分自身の世界から追われた追放者、宿無しになってしまったのよ——私が這いずり回っていた奈落の底を、ちらっと想像することくらいできるでしょ！…(中略)…外に出たいわ——また子供に戻りたい。半分野育ちの、向こう見ずで自由な子供に……」（I・第一二章）

このようにキャサリンの意識は子供時代に戻る。しかし、この追想の言葉には、同時に彼女の死後の世界が要約されているようにも読める。台詞のなかでキャサリンは、自分の人生は一二歳の時点を境として一変し、それ以前は自由な子供時代で、それ以後は無に等しいものとしている。死後のキャサリンが幸福な子供時代に戻れなかったとするならば、彼女の霊の留まるところは、不幸の原点である「一二歳」のときをおいてほかにはない。つまりこの予言は、キャサリンが死後、一二歳の時点に戻り、「追放者、宿無し」として流浪し続けることを暗示している。彼女の霊は一二歳以前、つまりヒースクリフと荒野で遊んだ「半分野育ちの、向こう見ずで自由な子供」の日々に戻りたいと希求しながら、彼と引き裂かれた子供時代の苦悩を反芻し続けることになるのである。ロックウッドの夢のなかに現われたキャサリンの亡霊が「子供」の姿をしているのは、このためにほかならない。

キャサリンの霊がいつ、いかにして目的地に到達するかということも、彼女の言葉のなかですでに予言されている。先の台詞を述べたあと、キャサリンは窓を開け、風の吹きすさぶ夜の闇のなかに嵐が丘屋敷の幻影を見て、次のようにネリーに語る。

「見て！　あれが私の部屋よ。ろうそくが灯《とも》って、木がその前で揺れている……もうひとつはジョウゼフの屋根裏部屋のろうそく……ジョウゼフは遅くまで起きているのね。私が帰るまで、門の錠をおろすのを待っているのね。でも、まだしばらく待つことになるわ。辛い旅だし、行くのは悲しい。それに、この旅をするには、ギマトン教会のそばを通って行かなければならない！私たち、よくいっしょに肝試しに行って、墓場のなかに立って幽霊出て来いって言えるか挑戦したわね……でもヒースクリフ、いま私がやってみてと言ったら、あなたはやる勇気があるかしら？　あなたがやるなら、私も見ているわ。私はあそこでひとりで眠りはしない。たとえ一二フィートもの深い墓穴に埋められ、その上に教会を載せられても、私はあなたといっしょになるまでは安眠しないわ、絶対に！……ヒースクリフは思っている……私のほうから彼の所へ来ればよいと！　じゃあ、道を見つけてよ！　あの教会墓地を通らずに……あなたは遅いのね！　それでいいのよ、あなたはいつだって私のあとからついて来たわ！」（I・第一二章）

キャサリンの台詞に見られる「まだしばらく待つ（wait a while yet）」や「辛い旅（a rough journey）」、「あなたは遅い（You are slow）」などの表現には、彼女が目的地に到達するまでに長い時間を要することが暗示されている。彼女はそのために「ギマトン教会のそばを通って行かなければならない」、つまり死を経なければならないこともほのめかされている。その到達点とは、彼女の幼いころの「部屋」に象徴される幸福な世界であり、ヒースクリフと「いっしょになる」ことであると、彼女は語る。結末でヒースクリフがキャサリンの少女時代の部屋で死ぬことも、ここですでに予言されていると言えよう。キャサリンは、その場にいないヒースクリフに向かって、今でも肝試しをする勇気があるかと問いかける。この問には、やがて墓場に埋められるキャサリンに向かって、幽霊になって出ろと言えるかという含みがある。キャサリンの死の直後にヒースクリフは、「キャサリン・アーンショーよ、ぼくが生きているかぎり、安らかに眠るな！……化けて出ろ！」（Ⅱ・第二章）と叫ぶ。この言葉には、キャサリンの先の問いかけに対するヒースクリフの返答が示されていると言えよう。しかし、キャサリンの言う「私のほうから彼の所へ来ればよい」という考え、つまり、キャサリンの幽霊が出て来ることのみを待ち続けようとするヒースクリフの考えに誤りがあること、彼がそれを悟るまでに長い時間を要することも、キャサリンはすでに予感しているように取れる。

　ではキャサリンは、自分の辛い長旅が終わるのがいつであると予想しているのか。彼女は死ぬ前にヒースクリフと最後に対面したとき、次のように言っている。

「あれは私のヒースクリフではない。私はこれからも私のヒースクリフを愛して、私といっしょに連れて行くわ——彼は私の魂のなかにいるのだもの。それにしても……私がいちばん嫌なのは、このぼろぼろの牢獄。こんなところに閉じ込められているのは、もううんざりよ。あの輝かしい世界へ逃げ出して、ずっとそこにいたいわ」（Ⅱ・第一章）

ここでキャサリンは、自分の肉体を、魂を閉じ込める「牢獄（prison）」と呼び、もはや肉体の拘束から解放されなければ魂の自由は達成できないという心境に至っている。彼女は「私の魂のなかにいる」ヒースクリフを「いっしょに連れて行く」と述べているが、それを達成するには、ヒースクリフもまた肉体の牢獄から解放されなければならない。つまり、キャサリンの旅は、ヒースクリフの死まで続くのである。そして彼の魂とともに「あの輝かしい世界（that glorious world）」へと逃れ、不滅の生命を成就することを、彼女は希求しているのだ。

こうしてキャサリンの霊は、頑強なヒースクリフの肉体が朽ちる日まで待ち続けることになる。それは漠然とした長い期間として予示されているが、キャサリンが何気なく言ったかに見える言葉のなかに、微かなヒントが隠されている。先に引用した台詞の少し前に、彼女はヒースクリフに向かって、「私が死んだあと、あなたは何年生きるつもり？」と問いかける。続いてキャサリンは、次のように述べる。

「あなたをつかまえておきたいわ、二人とも死ぬまで！　あなたがどんなに苦しもうがかまわない。あなたの苦しみなんてかまうものですか。あなたはなぜ苦しまないの？　私は苦しんでいるのよ！　私のことを忘れてしまうの？　私が土の中に入ったら、あなたは幸せになる？　今から二〇年後に、こう言うんでしょう、『あれがキャサリン・アーンショーの墓だ。ずっと昔に彼女を愛したことがあって、亡くしたときには辛かった。しかし、それも過ぎてしまったことだ。あれからたくさんの女を愛したし――子供たちのほうが彼女よりも愛しいよ。死ぬときも、彼女の所へ行くのは嬉しくないな、子供たちと別れなければならないのが辛いからね！』って。そう言うんでしょう、ヒースクリフ？」（Ⅱ・第一章）

ヒースクリフを猛烈になじりながら、キャサリンは「今から二〇年後」という言葉を口にしている。それは出まかせに言った概数に見える。しかしこの年数は、別の箇所に見られるもうひとつの概数と一致する。それは、ロックウッドが夢のなかでキャサリンの幽霊と対話を交わす場面に現われる。

ぼくはとうとう言った、「中に入れてほしいなら、手を離すんだ！」すると相手の指がゆるんだので、ぼくは自分の手を窓ガラスの割れ目から引っ込めて、急いで本をピラミッドのように積み上げて穴を塞ぎ、痛ましい嘆願の声を聞くまいとして耳を押さえた。そうやって一五分以上も耳を塞いでいたように思うが、手を離したとたん、またもや物悲しい泣き声はうめき続けていた！

「行ってしまえ！」とぼくは叫んだ。「二〇年頼んだって、入れてやらないぞ」「二〇年よ」その声は悲しげに言った、「二〇年。私は二〇年間、宿無しだったの！」（Ｉ・第三章）

夢のなかで恐怖に駆られたロックウッドは、出まかせに「二〇年」という概数を口走る。しかしキャサリンの幽霊は、その「二〇年」に固執し、それが決してでたらめな年数ではないことを強調する。それゆえ、生前のキャサリンが言った「二〇年」という言葉が、これと符合し、特別な意味を帯びてくるのである。そしてこれを、一八年という年月の概数と見なしても差し支えないであろう。以上見てきたように、キャサリンの死後の運命が作者の厳密な計算に基づいて決定されていることは、テクスト中のさまざまな予言を通して示されていることがわかる。

◆「一八年」の秘密

この作品は、キャサリン一世の死後、予定された一八年目の期限に到達するまで、物語が連続する仕組みになっている。この「一八」という年数には、何か特別の意味があるのだろうか。一八は数秘学のうえでも重要で、聖書にもしばしば現われる数である。イスラエルの民が神の報いとしてモアブ（Moab）の王に一八年間服従させられたこと、[3] 彼らが再び神の怒りを買って一八年間ペリシテ人、アンモン人に迫害されたこと[4]などの例に見られるように、一八は大いなる報いの数とされる。一八歳でユダ（Judah）の王となった若者ジホイアキン（Jehoi'achin）が、神の報いによりバビロン（Babylon）の王に捕らえられたこと、[5] シロアム（Silo'am）の池の近くの塔が倒れて一八人の人々が下敷きになって死んだことなどからうかがわれるように、一八は一般に凶数とされている。しかし、一八年間病の霊に取りつかれ体が曲がった女が、イエスの手に触れられて、たちどころに癒され体が真っ直ぐになったという挿話[6]に見られるように、一八はたんに苦悩の数であるのみならず、それから解放され再生する区切りとしての意味も帯びている。『聖書類型事典』の編者ウォルター・ウィルソンも、「一八」が人間の「弱さ」と同時に「挫折からの解放と新しい自由の始まり」を示す数であると推測している[7]。本書の第2章でも論じたとおり、『嵐が丘』は聖書的色彩の濃い作品であり、エミリが一八という数を聖書的な背景を意識して用いた可能性も考えられる。とりわけロックウッドの夢に現われるキャサリンの幽霊が、「許されざる罪」を犯した追放者であると解釈するならば、その霊が放浪する期間として、聖書のうえで不吉な年数を作者が選んだことは、じゅうぶん推測できる[8]。また、キャサリン一世が死ぬ年齢、キャサリン二世が結婚する年齢、ヘアトンが彼女に出会う年齢として、人生の大きな変わり目を暗示する「一八」という数を、作者が意図的に用いたことも考えられる。

もちろん数には多元的な要素があり、作者が「一八」という数にもっと別の意味合いをこめた可能性もある[9]。あるいは、作者は一八という数そのものにまつわる因縁などいっさい意識せずに、ただ創作上任意の年数を定めただけであったかもしれない。それはあくまでも推測の領域に留まり、私たちには確実なことは判断できない。しかし、いずれにせよ、エミリが作品の時間に法則性を与えようと意図したことだけは、確かであると言えるだろう。人間の生・死・再生などの節目を刻みながら容赦なく規則的に流れてゆく時間が、この小説の重要なエレメントであることは、明らかである。

◆物語の終結

すでに見てきたとおり、物語に流れる時間は、第一世代から第二世代へと反復される。しかし、反復とともに時間の性質は次第に変質してゆく。物語の終結部では、多くのものが元の形に戻るが、それと同時に再生の因子が減少してゆくのである。たとえば、キャサリン二世はヘアトンと結婚してキャサリン・アーンショーになり、一代目キャサリンの娘時代の名前が復活する。他方、母娘二代にわたって名乗ったキャサリン・リントンという名前は、消滅してしまう。また、ヘアトンはヒースクリフの死後、アーンショー家の正統の主人になり、ヒースクリフに奪われた財産や地位を取り戻す。彼の名前が、三〇〇年前に嵐が丘屋敷を築いた初代ヘアトン・アーンショーと同名であることは、没落したアーンショー家の復活を暗示していると言えるだろう。[10] 他方、ヒースクリフの血統は断絶し、彼の存在は跡形もなく消えてゆく。また、アーンショー、リントン両家のそれぞれ唯一の末裔同士が結婚することによって、家系図は内部で閉じてしまう。したがって、彼らの子孫の婚姻は、家系図に外的因子を持ち込むことなしには達成できず、これ以上の反復は不可能である。

このように、物語の多くの要素が元通りに戻るが、それと同時に、さまざまな要素が淘汰され、永遠に消滅していることがわかる。したがって、結末の段階では、『嵐が丘』の世界には、もはや同形の反復を再生するに足るだけの因子がじゅうぶんに残されていないのである。この作品の終結部に漂う独特の「静寂感」は、このような反復運動の衰えによってもたらされたものと考えられる。[11] ミュアは、『嵐が丘』の終結部を、完全に閉じられそのあとに「もはや言うべきことは何もないと感じられる」小説の結末の例として挙げる（Muir, *ELS*, pp.144-46）。結末に至ってこのようにひとつの世界が閉じられたような印象を読者が受けるのは、この反復運動の衰えによるものと考えられるのである。

◆時の姿

以上見てきたように、『嵐が丘』においては、反復と淘汰を繰り返しながら流動する「時間」の厳然たる流れそのものが、作品の背後でストーリーを支配する決定的な要素になっている。このように「時間」を非情なものとして捉えるエミリの観念は、しばしば彼女の詩においてもうかがわれる。「自問」（"Self-Interrogation"）と題する詩では、夕暮れ時、過ぎた一日に対する詩人の焦燥感が詠われ、そこに「時（Time）」が、次のように姿を現わす。

「時」が「死」の扉の前に立って
厳しく責め立てる
Time stands before the door of Death,
Upbraiding bitterly[12]

「さあ、いっしょに歩こう（Come, walk with me . . . ）」に始まる詩では、死によって友と引き裂かれる悲しみが詠われ、次のような詩句で結ばれる。

あの恐ろしい住み処、
死者の狭い地下牢よりも確実に、
時は人間の心を引き離す——
And surer than that dwelling dread,
The narrow dungeon of the dead
Time parts the hearts of men——[13]

また、次の詩節は「死」（"Death"）と題する詩のはじめと後半部分からの引用である。

私が生きる喜びを信じきっていたとき、
襲いかかってきた「死」よ！
再び襲ってきて、「永遠」のみずみずしい根から
「時」のしおれた枝を断ち切るがよい
…（中略）…
残酷な「死」よ、若葉はうなだれしおれている！

黄昏のやさしい風が生き返らせてくれるかもしれない――
いや、朝の光は私の苦しみをあざ笑う――
「時」が私のために花咲くことはもはやありえない！

Death, that struck when I was most confiding
In my certain Faith of joy to be ―
Strike again, Time's withered branch dividing
From the fresh root of Eternity!

……

Cruel Death! The young leaves droop and languish;
Evening's gentle air may still restore ―
No! the morning sunshine mocks my anguish ―
Time, for me, must never blossom more![14]

このようにエミリの詩に現われる「時間」は、生命をむしばみ愛する者から人間を引き離す恐ろしい破壊力として、しばしば擬人化される。それは、つねに「死」と結び付けられ、「永遠」の対極にある概念として捉えられている。これと同様の時間観が、エミリの小説の基調を成していると考えられるのではないだろうか。

◆時間への挑戦

『嵐が丘』は、このような非情な「時間」の流れに抗《あらが》って「永遠」の魂の合一を果たそうとした人間の執念と挑戦を描いた作品である。エミリが通常の恋愛小説のように恋人たちの死別の場面で終わらせず、その後も延々と物語を書き続けた真意が何であったかは、ひとつの謎である。本書の第7章で第二世代物語について論じるさいにも詳述するように、この作品全体のなかで後半部分をいかに位置づけるかは、これまで批評家たちを悩ませてきた難題のひとつであった。しかし、これまで見てきたとおり、「時間」という要素がその謎を解くひとつの鍵を握っているように思われる。エミリがキャサリン一世の死後も時間の流れを変えぬまま綿々と年代記を綴っていった真意は、「時間への挑戦」という主題との関わりにある。セシルも指摘しているとおり、エミリは、他のヴィクトリア朝作家たちのように人間を「他の人間や文明、社会、行動規範との関係」において捉えず、「宇宙機構との関連」、つまり「時と永遠、死と運命、物事の本質との関係」(Cecil, pp.117-18) において位置づけようとしたのである。それゆえエミリは、「永遠」への希求というテーマを、人間の一生より長いスパンで捉えて描こうとしたのではないだろうか。彼女がかくも絶妙の技法を駆使して厳密な時間体系を作品に仕組んだのは、その目的を達成するためにほかならなかったと考えられるのである。

第5章

空間に埋め込まれた秘密

――イメジャリーを解読する――

1　「何か異端的なもの」――語り手のためらい――

◆結末の場面

『嵐が丘』の結末は、語り手ロックウッドがネリーの物語を聞き終えたあと、教会墓地に立ち寄り、ヒースクリフとキャサリン一世、エドガーの墓の周辺を逍遥しながら物思いにふける場面で閉じられる。作品は次のような一節で締め括られている。

捜しているうちにまもなく、ぼくは荒野の近くの斜面に三つの墓石を見つけた――まん中の墓石は灰色で、半ばヒースに埋もれ――エドガー・リントンの墓石は足もとまで這い上がった芝生と苔とで調和がとれたところで――ヒースクリフの墓石はまだむき出しのままだった。ぼくは静かな空の下で墓石のまわりをしばらく歩きながら、ヒースやイトシャジンの花の間を飛び交う蛾を眺めたり、草に吹くそよ風の音に耳をすましたりした。そして、この静かな土のなかに眠る人たちにとって静かならぬ眠りがあろうなどと、いったい誰に想像できようかと思うのだった。（Ⅱ・第二〇章）

激しい嵐のような物語が終わったことを象徴するかのような、いかにも穏やかで静かな美しい自然描写に見える。それにもかかわらず、この一節には何か釈然としない曖昧さが含まれている。とりわけ最後の一文（I . . . wondered how anyone could ever imagine unquiet slumbers, for the sleepers in that quiet earth.）は、多義的に解釈できる。「……いったい誰に想像できようか」を、確信を強調するための反語表現と単純に解釈するならば、この語りは、死者の「静かな眠り」を肯定しているように取れる。逆に、「誰だって、まさか静かならぬ眠りがあろうとは、想像さえしてみないだろう。しかし実は……」というように、「静かならぬ眠り」の可能性を暗にほのめかしているようにも解釈できる。ロッド・メンガムは、この結末の文は「確信に満ちた安堵感というよりも、願望表現」にすぎず、死者の静かな眠りを信じることのできないロックウッドの「不安感」を表わすものであると主張している。ロックウッドが時間をかけて歩き回っているのも、わずかな動きを観察したりかすかな音に耳をすませたりしているのも、この不安を掻き消そうと平和なイメージを模索しているからにほかならないと、メンガムは見なすのである（Mengham, p.102）。

　バーバラ・ゲイツは、「静かな眠り」がありえないことを、法的観点から説明する。キャサリンが礼拝堂のなかのリントン家の墓碑の下ではなく、教会墓地の片隅の斜面に掘った墓に埋葬されたことは、「村人たちには意外だった」（II・第二章）とネリーは語る。自殺者が教会墓地の片隅に埋葬されるという当時の慣習[1]に照らすと、キャサリンの墓の場所は彼女の死に方がまっとうなものではなかったことを暗示していたのである。ヒースクリフが遺言どおりリントン夫妻と並んで埋葬されたときにも、「村全体が騒然とした」（II・第二〇章）とネリーは言う。したがって、「一八‐一九世紀のイギリスにおける自殺をめぐる慣習を知っている者なら誰でも――エミリもやはり知っていたが――彼らにとって静かな眠りがあったなどとは、ほとんど想像できなかった」（Gates, pp.10-12）

とゲイツは主張するのである。

あるいは、これはたんにロックウッドという平凡な語り手の想像力の限界を示す表現なのかもしれない。ゴーズは、この結びの一文はロックウッドの性格を当てこする最後の諷刺的提示方法であると見なす。第一に、夢に見たキャサリンの泣き叫ぶ声を彼が忘れていること、第二に、もし「静かな空」ではなく空が荒れていたとしたら、彼の論理は崩れてしまうという点を挙げて、ゴーズはロックウッドの判断の誤りを指摘するのである（Gose, p.71）。

いずれにせよ、この結びの一文は不可解な余韻を残す。この不可解さには、実は合理的に説明できる理由があるのではないだろうか。つまり、ここで作者が意図的にこの一文の背後に何かを隠したということが推測できるのだ。言葉では表わしがたい、あるいは表わすわけにはゆかない、何らかの思想を隠蔽するために、作者はロックウッドの口を封じ、曖昧な言葉で締め括らせたとも解釈できる。言い換えると、この文の不可解さは、ロックウッドが不安を感じつつ言葉を濁したことから生じた、当然の結果であったと考えられるのである。

◆キャサリンの死の場面

同じようなことが、キャサリン一世の死の場面の描写にも見られる。ネリーは、キャサリンの死の模様を振り返ってロックウッドに語りながら、それが静かな死であったことを強調する。「天国にいるどんな天使も、キャサリンの美しさには及びませんでした。私は、横たわる彼女の限りない静けさに引き込まれ、かつてないほど神聖な気分になって、聖なる眠りについた安らかな姿を見つめました」（Ⅱ・第二章）と彼女は述べる。そしてネリーは、いかにもキリスト教的な天国の図を思い浮かべ、そこにキャサリンが休息しているさまを描き出す。しかし読者は、ネリーの熱心な言葉の内に、何かわざとらしい不自然さを感じ取る。それについては、このあとに続くネリーの言葉のなかで、ある程度彼女自身が説明している。

「確かに、あのような気紛れな慌ただしい人生を送ったあとで、キャサリンが最後に平和な安息の港に行き着く資格があったかどうか、疑わしいかもしれません。冷静に考えてみたときには疑わしくなってきますが、彼女の亡骸を前にしたそのときには確信できました。静けさそのもののような亡骸は、そこに宿っていた魂もまた、同様に安らかであることを証しているように思えました。このような人たちでも、あの世で幸せになれるとお思いになりますか、旦那さま？　私は知りたくてたまらないのです」

ぼくはディーンさんの質問には答えなかった。何か異端的なものを感じたからだ。彼女は話を続けた――

「キャサリン・リントンの生涯を辿ってみますと、あの世で幸せだとは言えないような気がしてきます。でも、彼女のことは神さまにお任せしましょう」（Ⅱ・第二章）

このように、ネリーの確信はぐらつきを示している。彼女がキャサリンの亡骸の静けさを強調したのは、その死後の状態に関する不安を掻き消すためにほかならなかったことが、暴露されるのである。ネリーは不安を隠しきれず、ロックウッドの意見を求めるが、彼はその問が「何か異端的なもの（something heterodox）」に感じられて、答えを拒否する。ネリーも、キャサリンの眠りが静かならぬものであることを暗にほのめかしつつ、最後は神意に任せることにして、曖昧に言葉を濁す。ここでも、ヴィクトリア朝時代の社会的、宗教的通念を代表する二人の凡人が、キャサリンの死後について語ることが一種のタブーであるかのように、不安感を露わにしているさまがうかがわれる。

このように作者は、二人の中心人物ヒースクリフとキャサリンの死後にまつわる描写において、何か不気味な思想を――ロックウッドの言葉を借りるならば「何か異端的なもの」を――一度ならず、語りの中途で曖昧に隠している。それはいったいどのような理念であったのか。この作品には、数多くのイメジャリーがちりばめられている。本章では、特に空間的なイメジャリーに着目し、そこに埋め込まれた含意を読み解きながら、小説の背後に隠された作者の理念を浮かび上がらせたい。

2　空間のイメジャリー

◆教会

結末の一節の直前に、ロックウッドは次のように、通りかかったギマトン教会（Gimmerton

Kirk）の荒廃した有様を描いている。

ぼくは家に帰る途中、遠回りして教会の方向へ歩いて行った。教会の塀の下まで来て見ると、たった七か月のうちにずいぶん荒廃が進行しているのがわかった――多くの窓はガラスがなくなって黒々とした口を開けているし、瓦も屋根の線を飛び越えてあちこちから突き出し、秋の嵐とともに次第に崩れおちてゆきそうだった。（II・第二〇章）

このように教会が凄まじく朽ち果てたさまを描いたすぐあとに、はじめに引用した箇所、つまり三人の墓石の描写へと続くのである。これは一見、自然な叙述の流れのように見える。しかし、教会に関する記述と墓の描写が並んでいることは、たんに地理的な隣接関係以上の内的関連がそこにあることを暗示している。さりげなく描かれた教会の有様には、実は重大なメッセージが含まれているのである。

というのは、作品の冒頭近くで、やはりこの教会に関する描写が周到に織り込まれているからである。第I巻第三章で、ロックウッドは教会を訪れる夢を見る。彼は目覚めているときに、「ギマデン・スフ礼拝堂（the Chapel of Gimmerden Sough）」で行われた説教の題目が書かれた本を目にする。前後の描写から、これがギマトン教会を指していることは、まず間違いない。次の一節は、夢のなかで、ロックウッドがこの説教を聞くために礼拝堂を訪れたくだりである。

礼拝堂に着いた――ぼくは実際に散歩の途中に、ここを通りかかったことが二、三度ある。二つの丘の間の窪地――小高い窪地に建った教会で――近くに沼があり、そこの泥炭質の湿気の効果で、ここに葬られた遺体のなかにはミイラになるものもあると言われている。礼拝堂の屋根はいまのところまだ形を留めているが、牧師の年収がたったの二〇ポンドで、二部屋から成る住まいも、仕切りが崩れていまにもひとつになりそうで、これでは牧師職を引き受けようという者もいないだろう。ことに最近聞いた噂によると、この教区の人間は、牧師の収入を増やすために自分のふところから一ペニーでも出すくらいなら、牧師を飢え死にさせたほうがましだというような連中なのだから、なおさらだ。（I・第三章）

「礼拝堂に着いた」という最初の文よりあとの部分は、夢の中身の話ではなく、その中途に挿入された注釈である。つまりロックウッドは、夢の記述のなかに、後知恵によって事実に関する情報を補足しているのである。しかし、教会周辺の地理から、地質、気候、牧師の住居の部屋数、牧師の年収、教区民に関する噂話にまで及ぶ注釈は、あまりにも細かく煩雑である。読者は、なぜ夢の話にこのような説明が必要なのかといぶかり、あるいはロックウッドの多弁さにうんざりする。[2] しかし実は、この部分は作品の結末につながる重要な伏線として作者が仕組んだものなのである。つまり、はじめに教会の二つの部屋の境界が崩れつつあり、間もなくひとつの部屋になることが予示されたうえで、結末で再びその荒廃状態が描かれ、境界がすっかり消滅したことが念押しされるのである。

二つの部屋がひとつになるという空間的表現を通して、作者が何かを象徴しようとしていることは明らかであろう。二つのものの物理的融合を示すイメジャリーは、この作品のなかでさまざまに形を変えながら繰り返し現われる。それが何を象徴しているかについては、このあとさらに考察を推し進めてゆく。

夢のなかの注釈には、泥炭質の湿気の作用に関する情報が織り混ぜられている。つまり、特異な気候によって、ここで埋葬された遺体は防腐処置が施されミイラ化するというのである。この説明がのちの出来事の伏線であることは、容易に推測できる。キャサリン一世の死の一八年後にエドガーが埋葬されたさい、ヒースクリフはキャサリンの棺の蓋を開け、彼女の遺体が生前のままの姿を留めているのを目にする。夢のなかの注釈は、この出来事に合理的な裏付けを与えるための下準備にほかならない。では、このヒースクリフの墓暴きという奇妙な挿話は、いったい何を物語っているのだろうか。

◆墓と棺

キャサリンは、スラッシュクロス屋敷でヒースクリフとエドガーが騒動を起こしたあと、三日間部屋に閉じこもり精神錯乱状態に陥る。前章でも引用したとおり、キャサリンが窓から嵐が丘屋敷の幻影を目にし、「見て！　あれが私の部屋よ……」（I・第一二章）とネリーに語る箇所である。ここでキャサリンは、これから子供時代の自分の部屋へ帰って行くという妄想に囚われている。それは長い「辛い旅」で、途中で「ギマトン教会のそばを通って行かなければならない」と彼女は言う。前章でも論じたように、ここで自分の死をすでに予知したキャサリンが述べている言葉は、死後の世界を比喩的に語った予言として解釈することができる。キャサリンは、子供時代に墓場でヒースクリフと肝試しをしたことを思い出し、「ヒースクリフ、いま私がやってみてと言ったら、あなたはやる勇気があるかしら?」と、この場にいない彼に向かって問いかける。ここには、やがてヒースクリフがキャサリンの墓の周辺を徘徊することになることが、暗示されている。そして彼女は、「一二フィートもの深い墓穴に埋められ、その上に教会を載せられても、私はあなたといっしょになるまでは安眠しない」と断言する。読者はこの言葉を、死後も魂となって生き続けようというキャサリンの執念の言葉として受け取る。しかし、彼女の執念の凄まじさは、読者の推測をはるかに上まわったものであることが、あとでわかる。彼女がヒースクリフを待ちつつこの世に留めようとしたものは、実は魂だけではなかったのである。

それは、ヒースクリフの墓暴きのエピソードを通して知ることができる。キャサリンが埋葬された日に、ヒースクリフは墓を掘り返し、彼女の棺の蓋を開けようとする。その瞬間、ヒースクリフは頭上でキャサリンの溜息を聞いたような気がして思い留まり、彼女の気配を追い求めて帰宅する。この不思議な出来事は、何を物語っているのか。棺の蓋を開ければどのような物理的現象が起こるかを思い起こしてみれば、それは解明する。遺体が空気に晒されると、前に言及されていた「泥炭質の湿気の効果」による防腐作用が無効になり、腐敗が始まるであろう。キャサリンはそれを拒み、もうしばらく生前のままの肉体を保持しようとしたのである。ヒースクリフが聞いたキャサリンの溜息は、蓋を開けないでほしいという彼女の合図であったと考えることができる。

その後一八年たって、寺男がエドガーの墓を掘っていたとき、ヒースクリフはキャサリンの棺の蓋を開けて、生前のままの姿のキャサリンに対面する。ヒースクリフは、そのときのことをネリーに次のように語る。

「ぼくは、エドガーの墓を掘っていた寺男に、キャサリンの棺の上の土を取り除かせて、蓋を開けてみた。彼女の顔を見たら——生前の姿のままだった——自分もそのままそこに入っていようかと思いもした——ぼくが動こうとしないので、寺男も困っていたよ。風に当たったら遺体が変質すると彼が言うから、ぼくは棺の片側を叩いて緩めておいた——また土をかぶせておいたが——エドガーの棺のある側じゃないぞ、畜生！　あんなやつなんか、鉛ではんだ付けにしてしまえばよかったんだ——それから寺男に金をにぎらせて、ぼくが埋められるときには、キャサリンの棺の緩めておいた側を取り外し、ぼくの棺のほうも外すようにと頼んでおいた。そうしておけば、エドガーが朽ちてこっちへ近づいて来たときには、ぼくとキャサリンはひとつになって、どっちがどっちかわからなくなっているだろうよ！」（Ⅱ・第一五章）

ヒースクリフがキャサリンの棺の片側を叩いて緩めたのは、風に当ててキャサリンの遺骸を変質させるためである。寺男に与えた指示からもうかがわれるように、ヒースクリフは、死後キャサリンとともに朽ちてひとつに混ざり合うことを望んでいる。その夜彼は、キャサリンの傍らで自分が冷たくなって眠っている夢をみる。ネリーはこの話を打ち明けられて驚きあきれ、「もしキャサリンが朽ちて土になっていたり、もっとひどい姿になっていたりしていたら、あなたの夢はどうなっていたでしょう？」と尋ねる。これに対して、ヒースクリフは次のように答える。

「キャサリンといっしょに朽ちて、もっと幸せになっている夢さ！　ぼくがその種の変化を恐れると思うか？　棺の蓋を開けるときには、そういう変質は予想のうえだった。でも、ぼくがいっしょになるまでまだ腐敗が始まらないようだから、なお嬉しいよ」（Ⅱ・第一五章）

この言葉は、ヒースクリフとキャサリンがほぼ同時に朽ち始めること、つまりヒースクリフの死が間もないことを、暗示している。実際ヒースクリフは、この出来事の数か月後に死ぬのである。彼は二つの棺の並べ方に関する指示を寺男に守らせるように、ネリーに遺言し、彼女はその希望どおりにヒースクリフを埋葬したと確言している（Ⅱ・第二〇章）。

したがって、「いっしょになるまでは安眠しない」というキャサリンの言葉は、魂だけではなく肉体ともどもヒースクリフと合体するその日まで、生前のまま待ち続けるという、凄まじい執念の言葉であったことがわかるのである。キャサリンの遺骸と対面した日にヒースクリフが見た夢は、彼の死期が近づいたことの予告であると同時に、死後の二人の姿を描いた象徴的な図であったとも言える。

ここで、ギマトン教会の仕切りの崩れた二つの部屋が何を暗示していたかが、にわかに明らかになってくる。それは、互いに向かい合った側を外した二つの棺のイメージにほかならないのである。

◆箱寝室

ロックウッドは、嵐が丘屋敷に初めて泊まった日に、部屋に置かれた大きな樫の箱の引き戸を開けて中に入り、その「奇妙で古風な寝台」（I・第三章）で眠る。この箱寝室は、キャサリンとヒースクリフが幼いころにいっしょに寝ていた寝室である。いわばこの場所は、二人の幼年時代の融合状態を象徴するものであるとも言える。キャサリンが、スラッシュクロス屋敷の自室に閉じこもって断食し心身ともに衰弱しきったときに、憧れ悶えたのは、この場所に帰ることであった。ネリーは、そのときの彼女の言葉と様子を、次のように伝えている。

「ああ、昔の自分のベッドで寝ているのならどんなにいいか！」キャサリンは両手を揉み絞って悲しげに言いました。「窓格子のそばで樅の木をざわめかせている風の音が聞こえる。あの風に当たらせて——荒野をまっすぐ吹きわたってくる風——一息でもいいから、あの風を吸わせてちょうだい！」（I・第一二章）

ここでキャサリンが思い描いている情景は、まさに、箱寝室で眠るロックウッドが「突風が唸《うな》るたびに窓格子をかする樅の木の枝」（I・第三章）の音を聞きながら悪夢を見た場と一致する。キャサリンが窓を開け、部屋に風が流れ込んできたとき、先にも見たとおり、彼女はにわかに霊感を帯びたかのように、嵐が丘屋敷の明かりの灯った自分の部屋を幻視し、そこを目指して死の旅に出かけることを予言するのである。

したがって、ロックウッドの夢に現われたキャサリンの亡霊は、このときの予告どおり、昔の自分の部屋の箱寝室へ、すなわちヒースクリフとの融合の達成の場へと帰って来たと言える。ロックウッドが夢のなかで異常な恐怖に囚われているのは、この侵すべからざる二人の融合の場に第三者である彼が侵入したことが、その一因であると考えられる。

次の一節は、物語の終わり近くで、ネリーが開け放した部屋の窓から雨が降り込んでいるのを見て異変に気づき、ヒースクリフを捜す場面である。

もうひとつの鍵でなんとか部屋に入ってみると、部屋は空っぽでしたので、引き戸を開けに駆け寄り――さっと開けて中を覗きました。ヒースクリフはそこにいました――仰向けに横たわって。彼の鋭い凄まじい目に出会ってぎょっとしましたが、微笑んでいるようにも見えました。死んでいるとは思えなかったのですが――顔も喉も雨に濡れていて、夜具もぼとぼとなのに、びくともしないのです。窓格子がばたばた開いたり閉まったりして、窓の敷居の上に掛けた片手を擦りむいていましたが――皮膚の傷口からは血が出ていません。指でその手に触れてみたとき、もはや疑いの余地がないことがわかりました――ヒースクリフは死んで硬くなっていたのです！（Ⅱ・第二〇章）

「部屋が空っぽだったので、引き戸を開けて覗いた」という状況説明から、これがキャサリンの部屋の箱寝室であることは間違いない。つまり、ヒースクリフは箱寝室で死んだのである。窓を開け敷居に手を置いている彼のポーズからは、彼が窓からキャサリンを招き入れ、二人の融合の場へと誘《いざな》ったことを暗示している。ロックウッドの夢のなかで、キャサリンの幽霊が割れた窓ガラスに手首をこすりつけられ、血を流していたのに対して、ヒースクリフは窓格子が当たって擦りむいた手から血を流していない。前者は夢のなかの話であるし、後者は、傷ができたときにはヒースクリフがすでに死んでいたという医学的証明にすぎないようにも見える。しかし、このように「手の傷」の話が繰り返されていることには、何か象徴的な意味が含まれているように思える。アイリーン・テイラーも、二つの出来事が時間的にはわずか五か月程度しか隔たっていないにもかかわらず、それぞれ作品のはじめと終わりに配され枠組みを構成していることに着目し、これらの「傷」が対応関係にあることを指摘している（Tayler, pp.73-74）。キャサリンの幽霊が血を流していたのは、彼女がそのときまだ生きていたこと、つまり、その肉体を生前のままに留めつつ、ヒースクリフに会いに来たことを意味しているのではないだろうか。他方、ヒースクリフが血を流していないのは、彼の肉体が滅んだこと、つまり、キャサリンとの融合を遂げて朽ち始めようとしていることを、暗示していると考えられる。

箱寝室は、ドロシー・ファン・ジェントも「棺のようなベッド（the coffin-like bed）」（Van Ghent, pp.160-61）と呼んでいるように、棺桶に似ている。この「大きな棺桶」のイメージにつながるものは、箱寝室だけではない。ギマトン教会の仕切りの崩れた二つの部屋も、仕切りを取り去った二つの棺も、実はみな同一のものを象っているように思える。それらはいずれも、ヒースクリフとキャサリンの霊的、物理的融合を象徴する空間のイメジャリーなのである。

◆窓

この作品において、「窓」が重要な役割を果たしていることは、これまでに指摘されてきた（Van Ghent, pp.153-70; Van De Laar, pp.107-55）。生と死、動と静、超と俗、霊界と現世など、二つの異質な世界を隔てる境界として、「窓」がこの小説のなかで繰り返し描かれていることは明らかである。ここでは、霊的、物理的融合という観点から、空間的イメジャリーとしての「窓」を再び捉え直してみたい。教会の仕切りの崩れた二部屋、仕切りを外した二つの棺、箱寝室が〈融合〉の象徴であったのに対して、「窓」は融合を切断するもの、つまり〈分離〉を象徴する代表的イメジャリーであると言えるだろう。

ヒースクリフとキャサリンを、幼年時代の融合状態から初めて分離させるきっかけになった出来事は、彼らがアーンショー家の若主人ヒンドリーに対して反逆を企てて、初めてスラッシュクロス屋敷へ冒険したときのことである。彼らは、リントン家の客間の窓から豪華な室内を覗き込む。キャサリンが番犬に噛みつかれて騒ぎになり、二人の正体が明らかになったとき、リントン夫妻は、隣家の令嬢キャサリンを手厚く看病し、ヒースクリフを屋敷の外へ追い出す。ヒースクリフはキャサリンの身を案じて窓の外から覗き込み、彼女の姿を見て賛嘆する。ここで描かれている「窓」の二つの図は、二人の関係の変化を象徴的に示している。はじめに彼らはともに窓の外側にいて、内側のリントン家の人々と対峙していた。しかしあとでは、キャサリンが窓の向こうのリントン家側に属するようになるのである。ヒースクリフとキャサリンはたんに階級的に隔てられただけではない。窓の外には、これまで彼らが共有してきた野性的、動的な自然の世界があり、窓の内には、文化的、静的な世俗の世界がある。ここで彼らが窓によって隔てられたことは、彼らがやがて別世界に属するようになることを暗示している。この出来事を境にして、キャサリンはヒースクリフから遠ざかり、エドガー・リントンに接近してゆくのである。

このように窓に〈分離〉の機能があるとすれば、逆に「窓を開ける」という行為は、境界を取り払うこと、つまり〈融合〉を意味することになる。では、開かれた窓が描かれている箇所を挙げてみよう。先にも見たとおり、キャサリンが断食後に錯乱状態になる場面では、窓を開け放ち「凍るような風」を吸い込んだ瞬間から、彼女は箱寝室へ、つまりヒースクリフとの融合の場へ帰って行きたいという願望を表現するようになるのである。これは、キャサリンを閉ざし憔悴させていた「窓の内側」の世界に、外の嵐が丘から吹く風が流れ込み、彼女に本来の自分を取り戻させたことを暗示していると言えよう。

死期が迫り衰弱したキャサリンの様子を、ネリーは次のように描いている。

リントン夫人はゆったりとした白い服を着て、肩に軽いショールをかけ、いつものように開いた窓の近くに座っていました。…(中略)…ヒースクリフにも話したとおり、彼女の顔つきは前とは変わりましたが、落ち着いているときには、その変化がこの世ならぬ美しさを感じさせました。目の輝きは、夢見るような憂いを帯びた穏やかさに変わり、その目は、もはや周りにあるものを見てはいないようで、いつもはるか遠くのほうを——この世のかなたを見つめているような眼差しです。…(中略)…ギマトンの礼拝堂の鐘が鳴り続けていました。ひたひたと流れる谷川の音が耳に心地よく響いていました。この静かな調べも、木々に葉が生い茂る季節になると、スラッシュクロス屋敷の辺りでは夏の木の葉の音にかき消されてしまうのですが、嵐が丘屋敷では、雪解けや雨降りの季節の後の静かな日には、いつでも川音が聞こえたものです。キャサリンはその川音に耳を傾けながら、きっと嵐が丘のことを考えていたのでしょう……（II・第一章）

キャサリンは、「開いた窓（the open window）」の近くにすわり、ネリーの描写に見られるとおり、「この世のかなたを見つめているような眼差し」で、まるで別世界と交信しているような雰囲気を漂わせている。ここでは「窓」は、現世と来世の間の敷居の機能を果たしているようだ。キャサリンの肉体は窓のこちら側に留まっているが、その魂は窓の外側を浮遊しているさまがうかがわれる。彼女は谷川の音を聞きながら、嵐が丘の川音を思い出す。それは、窓を開けることによって、たんに戸外の音という物理的、聴覚的要素が入って来ただけではなく、それとともに、キャサリンの心の根源にある「嵐が丘」の世界の霊気が流入してきたことを暗示している。それを強調するかのように、この直後にヒースクリフがキャサリンの病室に姿を現わす。したがって作者は、このあとの二人の最後の対面の場面を導入するために、意図的に「開いた窓」の描写を挿入したものと推察できる。

ヒースクリフが死ぬ前にも、これと対応する場面の描写がある。ネリーは、夜ひとりで居間にすわっているヒースクリフの姿を見つけたときの様子を、次のように語る。

ヒースクリフは開け放った格子窓の縁に寄りかかっていましたが、外を見ず室内の暗闇のほうへ顔を向けていました。暖炉の火はすでにくすぶって灰になっていました。部屋は曇った夜の湿っぽい柔らかな空気で満たされ、静まりかえっていましたので、ギマトンを流れ下る川音の囁きばかりか、さざ波の音、小石の上をさらさら流れる音、あるいは川面からはみ出した大きな石を縫ってほとばしる音まで、はっきり聞き分けることができました。私は、火の消えた炉格子を見て思わず不満の声をあげ、窓をひとつひとつ閉めながら、ヒースクリフが寄りかかっている窓の所までやって来ました。「ここも閉めましょうか？」と私は尋ねました。彼が身動きもしないので目覚めさせようとしたのです。そう言ったとき、ろうそくの光が彼の顔を照らしました。ああ、ロックウッドさま、それを一瞬見たとき、どれほどぎょっとしたことか、とうてい口では言えません！　あの落ちくぼんだ黒い目！　あの微笑み、死人のような青白さ！　それはヒースクリフではなく、まさに悪鬼のようでした……（II・第二〇章）

ここでも「開いた窓」から、夜気や川音とともに別世界からの霊気が流れ込んでいるようである。それはネリーの描くヒースクリフの顔が、すでにこの世のものならぬ表情を帯びていることからもうかがわれる。また彼が、死ぬ前にキャサリンが聞いていたのと同じ川音に耳を傾けていることからも、二つの場面の対応関係は明らかであると言えよう。

ロックウッドの夢のなかに現われたキャサリンの幽霊が、窓から箱寝室に入って来ようとしたのは、繰り返し述べてきたとおり、ヒースクリフとの融合を求めたためである。彼女が割れた窓ガラス越しにロックウッドの手にすがりつき、血を流しながらも、「中に入れて！」と懇願し続けたのは、彼女とヒースクリフとを隔てる「窓」こそ、彼女がどうしても通過しなければならない通り道であったためであろう。ロックウッドから夢の話を聞いたヒースクリフは、窓を開けて「入っておいで、キャシー！」（I・第三章）と泣き叫ぶ。彼はこのとき悲嘆の涙を流しつつ、キャサリンの霊の通り道がこの窓であることを知ったにちがいない。この窓の敷居に手を掛けて死んでいたヒースクリフの姿は、彼が生と死との境界を越え出た瞬間のさまを象徴している。あるいはそれは、窓の向こう側の世界、つまり霊界にいるキャサリンを内に導き入れた瞬間であったかもしれない。いずれにせよ、ここで窓が開け放たれていることから、彼らの融合がついに達成されたことが暗示されるのである。

「ヒースクリフが死んでから、雨降りの晩にはいつも、二人が彼の部屋から外を覗いているのが見える」（II・第二〇章）とジョウゼフは証言する。つまり、二人の幽霊が箱寝室の窓の内から覗いているのである。これは、ヒースクリフとキャサリンがもはや窓の同じ側にいること、つまり、彼らが融合を果たしたことを、念押しするために挿入されたエピソードであると言えよう。

3　死後の世界

◆〈分離〉から〈融合〉へ

以上見てきたように、『嵐が丘』には、分離・融合状態を示すさまざまな空間的イメジャリーが、暗号のように配されている。「窓」、「部屋の仕切り壁」、「棺の側壁」などは、二つのものを隔てる〈分離〉の象徴である。他方、「開いた窓」、「仕切りの崩れた二つの部屋」、「側壁を外した二つの棺」、「箱寝室」などは、〈融合〉を象徴する。

この作品の前半では、大部分の空間的イメジャリーが、閉ざされた〈分離〉状態を示している。ロックウッドが最初に嵐が丘屋敷を訪ねたとき、扉や門や窓などはみな厳重に閉ざされている。彼はこれらの入り口を通過して、一歩一歩未知の世界へ侵入して行くのである。「読者はロックウッドを通して、嵐が丘の世界へと導かれて行く。彼が侵入を試みたさいに経験した困難は、嵐が丘がいかに隔離された世界であるかを示している」(Van De Laar, p.107) と、ファン・デ・ラーは述べる。そして、物語の最後にロックウッドが嵐が丘屋敷を再び訪ねたときには、門の鎖は外され、扉も窓も開け放たれている。これは、たんにヒースクリフが死に、屋敷の主人が新しい世代に替わったことを示しているだけではなく、作品全体が閉ざされた〈分離〉状態から開かれた〈融合〉状態へと移行したことを象徴していると言えよう。教会の部屋や棺、窓などとともに、作品全体の空間的イメジャリーがこの移行を示し、分離していたヒースクリフとキャサリンがついに融合を達成するに至ったことを暗示しているのである。

◆〈融合〉状態の実相

この小説が奇異である点は、作者の希求した〈融合〉が、たんなる魂の融合に留まらなかったことである。エミリが具体的なイメジャリーを通して繰り返し示そうとしたのは、二つのものが物理的に混ざり合う形象であった。この作品の根底には、現世において結ばれなかった男女が死後交わるという特異な理念が秘められているのである。

『嵐が丘』は、発表当時、たいへんなセンセーションと非難を引き起こした小説である。ヒースクリフの人物像をはじめ、登場人物の荒々しい言動、結婚の掟を無視するかのようなキャサリンの振る舞い、墓暴きのエピソードなど、この作品には当時の読者の非難を直ちに招きそうな要因が数多く含まれていた。エミリが作中で何度か触れている「死体の融合」にまつわる話は、とりわけ衝撃的な発想であったことが、容易に推察できる。死後は天国の神のもとに召されることを信じ憧れるエドガーやネリーのような人間が多勢を占めていたヴィクトリア朝社会において、このような特異な発想が受容される余地はほとんどなかったと言ってよい。姉シャーロット・ブロンテさえも、一八五〇年版の『嵐が丘』の序文において、作者がこのような「大いなる暗闇の恐怖」が漂う小説を書き、ヒースクリフのような悪魔的人物を創造したことに対して難色を示しつつ、それが作者自身も制御しえない「想像力」のなせるわざであったとしている。さらにシャーロットは、「慈愛と家庭的な誠実さの典型としてはネリー・ディーンの性格を、貞節と優しさの例としてはエドガー・

リントンの性格に注目していただきたい」と述べて、あたかも彼らの存在こそこの小説の枠の部分であるかのような論調で、妹の作品を弁護しているのである。[3]

ヒースクリフの死が近づいたころ、ネリーは彼が「食屍鬼か吸血鬼」（Ⅱ・第二〇章）であると想像する。これらは死体愛好癖と結びつく概念であり、ヒースクリフのなかにそのような変質的特性があることをほのめかしている。彼は息子リントンとキャサリン二世への嫌悪感を示すさい、「法律がもっと厳しくなくて、趣味ももっと上品でない国に生まれていたら、あの二人をゆっくり生体解剖して、一晩じっくり楽しみたいところだ」（Ⅱ・第一三章）と表現している。ジャック・ブロンデルは、エミリのこの文章のなかに、サドの文章との共通点を見出している。[4] これと似た表現は、ヒースクリフがイザベラに対する嫌悪感を示している箇所にも見られる。キャサリンから、義妹を「取って食う」ようなことをしないでほしいと言われとき、ヒースクリフは「あんな嫌なやつを食う気はない。食屍鬼のように屍肉を食らうならともかくね」（Ⅰ・第一〇章）と述べる。このようにヒースクリフの周りには、サディスティックな怪奇趣味的雰囲気が漂っている。それゆえ読者は、ヒースクリフの墓暴きの挿話や、キャサリンの遺体とともに朽ち果てたいという彼の願望表現をも、これと同じ文脈において捉えがちである。つまり、作者は意図的にゴシック小説風の雰囲気を作り出して、その題材の一部として死体融合の話を織り込んでいるように見せかけ、ヒースクリフの願望が彼の変態性に起因するかのような印象を読者に与えるのである。しかしそれは、作者自身の「死後の世界」についての理念を隠すためのカムフラージュにすぎない。では、エミリの秘められた理念とは、どのようなものであったのだろうか。

る。

◆「死後の世界」についての理念

ロックウッドが墓の下に眠るヒースクリフとキャサリンの有様を想像するところで作品が閉じられ、それが妙に曖昧な叙述で結ばれていることの奥には、実は含みがあったのだ。作者はここで、墓の下で遺骸が融合する光景を思い描きつつ、曖昧なほのめかしだけを残して作品を閉じたのである。

パッツィ・ストウンマンは、『嵐が丘』における墓暴きや死体融合のモチーフは、ロマン主義的な「死における結合（union of death）」という詩的着想を具現化したものであるとし、そのような詩の代表例として、パーシー・シェリー（Percy Bysshe Shelley, 1792-1822）の恋愛詩「エピサイキディオン」（*Epipsychidion*, 1821）から、次のような詩節を挙げる。

私たちは同じものになる、ひとつになって……
互いの物質から養分を得るのだ、
純粋で明るく汚れない炎のように、
その輝く命を卑しい餌食《えじき》によって養うことはなく、
天を指し、尽きることなく。
ふたつの意志の内なるひとつの希望、
ふたつの暗い心の奥に隠れたひとつの意志、ひとつの命、
ひとつの死、ひとつの天国、ひとつの地獄、ひとつの永遠、

そして、ひとつの死滅。ああ、悲しい！
私の魂をのせて愛のたえなる世界の高みへと飛び込ませる言葉の翼、
それは火のような魂の飛翔を取り巻く鉛の鎖――
私は喘ぎ、沈み、震え、消えるのだ！（五七三–九一行）

確かにここには死後の結合における物質的な側面が描かれている点で、『嵐が丘』に一脈通じるものがある。ただしストウンマンは、パーシーの妻メアリ・シェリーが小説『フランケンシュタイン』において、死体の断片を寄せ集めて生命を創造するというモチーフのなかで、ロマン主義的発想を具現化していることと同列のものとして、『嵐が丘』の死体融合のモチーフを捉えている（Stoneman, "Introduction," pp.xxvi-xxvii）。しかし、エミリが描こうとしたのは、たんなるロマン主義的着想の影響を越えたもののように思える。それは怪奇趣味やパラノイア的な性的願望とは異質なものであろう。スパークとスタンフォードも、エミリはつねに「絶対的なものへの願望（Desire for the Absolute）」を貫き続けた「情熱的な禁欲主義者」で、彼女の描く男女の「神秘主義的な結合」は、性的結合とは無縁であると述べている（Spark & Stanford, pp.94-95）。この「融合」の観念は、エミリにとっては、むしろ宗教的理念につながるものだったのではないだろうか。

本書の第2章でも論じたとおり、エミリが宗教に対してどのような考えを持っていたか、あるいはいかなる宗教を信奉していたかは曖昧である。彼女の宗教思想のなかに、正統派的なものからいくぶん離れた独自性を見る批評家も少なくない。たとえば伝記作家メアリ・ロビンソンは、エミリが同時代の宗教思想家フレデリック・モーリス（Frederick Denison Maurice, 1805-72）の影響を受けたとしている。[5] モーリスは、宗教とは「神に導かれる個人の魂」に関わる問題であると主張して、当時宗教界で論争を引き起こしていた。エミリの詩「私の魂は臆病ではない」にもうかがわれるように、ひたすら自己の魂の内に神を見出そうとした彼女の姿勢は、確かにモーリスの宗教観に通じるものがあると言えよう。

他方ハロルド・ブルームは、『嵐が丘』には、「原始の深淵（the original Abyss）」に立ち返るという根本思想が基底にあるとし、エミリの理念が、古代の神秘主義的異端思想グノーシス主義（Gnoticism）に似ていると指摘する。「エミリ・ブロンテの宗教は本質的に官能的なもので、性の勝利という観念と死とが深く混ざり合っているため、ヒースクリフとキャサリン・アーンショーの愛の達成が、死以外の形で存在するとは想像できない」と彼は述べる（Bloom, pp.6-11）。ブルームが言うように、エミリにとって宗教と性愛と死とが渾然一体化したものであったとするならば、彼女は恋人たちが死後融合するイメージをも、「原始の深淵」との融合の一環として捉えていたと考えられるだろう。

エミリは決して安易に死に解決を求めていたわけではなく、多くの詩のなかで、「死」を過酷なものとして捉えている。しかし、前章に挙げた「死」（"Death"）と題する詩においても、エミリは、時の流れとともに変わりゆく自然の基底に、「甦りをもたらす生命の潮流（Life's restoring tide）」が永遠に流れていて、「若木の朽ちた屍は、その生れ出た源である〈永遠〉を養う（. . . its mouldering corpse will nourish / That from which it sprung —— Eternity）」という考え方を示している。エミリにとって「死」とは、肉体が朽ちて大地と合一することであり、それによって永遠の一部と化すことを意味したのである。したがって、彼女の理念のなかでは、死後の恋人との合一とは、大地や永遠との一体化とほぼ同義であったと考えられる。したがって、エミリが暗示したヒースクリフとキャサリンの死後の結合とは、彼女の秘められた宗教理念の一端を表わすものであると言えよう。

その秘められた理念がいかなるものであり、それがキリスト教を超えてどこへ向かっていたのかという問題については、第10章で再び取り上げ、屋内〈空間〉から戸外の〈荒野〉へと目を転じて、考察をさらに発展させることとしたい。

第6章

隠された会話

――ある劇的瞬間――

1　『嵐が丘』における会話

◆会話の特色

『嵐が丘』は、二人の語り手ロックウッドとネリーによって語られ、そのなかに語り手自身を含め登場人物の会話が数多く織り込まれている。いずれの語り手にも、その見解や判断において絶対的権威はなく、さまざまな会話に満ち溢れた作品であるという点で、この小説はいわゆる「多声的物語（polyphonic narrative）」[1]であると言えよう。

しかし、描かれる会話は、自ずと語りの形式上の制約を受けている。つまり、それらは語り手が直接あるいは間接に聞き取った会話であるか、または語り手自身が加わった会話であるかの、いずれかに限定されるのである。語り手が聞き知った会話であっても、その伝達の仕方は必ずしも一様ではない。直接話法ですべて示される場合もあれば、その一部または全体が概括される場合、ほとんど内容に触れられない場合など、多様な扱い方が見られる。このような語りの特質の影響によって、この作品における会話には、独特の偏りが生じているのである。

◆ヒースクリフとキャサリンの会話

では、物語の中心人物ヒースクリフとキャサリン一世の会話は、いかに描写されているだろうか。語り手ネリーとヒースクリフの会話、およびネリーとキャサリンの会話は、頻繁に描かれている。マコフスキーも、「この小説の最も重要な場面は、ネリー自身がヒースクリフやキャサリンの啓示的な告白の聞き手となっている会話のある箇所に集中している」（Macovsky, p.104）と指摘する。しかし、ヒースクリフとキャサリンの間で交わされた会話が描写される場面は、意外にも少ない。第三者ネリーが彼らの会話に立ち会う機会には限りがあるため、これは状況のうえで当然の結果とも言える。しかし、第二世代の中心人物キャサリン二世、ヘアトン、リントンたちの会話がかなり頻繁に直接描かれていることと比較すると、第一世代の中心人物の会話における省略は、やはり注意を引く。多くの重要な会話が省略されていることが、この作品を暗示に満ちたものとし、物語の多義的解釈を生み出す一因になっているからである。

そこで、ヒースクリフとキャサリン一世の会話に焦点を当てて、それらがいかに描かれているかを確認したい。まず、二人の間で交わされた会話のうち、直接描かれているものとそうでないものとに分けて、それぞれの特徴を抽出してみる。それによって、「省略された会話」の輪郭をより明らかに浮かび上がらせ、この作品の劇的特質について考察したい。

2　直接話法の会話

◆場面（1）〜（6）

作品中で、ヒースクリフとキャサリンの会話が直接話法で示されている場面は、数箇所に限られる。以下、それらの場面を順に辿ってゆく。

（1）キャサリンがリントン家から帰宅する場面（I・第七章）

キャサリンは初めてリントン家を訪れたとき、犬に噛まれて怪我をし、そこで五週間滞在することになる。これは彼女にとって、ヒースクリフと離れて生活をした初めての経験であった。嵐が丘屋敷に帰って来たキャサリンは、優雅なリントン家の影響を受けて、以前の野蛮な様子とは打って変わり、見違えるように上品な姿になって現われる。彼女は久しぶりに再会したヒースクリフを見て、「まあ、なんてまっ黒で不機嫌な顔をしているの！　それに、なんておかしなこわい顔！　でも、エドガーやイザベラ・リントンを見慣れたせいね。ねえヒースクリフ、私のことを忘れたの？」「顔を洗って髪をとかせばいいのに。それにしても汚いわね」というように、彼の身なりや容貌をあれこれけなす。これに対してヒースクリフは、「ぼくにさわらなくったっていいじゃないか！汚くするのはぼくの勝手だろ。汚いのが好きだし、これからも汚くするさ」と言い返して、キャサリンを避ける。これは、作品中で彼らが初めて互いの間の隔たりを認識し、衝突する場面である。

（2）ヒンドリーの留守中における口論（I・第八章）

ある日ヒンドリーの留守中に、キャサリンがエドガーを迎える身支度をしているところへ、ヒースクリフが入って来る。ヒースクリフは仕事を休んで、キャサリンといっしょに時を過ごそうとするが、彼女はエドガーと会うために彼を追い払おうと躍起になり、次のように次第に口論へと発展してゆく。

「あなた、何について文句を言おうとしているの、ヒースクリフ？」

「べつに――ちょっと、あの壁の暦を見てごらんよ」と、ヒースクリフは窓の近くに掛かっている枠入りの暦を指差して続けました。「×印はきみがリントン兄妹と夜を過ごした日で、小さな丸印はぼくと過ごした日だ。わかるか？　毎日印をつけているんだ」

「わかるわよ――馬鹿みたい、まるで私が気にするとでも思っているみたい！」と、キャサリンは怒った声で答えました。「こんなことをして、何の意味があるの？」

「ぼくが気にしているってことを、きみに知らせるためだよ」とヒースクリフは言いました。

「じゃあ、私はあなたといつもいっしょにすわっていなければならないの？」と、彼女はますます苛立って聞きます。「いっしょにいたら、どんないいことがあるの――あなたが何の話をするというの？　あなたの言うことなすこと、物が言えない人か赤ん坊みたいに、ちっともおもしろくないじゃないの！」

「前は、ぼくのことをそんなふうに口数が少ないとか、いっしょにいるのが嫌だなんて言わなかったじゃないか、キャシー！」と、ヒースクリフはひどく興奮して叫びました。

「何も知らない、何も言わない人といっしょにいたって、しかたないわよ」と彼女はぶつぶつ言いました。

この時期にキャサリンは、ヒースクリフに対して変わらぬ愛情を抱き続ける一方で、エドガーとの交際を続けていたと、ネリーは語る。この場面では、その不自然な状態によって生じた二人の分裂状態が表面化する。ヒースクリフはキャサリンの態度に対して不満を表わし、他方キャサリンは二人の男友達の間で揺れ動いている自分の苛立ちを、ヒースクリフにぶつけて愚弄の言葉を浴びせかけている。直接話法で示されたこの会話は、彼らの心が離れた状態をくっきりと描き出す。

(3) 三年後の再会の場面 (Ⅰ・第一〇章)

突然嵐が丘を去ったヒースクリフが三年ぶりに姿を現わし、すでにリントン夫人となったキャサリンを訪ねて来る。あとでも述べるとおり、再会の瞬間におけるヒースクリフとキャサリンの会話は、ネリーの視野外で起こっているため、描かれていない。ヒースクリフが屋敷内に招き入れられたあと、彼とキャサリンはエドガーの同席もはばからず、喜びにひたって見つめ合う。このときの彼らの会話は、次のように直接話法で示されている。

「明日になったら、夢だと思うわ!」とキャサリンは叫びました。「またあなたに会って触れたり話をしたことが、きっと信じられなくなるわ――それにしても、残酷なヒースクリフ! あなたなんか、こんなふうに歓迎される資格はないのよ。三年間も音沙汰なしで、私のことを考えもしないで!」

「きみがぼくのことを考えたよりは、少し余計に考えたさ」と彼はつぶやきました。「きみが結婚したことを、ぼくは最近知ったんだ、キャシー。さっき下の中庭で待ちながら、こんな計画を立てたんだ――きみの顔を一目見よう――たぶん驚いて目を見はり、嬉しそうなふりをするだろう。それを見収めたら、ヒンドリーに昔のお返しをして、法律の厄介になる手間を省いて、自分で自分の始末をしようとね。きみの歓迎ぶりを見て、その考えは消し飛んだよ。でも次に会ったときに、ぼくに対する態度を変えないように気をつけてくれよ！　もうぼくを追い出したりしないだろうね――ぼくに本当にすまないことをしたと思ったかい？　それだけの理由があったんだからね。きみの声を最後に聞いたとき以来、ぼくはさんざん苦労して生きてきたんだ。きみのために苦しんだんだから、許してくれよ！」

再会の喜びを確かめ合いながら交わされたこの会話は、一見、歓喜に満ちた幸福な会話であるかのように見える。実際これは、直接話法で示された二人の会話のなかでは、作中で最も幸福の色合いの濃い会話と言えるかもしれない。しかし、その内容をよく見ると、彼らは互いの残酷さを責め合い、自分の苦しみを主張し合うことによってしか、その喜びを表現していないことがわかる。ヒースクリフは遠回しながら、キャサリンの「声を最後に聞いたとき」、つまり、彼女が「ヒースクリフと結婚すれば落ちぶれる」（I・第九章）とネリーに言っているのを物陰で聞いたときのことについて、恨みを抱いていることをほのめかしている。また、ヒンドリーへの復讐や自殺の計画といった不穏な内容も、ここには含まれている。したがってこの会話は、二人の心が合致した状態を示しているとは言い難い、苦渋の色濃い会話であることがわかる。

（4）イザベラをめぐる会話（I・第一〇章）

キャサリンは、イザベラがヒースクリフに恋心を抱いていることを知らせて、彼女に危害を加えないようにと、ヒースクリフに忠告する。それに対して、ヒースクリフはイザベラに対する嫌悪感をむき出しにする。彼は「イザベラの生爪《なまづめ》をはがす」、彼女の「むかつくような蠟人形の顔」を「虹色の痣《あざ》で彩る」、「青い目が黒くなるまで殴る」といったような残酷な表現を並べ立てるが、キャサリンは取り立てて驚きもしない。また、イザベラがエドガーの遺産相続人であることをヒースクリフが確認すると、キャサリンは、「男の子を半ダースほど産んで、イザベラの相続権を取り消してやりたいわ！」と述べて悔しさを露わにし、彼にもそれを横取りしないようにと忠告する。この会話自体は、ヒースクリフとキャサリンの間の口論ではないが、彼らの表現や発想を見ると、やはり異常な会話であると言えよう。このときヒースクリフは、キャサリンの忠告を無視して悪巧みを育み始めているが、彼女はそれに気づいていない。したがってこの会話も、二人の心の合致状態を示すものとはほど遠いと言えよう。これをきっかけに、彼らの心の乖離はいっそう大きくなってゆくのである。

（5）イザベラをめぐる騒動（I・第一一章）

ヒースクリフがイザベラを誘惑しているところを、ネリーが目撃して騒ぎ立てたのをきっかけに、キャサリンとヒースクリフの間で激しいやりとりが交わされる。キャサリンがヒースクリフの行動をたしなめると、彼はキャサリンの干渉を拒絶し、「ぼくはきみの夫じゃないんだからね、嫉妬することはないだろう！」と開き直る。これに対してキャサリンは、自分は嫉妬していないと答えて、ヒースクリフがイザベラと結婚したければしてもよいと言う。するとヒースクリフは、次のようにキャサリンへの恨みをあからさまに述べ立てる。

「キャサリン、ついでにきみにちょっと言っておきたいことがある――きみがぼくをひどい目に――実にひどい目にあわせたことを、ぼくはちゃんと覚えているんだ。そのことを知っておいてもらいたいね。聞いているのか？　ぼくが知らないとでも思っていい気になっているのなら、きみは馬鹿だよ――甘い言葉でぼくを丸め込めると思っているなら、きみは愚か者だ――ぼくが復讐しないで我慢していると想像しているのなら、そうじゃないことをもうすぐ思い知らせてやるよ！」

これに対してキャサリンも激しい言葉でやり返し、このあとも直接話法による二人の口論が続く。この箇所は、ヒースクリフがこれまでになく荒々しい態度で、キャサリンを弾劾する激しい争いの場面である。

(6) 最期の対面（II・第一章）

ヒースクリフは、ネリーに手引きを頼んでキャサリンの病室を訪れ、死期の迫った彼女との対面を果たす。ここには、二人の間に交わされた長い激烈な会話が直接話法で示されている。絶望に陥った。ヒースクリフに向かって、キャサリンは「あなたのことなんか、可哀想に思わないわ。あなたは私を殺して——ますます元気になっていくのね」と、恨みの言葉を連ね彼を責め苛む。ヒースクリフも、「死にかけているときに、そんな口のきき方をするなんて、悪魔に取りつかれているのか？……きみが安らかに眠っている間、ぼくが地獄の苦しみに悶えるだけではまだ足りないというほど、きみは身勝手なのか？」とキャサリンを攻撃し、彼女の過去の過ちに対する激しい弾劾の言葉を続ける。エドガーが帰宅する直前に、キャサリンは立ち去ろうとするヒースクリフを引き留めながら発作を起こし、気を失う。こうして、これが現世において彼らが交わした最後の会話となる。ここには、彼らの愛がいかに激しいものであるかが如実に示されているが、その内容は、終始互いを責め苛む言葉で溢れ、ただ苦悩のみで染め上げられている。

◆直接話法の会話の特色

以上見てきたとおり、ヒースクリフとキャサリンの直接話法による会話は、そのほとんどが争いを内容とするものであった。ステヴィー・デイヴィスは、『嵐が丘』は子供の世界を変形した物語で、登場人物たちはたえず子供のように喧嘩をしたり、ののしったり、泣き叫んだりしていると指摘する（Davies, "The Language of Familial Desire," pp.161-62）。ヒースクリフとキャサリンの会話は、そのなかでも最も強烈に人間の原初的な感情を露わにしたものであると言えよう。彼ら自身の間の争いではない場合にも、その会話はつねに苦悩に満ち、何らかの分離の因子を含むものであることがわかった。

3　埋め込まれた会話

◆場面・状況（a）〜（g）

では次に、キャサリンとヒースクリフの会話が直接描かれず、語りに「埋め込まれて」いる箇所を順に辿ってみよう。

（a）子供時代（I・第四章〜第五章）

ヒースクリフがアーンショー家に引き取られて間もなく、彼とキャサリンは親密になったとネリーは語っているが、彼らの具体的な会話は示されていない。「キャサリンはヒースクリフが好きでたまりませんでした。彼女に対していちばん効き目のある罰は、彼と引き離すことでした。それでいて彼のために誰よりもよく叱られたのも、彼女だったのです」（I・第五章）というネリーの語りからも、つねにキャサリンとヒースクリフが、ともに過ごしていたことが推測される。またネリーは、キャサリンの横柄な態度がヒースクリフに対して絶大な力を発したことや、ヒースクリフが彼女の命令には何でも従ったことなどにも触れているが、具体的な挿話は示していない。このように、子供時代の二人の会話は直接描かれていないのだ。これは、当時のヒースクリフとヒンドリーの険悪な関係を示す挿話として、彼らが馬を取り合って激しく争う会話が直接話法で描かれていること（I・第四章）とは、対照的である。

（b）アーンショー氏の臨終（Ⅰ・第五章）

この作品で、キャサリンがヒースクリフに向かって述べた言葉が初めて直接話法で書かれているのは、父アーンショー氏の死に気づいて彼女が発した台詞、「ああ、お父さんが死んでいるわ、ヒースクリフ！　死んでいる！」である。これは、キャサリンとヒースクリフの関係に初めて苦悩の兆しが現われた瞬間に織り込まれた言葉である。しかし、このあと「それから二人は胸がはりさけるほど泣きました」という語りが続き、これは会話へと発展しない。次の一節は、急いで医者と牧師を呼びに行ったあと、帰宅したネリーが、子供部屋に駆けつけ、ヒースクリフとキャサリンの有様を語った場面である。

もう夜中を過ぎていましたが、二人とも横になった様子はありません。でも前よりは落ち着いていて、私が慰める必要もないようでした。幼い二人は、私など思いもおよばないようなすばらしい考えを話して、お互いの心を慰め合っていました。どんな牧師だって、彼らが無邪気に語っていたほど美しい天国を描いてみせることはできなかったでしょう。それを聞いて泣きながら、みなでいっしょにそこへ行って安らかに暮らせたら、と願わずにはいられませんでした。

この場面では、ネリーはキャサリンとヒースクリフの会話をその場で聞いている。しかし、それが天国についての無邪気な会話で、ネリーがそれに感動したことが説明されているだけで、会話の具体的な内容は直接描かれていない。

（c）ヒースクリフの身分の失墜期（I・第六章）

アーンショー氏の死後、新しい主人となったヒンドリーは、ヒースクリフを使用人の身分に落として虐待する。しかし、キャサリンとヒースクリフの間には、以前と変わらぬ親密な関係が続いていたことを、ネリーは次のように語っている。

ヒースクリフは身分が落とされても、はじめのうちはよく我慢していました。キャシーが勉強したことを教えてくれましたし、いっしょに野良仕事をしたり遊んだりしていたからです。二人とも野蛮人のように粗野になってしまうことは目に見えていましたが、若主人は自分がいないところであれば、二人がどう振る舞おうが何をしようがまったくおかまいなしでした。…(中略)…朝から荒野へ飛び出して行って一日中そこで過ごすのが、彼らにとっては何よりも楽しみでしたから、そのあとで受ける罰など、笑ってすませられることでした。

このころヒースクリフとキャサリンは、ヒンドリーの目を避けつつ始終いっしょに過ごしていたことがわかる。また、彼らが二人きりの時間を存分に楽しんでいた様子も推測できる。しかし、具体的な会話はまったく描かれていない。

（d）スラッシュクロス屋敷への冒険（I・第六章）

ヒースクリフとキャサリンが、初めてスラッシュクロス屋敷を訪れたさいのことは、ネリーの直接知らない出来事であるため、ヒースクリフがネリーに報告するという形で描かれる。ヒースクリフとキャサリンは、荒野を駆け降りてリントン家の屋敷に辿り着き、窓から客間を覗き込んでいるところを発見され、騒ぎが起こる。この場面では、驚き興奮したリントン家の人々の会話は直接話法で示されているが、二人の台詞はほとんどない。ただ一度キャサリンが、番犬に嚙みつかれた瞬間、ヒースクリフに向かって「逃げて、ヒースクリフ、逃げて！　ブルドッグを放したのよ、私に嚙みついているの！」とささやいているのが、ただひとつの台詞である。

ただしこの出来事の発端については、ネリーの物語が始まる前、ロックウッドが嵐が丘屋敷で見つけたキャサリンの日記のなかで、すでに触れられている。「私の相棒はじっとしていられなくなって、乳しぼり女の外套をかっぱらい、それをかぶって荒野に駆けて行こうと提案した」（I・第三章）とある。ここではヒースクリフの会話の具体的な内容が伝えられている。しかし、ヒンドリーやジョウゼフの会話が直接話法で書かれているのに対して、ヒースクリフの会話は、間接話法という形で「埋め込まれている」とも言える。このあと二人がどこへ行ったかは伝えられず、ただその結果、ヒンドリーがヒースクリフとキャサリンを引き離す命令をしたということだけが、日記の続きに書かれている。出来事の起こった時期と状況から、これがスラッシュクロス屋敷への冒険であったことがあとで推測できるが（「『嵐が丘』年代記とその推定方法」の注20を参照）、両者の一致を決定づける決め手は、ヒースクリフが「リントン夫人は、キャサリンが出がけに借りて着ていた乳しぼり女の灰色の外套を脱がせてやっていた」（I・第六章）とネリーに言っていることである。したがって、キャサリンの日記のなかに現われるヒースクリフの間接話法の会話は、そこに「乳しぼりの女の外套」という不可欠の記号を配するために、例外的に具体性が与えられたものと考えられる。

(e) 屋根裏部屋での会話(I・第七章)

クリスマスにリントン兄妹が嵐が丘屋敷に招待されて来たとき、ヒースクリフはエドガーと衝突して騒動を引き起こし、その罰として屋根裏部屋に閉じ込められる。キャサリンはダンスが行われているときこっそり階段を上って行き、ネリーはそのあとを追う。

キャサリンは階段のてっぺんに来ても立ち止まらず、ヒースクリフが閉じ込められている屋根裏部屋まで上って行き、彼に声をかけました。ヒースクリフはしばらくの間強情に返事をしませんでしたが——キャサリンは辛抱強く彼を説き伏せて、ついに壁板越しに言葉を交わし始めました。

このあとネリーがしばらく座を外して、再び戻ってみると、キャサリンの声が今度は屋根裏部屋の中から聞こえたと言う。ここでは、二人の会話の一部がネリーの耳に入ったことが推測されるが、その内容については述べられていない。

(f) 再会の場面(I・第一〇章)

ヒースクリフは三年ぶりにスラッシュクロス屋敷を訪れる。ネリーが来客を告げ、キャサリンが階下に降りて行ったあと、エドガーは客がヒースクリフであることをネリーから聞き知る。そのときのエドガーの様子は、次のように描かれている。

エドガーは、部屋の向こう側の、中庭を見下ろす窓のほうへ歩いて行き、窓を開けて身を乗り出しました。おそらく二人が下にいたのでしょう、すぐに大声で言いました。「そんな所に突っ立てないで！　お客に入ってもらいなさい、用のある人ならね」

再会した瞬間のヒースクリフとキャサリンの様子がどのようなものであったかを、ネリーは見ていない。ここではただ、そのときエドガーが窓から身を乗り出して、外の暗がりのなかにいる二人の様子を目撃して、慌てたということだけが述べられている。そのあとキャサリンが息せき切って部屋に入って来て、「ああ、エドガー、あなた！　ヒースクリフが帰って来た、帰って来たのよ！」と、夫にしがみつきながら叫んでいる様子からもうかがわれるように、再会の瞬間、ヒースクリフとキャサリンはただならぬ興奮のなかで会話を交わしていたことが推測される。

（g）ヒースクリフとリントン家の交際（I・第一〇章）

その後ヒースクリフは、次第にリントン家で客として認められるようになる。この期間に交わされたヒースクリフとキャサリンの会話は、時々ネリーやイザベラが耳にしていたとされるが、その内容は直接描かれていない。たとえば、ヒースクリフへの恋心に悩むイザベラは、ある日キャサリンに向かって、前日荒野を歩いていたときのことに触れ、「あなたは、私には好きなところを散歩していなさいと言って、自分はヒースクリフさんといっしょに歩いていたでしょ！」と不満を述べている。ここでも、ヒースクリフとキャサリンが散歩をしたことには触れられているが、そのときの具体的な会話は示されていない。

◆埋め込まれた会話の特色

以上、ヒースクリフとキャサリンの会話が直接描かれていない箇所を辿ってみた。登場人物の会話を直接話法以外の方法で示すさい、通常は、間接話法や自由間接話法、語り手による要約などの方法が取られる場合が多いが、この作品では、そのような方法で会話が示される箇所はきわめて少ない。場面・状況（a）（c）（g）では、ネリーはある期間におけるヒースクリフとキャサリンの関係について概括し、そのころ二人の間で交わされた会話を特に取り上げていない。（b）（d）（e）（f）では、具体的な挿話が取り上げられ、彼らが会話を交わしたという事実は示されているのだが、その内容は直接描かれていない。

このように、この小説では、ヒースクリフとキャサリンの会話が数多く語りのなかに埋め込まれていることがわかる。それらの「埋め込まれた会話」のおおかたは、彼らの心が合致した状態において交わされた会話である。ヒースクリフとキャサリンの幸福な時代や、二人の心が一致した状態が存在したことは、強烈な印象をもって作品のなかに刻み込まれているにもかかわらず、それを裏付ける会話そのものは、語りの表面から省かれ、その奥深くに埋め込まれているのである。

4　隠された会話

◆会話のなかの省略

これまで見てきたとおり、この作品ではヒースクリフとキャサリンの分離状態を示す会話のみが特記されていて、融合状態を示す会話が省略されるという特徴が浮かび上がってきた。しかし、この原則からずれ、他と趣の異なる奇妙な場面が、作品中に一箇所だけある。それは直接話法で書かれた場面（5）の会話、つまりヒースクリフがイザベラを誘惑したことを発端として、彼とキャサリンが激しく言い争う会話（I・第一一章）のなかで起こる。この直接話法の会話の最中に、省略部分が設けられているのである。このような例は、作中でただひとつこの場面しか見当たらない。

二人の会話を聞いていたネリーは、途中でその場を離れてエドガーの部屋へ行き、事の顚末《てんまつ》を主人に報告する。そのあと彼女がエドガーといっしょに部屋に戻ってきたときの様子は、次のように描かれている。

> エドガーは階下へ降りて、下男たちに廊下で待っているように指示してから台所へ行き、私もそのあとについて行きました。中にいた二人は、またもや激しく言い争っていました。少なくともキャサリンのほうは、ますます激しい勢いでまくしたてています。ヒースクリフは窓辺に寄り、彼女の激しい剣幕に気おされた様子で、うなだれていました。

ヒースクリフのほうが先に旦那さまに気づき、慌ててキャサリンに黙るように合図しました。彼女は合図のわけがわかると、突然口をつぐみました。

このようにネリーは、キャサリンとヒースクリフの言い争いが続いていたことを示している。したがって、ネリーが座を外していた間に交わされた会話だけが、省略されていることがわかる。しかし、ネリーの語りには、何か不自然なところがありはしないだろうか。彼女は、二人が激しく言い争うさま、ヒースクリフがキャサリンの剣幕にたじろぎうなだれるさま、ヒースクリフが気づいて合図するさま、キャサリンがそれに従って黙るさまなどを順に語っているが、ここにはある程度時間の経過が感じられるのである。テクストでは、ヒースクリフが気づくところで改行されていて、ネリーが部屋に戻ってからそれまでに少し間があったことが暗示されている。つまり、ネリーとエドガーはしばらくその場に留まったまま、キャサリンとヒースクリフの会話の一部を聞いたということが、推測できるのである。ではなぜネリーは、そこで聞き取った会話の内容を直接示さず、彼らの様子を沈黙のなかでパントマイム風に描いているのだろうか。これまで見てきたところでは、全般的に、争いの場面の会話は省略抜きでつぶさに伝えられる傾向があった。それゆえ、ここで争いの会話の一部が省かれていることは、注目に値する。

◆エドガーの立ち聞き

この場面は次のように続く。

「いったいどういうことだ？」とエドガーはキャサリンに向かって言いました。「あの悪党にあんなことを言われてまでここに留まっているとは、きみはたしなみを何と心得ているんだ？　たぶん、あの男はいつもああいうしゃべり方をしているから、きみにとっては何でもないことなんだろうけれど――彼の卑しさにきみは慣れっこだから、たぶんぼくもそれに慣れるとでも思っているんだろう！」

「ドアのところで立ち聞きしていたの、エドガー？」と、キャサリンはわざと夫の癇にさわるような口のきき方をしました。夫が怒っても気にしていないし、むしろ軽蔑しているといった調子です。エドガーの言葉を聞いてヒースクリフは顔を上げましたが、キャサリンの言葉を聞くと、せせら笑いました。エドガーの注意を自分のほうへ引こうとして、わざとそうしたようです。

「あんなことを言われてまで」と、エドガーはヒースクリフがキャサリンに言った言葉に対して苛立ちを示している。キャサリンは、エドガーが立ち聞きしたことを捉えて開き直り、ヒースクリフは彼を愚弄するような態度に出る。キャサリンとヒースクリフのこの反応には、わざとらしい演技のようなものが見られる。彼らはこのあとも結託して、さらにエドガーを挑発するような言動を続ける。ヒースクリフがエドガーを「子羊」、「乳臭い臆病者」、「よだれを垂らしてぶるぶる震えているやつ」などと呼んで嘲《あざけ》っても、キャサリンはまったく意に介さない。彼女は夫が下男に加勢を求めたことに気づくと、部屋の鍵を閉めてそれを火のなかに投げ込む。ヒースクリフがエドガーの

「頭蓋骨を拳骨で割る」という暴力的な表現を用いると、キャサリンも負けずに「あなたなんか気分が悪くなるまでヒースクリフに叩きのめされればいいのに」と残酷な言葉を夫に浴びせかけている。そして、「王様がねずみの群れに軍勢を差し向けないのと同じで、ヒースクリフはあなたには指一本上げないわ。……あなたは子羊というよりウサギの赤ちゃんってタイプね」と言って夫を愚弄する。このように、キャサリンは完全にヒースクリフの味方に付いて、夫の劣等性を明らかに認めていることがうかがわれる。

このあとひと騒ぎ起こり、ヒースクリフが退散すると、キャサリンはネリーに向かって次のように述べる。

「この件では私には何も非がないことは、わかっているわね。あの人、いったいどうして立ち聞きなんかする気になったのかしら？　あんたが出ていったあと、ヒースクリフの話ったらひどいものだったけれど、すぐに彼の気をイザベラから逸らすことができそうだったし、ほかの話はどうでもいいことじゃないの。悪魔に取りつかれたみたいに自分の悪口を聞きたくてたまらない馬鹿者のせいで、何もかもが台無しだわ！　私たちの話を聞かなくたって、エドガーにとっては、どうってことないのに。…(中略)…いいわ、もしヒースクリフを私の友達にしておけないのだったら――エドガーが卑劣なやきもちをやくなら、私の胸を悲しみのあまりつぶしてしまって、あの人たちの胸もつぶしてやるから。それが、いよいよ追いつめられたとき、万事に決着をつける手っ取り早い方法だわ」

キャサリンは、エドガーが「立ち聞き」したことに対して、執拗なまでのこだわりを示している。イザベラの件以外の「ほかの話（the rest）」は、「どうでもいいこと（nothing）」であったとキャサリンは言っているが、実はそこに何か秘密が隠されているようにも取れる。エドガーに聞かれてはまずいこと、彼が「卑屈なやきもちをやく」原因となる何かが、その話には含まれていたように推察できるのだ。キャサリンはヒースクリフとの別離を予感し、「万事に決着をつける手っ取り早い方法」と言ったときには、早くも自分の死を予期し始めている。

このあとエドガーが、ヒースクリフと自分のどちらを選ぶかと迫ると、キャサリンは発作を起こし部屋に閉じこもる。三日間の断食後、ネリーと会話を交わしたキャサリンの様子は、すっかり変貌している。彼女は死にたいと口走ったり、「私は二つのうちひとつを選ぶことにするわ——すぐに飢え死にしてしまうか……元気になってこの土地から出て行くか」（I・第一二章）と述べて、現実生活への執着を失いつつある心境の変化を示す。エドガーが病室を訪れると、キャサリンは、自分が近々「永遠の休息所」である「野の墓石」の下に眠ること、すでに「自分の魂はあの丘の頂上」にあって、エドガーとは無関係であることなどを口走る。このようにキャサリンの心は急速に、現世やその一部である夫から離脱し、死へと傾斜しているのである。ヒースクリフのほうは、ちょうどこのころイザベラとの駆け落ちを決行している。

したがって、省略された会話の場面を境として、物語が急転直下していることがわかる。つまり、この語りの空白部分は、まさに決定的なプロットの転換点に位置づけられていて、作品全体のなかで非常に重要な意味を含んでいると言えるのである。

◆ヒースクリフとキャサリンは何を話していたのか

では二人はそのとき、いったい何を話していたのだろうか。語りの流れからすると、いかにもイザベラをめぐる口論が続いていたように取れる。しかし、その後のプロットの動きを見ると、釈然としないところがある。エドガーは、キャサリンに対して嫉妬を示すのみでイザベラのことには言及しない。彼はヒースクリフの行動を予測できたのにもかかわらず、妹に忠告を与えるだけで、監視しようともしない。実際、このあと誰もイザベラのことを気にかけてはいないのである。それゆえ、ヒースクリフとキャサリンがここで交わしていた会話には、二人にとってもっと重大な内容が含まれていたのではないかという推測が生じてくるのだ。

もう一度、省略部分に先立つ二人の会話（5）の内容を振り返ってみよう。話の発端はイザベラをめぐる言い争いであったが、焦点は次第にそこから逸れて、彼ら自身のこじれた関係へと推移していっている。ヒースクリフは、過去にキャサリンから受けた扱いに対する恨みへと、話を転じる。「ぼくの宮殿をひっくり返しておきながら、掘っ建て小屋を建てて家を施してやったというように、いい気になるなよ」という彼の言葉から、彼が決して掘っ建て小屋住まいでは満足しないこと、つまり、たんなる友人としてリントン家に出入りする地位に甘んじる気はなく、キャサリンと二人だけの「宮殿」を取り返さなければ気がすまないという意思表明がうかがわれる。これに対してキャサリンは、リントン家を掻き回されることこそ自分への最大の復讐であると言い返し、現状を維持しようという意志を曲げない。したがって、この口論は本質的に、彼ら自身の関係をめぐる根本的衝突であったと言える。

ここで話がとぎれ、ネリーは「キャサリンが紅潮した重苦しい表情で火のそばにすわり……ヒースクリフが炉の前に立って腕組みしている」ところを見収めて座を外したのであった。二人の会話はこのあとどのような方向へ進展していったのだろうか。あとでキャサリンが、エドガーのことを「自分の悪口を聞きたくてたまらない馬鹿者」と呼んでいることから、エドガーの悪口が出たことは確かである。それまでにも、ヒースクリフがエドガーの留守をねらってやって来ては、彼の悪口をキャサリンに吹き込み焚きつけていたことを、ネリーもあとで告げ口している。しかし、キャサリンの激昂の理由が、たんに夫を中傷されたことであったとは考えられない。ヒースクリフは、自分とエドガーのどちらを選ぶかとキャサリンに迫ったのかもしれない。あとでキャサリンは、「飢え死にするか、この土地を出ていくか」のいずれかを選ぶ気になるが、後者の決断は、エドガーと別れることを意味する。したがって、ヒースクリフとの駆け落ち話がここで出たことも推測できる。キャサリンの出産については、彼女の死の間近まで語りではまったく触れられていないが、この騒動が起こったときには彼女はすでに妊娠していたはずなので、その話が出たとも考えられる。あるいは、ヒースクリフが嵐が丘を出て行ったとき、つまりキャサリンが「ヒースクリフと結婚すれば落ちぶれる」と言ったときの話が蒸し返された可能性もある。キャサリンはその誤解を解こうとして、そのあとに続いた愛の告白を繰り返したかもしれない。

このように、具体的な話の内容はさまざまに推測できるが、それをここで再現することはもとより不可能である。しかし、重要なことは具体的な話自体ではなく、この会話のなかに二人の関係の核心に触れる内容が含まれていたにちがいないということである。激しい争いの最中に、おそらく二人の「融合」状態を形作る会話が織り込まれていて、作者がそれを他の場合と同様に省略した可能性が浮かび上ってくるのである。ただし他の場合には、語りのなかに「融合の会話」を「埋め込む」という方法が取られているのに対して、ここでは、語り手を場面から排除し視点を逸らすという方法によって、語りのなかに空白部分が設けられている点が目立つ。それゆえ、これが作者によって意図的に「隠された」会話であるという印象が際立つのである。最も劇的に緊迫した場面で、敢えて会話が削除されているのは、まさにその会話がはかり知れなく重要であったゆえだという逆説が成り立つのではないだろうか。

5 『嵐が丘』の劇的特質

◆クライマックス——認知と逆転

以上、『嵐が丘』におけるヒースクリフとキャサリンの会話の特質を検討することによって、第I巻第一一章に重大な「隠された会話」が存在することを立証した。この「隠された会話」が作品全体のなかで占める位置は、小説の劇的特質という観点から見ると、ことに重要性を帯びてくる。『嵐が丘』の劇的特質に着目したメルヴィン・ワトソンは、この作品の構成を五幕物の悲劇に見立てて、ヒースクリフが物陰でキャサリンの話を途中まで聞いて嵐が丘を去る場面（I・第九章）を「小クライマックス」とし、キャサリンの死の直前に二人が最後に対面する場面（II・第一章）を「クライマックス」として位置づけている（Watson, pp.95-100）。しかし、第I巻第一一章の「隠された会話」の場面は、第II巻第一章の「クライマックス」の場面――死別を目前に控えた二人が荒々しく抱擁し合うさまが傍観者ネリーによって直接描かれ、激しい愛憎の言葉が直接話法で伝えられている箇所――よりも、いっそう「劇的」特質を孕んでいると言えるのではないだろうか。

「劇的」特質とは、激しい言動の直接的描写から生じるものとは、直ちに規定できない。アリストテレス（Aristotle, 384-322 B. C.）は、ドラマにおいて最も重要な要素は、「認知（anagnorisis）」、すなわち無知から知への転換と、「逆転（peripeteia）」、すなわち行為の方向がこれまでとは正反対の方向へ転換することであるとし、最も優れたドラマでは認知と逆転がともに起こると規定している。アリストテレスはその一例として『オイディプス王』を挙げて、オイディプスが実の父親を殺し母親と近親相姦を犯したことを「認知」すると同時に、これまでよき王として位置づけていた自己を否定し、王位からの放逐を自ら要求するという「逆転」に至っていることを指摘して、この作品の劇的特質を解明している（『詩学』第一一章・第一六章）。

この定義に照らして、『嵐が丘』で最も顕著にプロットの転換が生じている箇所を挙げるとするならば、それはヒースクリフが物陰でキャサリンの話の一部を聞く第I巻第九章の場面と、第I巻第一一章の「隠された会話」の場面にほかならないと言えよう。前者においては、「ヒースクリフと結婚すれば落ちぶれる」というキャサリンの言葉を聞いたヒースクリフが、彼女の真意を誤って

「認知」し、自己の存在を否定して嵐が丘を去るという「逆転」が同時に生じている。またこれは、キャサリンが自分にとってのヒースクリフの存在を再「認知」する場ともなり、二人の関係に決定的亀裂がもたらされる転換点を成しているのである。他方第Ⅰ巻第一一章の場面では、「隠された会話」を契機として、キャサリンがもはやエドガーとの結婚生活とヒースクリフとの関係を両立できないことを「認知」し、自己否定に至って生を放棄するという「逆転」が生じるのである。そして、この会話の一部を立ち聞きしたエドガーもまた、何事かを「認知」して態度を急変させ、事態は致命的にこじれてしまうのである。

これら二つの場面はいくつかの共通点を含んでいる。まず、第一の場面ではヒースクリフが、第二の場面ではエドガーが、ともにキャサリンの話を「立ち聞き」していること。両場面はともに、それまでに漲《みなぎ》っていた緊迫状態に一撃を与えるような出来事の発端となっていること。両場面の直後にキャサリンは致命的病状に陥り、一種の精神異常をきたしていること等々である。このような状況の反復からも、二つの場面の対応関係が浮かび上がってくる。それゆえ、第一の場面で、ヒースクリフがこっそり立ち去ったことを知らずに、キャサリンが彼に対する思いをネリーに打ち明ける箇所で述べている内容――「私はヒースクリフ」を頂点とする告白――に匹敵するような内容が、第二の場面の「隠された会話」にも繰り返し現われたのではないかという推測が、いっそう確固たるものとして生じてくる。したがって、これら二つの場面は、この小説において最も「劇的」なクライマックスを成していると考えられるのである。

◆語られなかったこと

他方、二つの場面には大きな相違点も見出される。それは、第一の場面ではネリーがキャサリンの話の内容を直接話法でつぶさに伝えているのに対して、第二の場面ではキャサリンとヒースクリフの話が完全に隠蔽されていることである。第二の場面では、エドガーとネリーがその話の内容を一部立ち聞きしているのにもかかわらず、それさえも読者の耳から遮断されている。マーチン・エスリンは『演劇の解剖』において、ドラマにおいては「語られなかったこと」は「語られたこと」以上に重要な意味を持つとし、時として「言語の不在が、性格描写や行動《アクション》を、強烈かつ記憶に焼きつくものにする」(Esslin, pp.41-42) と指摘している。したがって、劇的特質という観点から見ると、第二の「語られなかった」場面は、第一の「語られた」場面に勝るとも劣らず、強烈な効果を発する重要な場面として位置づけることができると考えられるのである。

『嵐が丘』は、ことに「語られていない」空白部分の多い作品である。第1章の序説でも述べたとおり、限定的な語りの視点が用いられているため、語り手の知識の範囲外のことや、語り手が省略したほうがよいと考えたことは、物語からは削除されている。またマコフスキーも指摘するように、ネリーとロックウッドは「自分に理解できないことを無視する傾向」(Macovsky, p.103) があるため、彼らの理解力の欠如ゆえに省かれる内容もありうる。このようにして生じた数多くの空白部分のなかには、作品解釈のうえできわめて重要なものが含まれていることを見落としてはならない。たとえば、ホーマンズは、「キャサリンとヒースクリフは、自然と最も強烈で重要な関わりを持つ人物であるが、彼らが荒野で描かれることは一度もない」(Homans, p.91) と指摘している。また、二人の融合状態がこの物語の根源を成しているにもかかわらず、それを示す会話は、本章でも見てきたとおり、完全な省略ではないまでもすべて語りの奥深くに埋め込まれていた。E・M・フォースターが、「エミリ・ブロンテにとっては、言葉で語られていることよりも、暗示されていることのほうがより重要な意味を持つ」といみじくも述べているとおり、『嵐が丘』は「語られていない」部分に、より深い含蓄のある作品だと考えられる。このような特質を想起するならば、第Ⅰ巻第一一章の「隠された会話」の場面は、第Ⅰ巻第九章のキャサリンの告白の場面よりも、いっそう重要な意味を含んだ箇所であると言えるだろう。

しかし、この最も劇的な瞬間に光を当てることによって、作品の謎はいっそう深まる。彼らはその瞬間どのような「重要な話」をしていたのか?……と尽きることのない疑問が再び生じてくる。私たちはここでまた、はかり知れない解釈の多義性を秘めたこの作品の特質に行き着くのである。

第7章

第二世代物語論（一）

――鏡の世界――

1　二つの物語

◆第二世代物語は何のために書かれたのか

この作品の第Ⅱ巻第三章で――つまり、全三四章からなる作品の、ちょうど半ばにあたる一七章目で――早くも女主人公キャサリンはこの世を去る。これにより、彼女とヒースクリフを中心とする第一世代の物語は、いったん幕を閉じた形になる。しかし物語はそこで終わらず、引き続いて娘のキャサリンが登場し、彼女とヘアトンを中心とする第二世代の物語が始まる。このように『嵐が丘』には、いわば二つの物語が含まれているわけであるが、両者の関わりをいかに解釈するかという問題は、この小説の重要な謎のひとつになっている。

まず、構成のうえから二つの物語を比較してみよう。冒頭の三章は、ロックウッドの嵐が丘訪問記で、最終の三章（Ⅱ・第一八章-第二〇章）は、彼の再度の訪問を描いている。この枠組みの内に収められた部分のうち、前半（Ⅰ・第四章-Ⅱ・第三章）が第一世代物語で、後半（Ⅱ・第四章-第一七章）が第二世代物語である。つまり二つの物語は、一四章ずつ均等に配分されている。したがって、構成のうえではそれぞれに同等の比重がかけられていることがわかる。

また時間のうえで二つの物語が対応関係を成していることは、本書の第4章ですでに述べたとおりである。繰り返しまとめると、厳密には二つの物語はそれぞれ十数年間の時間の流れを包括しているが、特に集中的に扱っているのは、そのなかの一時期に限られる。つまり、第一世代物語は、キャサリン一世が父を亡くした一二歳のときから、一八歳で死ぬまでの六年間を詳しく描き、他方第二世代物語は、キャサリン二世が初めて嵐が丘を訪れた一三歳のときから一八歳になるまでの五年間を集中的に扱うのである。こうして、ともに数年間に焦点が当てられているという点でも、二つの物語は共通している。

このようにさまざまな面で、二つの物語が作品全体のなかで均等に扱われていることが見て取れるにもかかわらず、第二世代の物語が何のために書かれたのかという問題に対しては、なかなか満足のゆく解答が出されていない。

従来より、第二世代物語は第一世代物語よりも劣った部分であるという見方が、一般には根強い。なかには、第二世代物語は本来作者の構想に含まれていなかったとする説もある。三人のブロンテ姉妹たちは同時に小説を出版する計画を立てていたが、エミリの『嵐が丘』とアンの『アグネス・グレイ』(*Agnes Grey*)のみがニュービー社から一八四七年に出版されることになり、シャーロットの『教授』(*The Professor*)は受け入れられなかった。そこで、当時の一般的な出版形態である三巻本にするさい、シャーロットの作品の欠落によって生じた残りの一巻分を埋めるために、エミリが急いで書き加えた部分が第二世代物語であるというのである(Peterson, p.289)。さらに大胆な説は、この小説のはじめの四章がその後の部分よりも大げさな文体で書かれていることに着目し、最初の部分は兄ブランウェルによって書かれ、その続きをエミリが書いたとするものである。[1]これによれば、第I巻第四章の途中から始まる第一世代物語こそ、エミリの本領が発揮された部分で、後半はブランウェルが書きかけたロックウッドとキャサリン二世を中心とする物語の続編として、エミリが書き足したにすぎないということになる。これらの説は、第二世代物語を余分な付け足しとする見方の典型である。映画などの翻案でも、多くの場合、第二世代物語は省略されている[2]。

エミリが二つの物語を扱い損ねて後半部分で失敗していると断じる批評家もある。サマセット・モームは、複数の物語の導入によって作品全体の統一が失われているとし、この欠陥がエミリの作家としての未熟さから生じていると見なす（Maugham, pp.635-36）。トマス・モーザーは、キャサリン二世にとってリントンは「患者」、ヘアトンは「生徒」のような存在で、第二世代物語は対等な男女関係を描いたものではなく、女性雑誌向きの皮相な恋愛小説に堕していると手厳しく批判している（Moser, pp.1-19）。

他方、第二世代物語が書かれた意図を探究し、その解読に挑戦する試みも少なくない。レオ・バーサニは、「エミリ・ブロンテは同じ物語を二度語り、二度目には物語の独自性を排除しようとしているようだ」と述べる。つまり、自分の作品が伝統的な小説と極端に異なるものであることを否定するために、エミリは意図的に他の小説に似た物語へ変えていった、とバーサニは考えるのである（Bersani, p.222）。リチャード・チェイスによれば、第一世代物語は「神話的、宗教的、悲劇的視点」を、第二世代物語は「穏健な、現世的、自然主義的、自由主義的、感傷的視点」を示す物語であり、キャサリン二世とヘアトンの幸福な結婚で閉じられる作品の結末は、前者に対する後者の勝利を描いたものであるとされる。それゆえチェイスは、この小説が本質的にヴィクトリア朝的な作品であると見なすのである（Chase, pp.504-06）。ギルバートとグーバーも、二つの物語を対極的な世界として捉えて、第一世代は反ミルトン的な原始の世界を、第二世代は文化的な父権中心のミルトン的世界を表わしているとする。フェミニズム批評の立場からこの小説を「反ミルトン的神話」と見る彼女たちは、この第一世代物語から第二世代物語への推移こそ、真の「地獄堕ち」を意味するものであると主張する（Gilbert & Guber, pp. 298-303）。

これらのほかにもさまざまな説があるが、批評家たちの見解はまちまちである。いずれにしても、第二世代物語が作品のなかで重要な位置を占めていることは間違いないため、これをいかに読み解くかが、この小説全体を解釈するうえで不可欠の鍵を握っているといっても、過言ではないだろう。

本書の第4章では、この問題に対するひとつの答えの可能性を提示した。つまり、エミリが第一世代物語で作品を終わらせず、それに続く新しい世代の物語を書き綴ったのは、非情な「時間」の流れに人間がいかに抗うかというテーマを、ひとつの世代より大きなスケールで捉えて追求するためであったと結論づけた。そこで本章では、この考え方を土台として、さらに二つの物語を詳しく比較検討し、第二世代物語を読み解いてみたい。

◆物語のプロセス

二つの物語はかなり異質である。しかし、先に挙げた諸説にも見られるように、第二世代物語はしばしば第一世代物語の変形、あるいは逆にしたものとして捉えられ、その点において互いに密接に関わっていると言える。セシルは、この作品の登場人物たちが、すべての言動において一族の特徴を継承していることを指摘し、「エミリ・ブロンテ以前には、このような方法で遺伝的形質を持ち出した作家はいなかった」(Cecil, p.138)と述べる。確かに、二つの世代にまたがる人物たちは、同一家系図内で複雑に絡み合い、微妙に遺伝的性質を共有し合っている。このような類似性に着目し、第二世代を第一世代の劣った複製と見る批評家も多い。しかし、ここでは二つの世代の人物たちの性質や優劣よりも、彼らの置かれている「状況」に着目して比較してみる。それによって、二つの物語のより本質的な共通点、または相違点を明らかにしたい。

二つの物語ではともに「三角関係」が描かれている。しかし、二人の女主人公たちは、いずれも最初の結婚相手とすぐに死別する。他方、物語はキャサリン一世とヒースクリフが死後霊界で結ばれたことを暗示し、キャサリン二世とヘアトンがもうすぐ結婚することを予告して終わっていて、これらの結合に関しては開かれた結末になっている。そこで、二つの物語の骨組みを成しているこれら二組の関係──第一世代におけるキャサリン一世とヒースクリフ、第二世代におけるキャサリン二世とヘアトンの関係──の筋立てを比較してみたい。すでに第4章でも、二つの物語の時間的対応関係について述べたが、再び詳細にそれらのプロセスを辿り直してみる。

まずヒースクリフを中心に据えて、第一世代の物語のプロセスを辿ってみよう。ヒースクリフは、アーンショー氏に拾われた七歳のときから、この代父を亡くす一三歳のときまで、彼の寵児として全盛を誇る。この時期にヒースクリフとキャサリン一世は、ともに幸福な子供時代を過ごす。つまり彼らは、はじめに〈黄金時代〉から出発したのである。

次にヒンドリーがアーンショー家の主人になり、状況が一変してヒースクリフが下男の身分に落とされる。この期間に中心人物たちは、子供から大人へと成長してゆく。ここでエドガー・リントンが登場し、キャサリン一世は彼と交際し始める。三角関係がこじれてヒースクリフは嵐が丘を去り、キャサリン一世はエドガーと結婚する。三年後にヒースクリフが身分を一新して現われ、キャサリン一世と再会するが、再び破綻が生じて彼女は病死する。この期間は、ヒースクリフにとっては辛酸に満ちた〈苦難時代〉である。

キャサリン一世の死後、ヒースクリフは一八年間、アーンショー、リントン両家への復讐に没頭する。しかし、ヒースクリフがのちにネリーに語っているところでは、彼はキャサリン一世の幻影を見る期待に翻弄され、「一八年間夜となく昼となく絶え間なしに、キャサリンに容赦なく心を掻き乱され続けた」(Ⅱ・第一五章)のであった。つまりこの期間には、ヒースクリフの隠された内面の苦悩と外面に表われた復讐行為とが、同時に進展しているのである。これは見方を変えれば、ヒースクリフがキャサリン一世の霊に到達するという内なる願望を成就することのみに精神を集中させず、かえってその実現を妨げるような俗事に没頭していたことを意味する。したがって、ヒースクリフにとってこの一八年間は、〈迷妄時代〉と呼ぶべき期間であると言える。

さて次に、ヒースクリフに対応する人物ヘアトンを中心に、第二世代の物語の展開を辿ってみよう。ヘアトンは誕生後まもなく母親を亡くし、堕落した父親ヒンドリーのもとで育つ。父親の死後は、ヒースクリフの下男となり、さらに野卑な人間に育て上げられる。ヘアトンは一八歳のとき、キャサリン二世に出会い、初めて美しい文化的なものに触れ衝撃を受ける。また、彼女から従兄として認められず下僕扱いにされたことに対して屈辱感を覚える。これまで野蛮人のように生きることや、不当におとしめられた自らの境遇に対して、何らの疑問を抱いていなかったヘアトンが、ここで初めて自我に目覚める。したがって、キャサリン二世に出会うまでのヘアトンの一八年間は、〈迷妄時代〉と呼ぶに値するであろう。

次にリントン・ヒースクリフが登場し、彼とキャサリン二世の交際が始まる。ヘアトンは、彼らから無学であることを嘲笑され、自己の零落状態に悩みつつも、キャサリン二世への思慕を募らせ、ここに三角関係が生じる。キャサリン二世とリントンは、ヒースクリフの目論見によって結婚するが、まもなくリントンが死ぬ。キャサリン二世は未亡人になったあともいっそうヘアトンを侮蔑し、彼と決裂状態になる。この期間はヘアトンにとっての〈苦難時代〉である。

時が経過し、キャサリン二世は次第にヘアトンに対して心を和らげるようになる。二人は和解し、互いに親密な感情を育む。ヒースクリフの死後、彼らの結合を妨げるものはもはや何もなくなる。ヘアトンは嵐が丘屋敷の、キャサリン二世はスラッシュクロス屋敷の正統の主人になり、互いの愛を謳歌する。結末では、彼らの結婚が間近であることが告げられる。彼らはまさしく〈黄金時代〉に到達したのである。

以上が二つの物語のプロセスである。第一世代物語は〈黄金時代〉→〈苦難時代〉→〈迷妄時代〉という順に推移するのに対し、第二世代物語は〈迷妄時代〉→〈苦難時代〉→〈黄金時代〉という道筋のパターンを示す。つまり、二つの物語はまったく逆の経路を辿っていることがわかる。

◆状況の対応

このようにプロセスは逆であるが、二つの物語の間にはさまざまな共通点がある。時間のうえで二つの物語が数多くの対応関係をなしていることは、第4章でもすでに述べたとおりである。では、状況のうえで両者がどのように対応しているかを見てみたい。

主人公たちの〈苦難時代〉には、ことに状況の類似点が目立つ。まず、人物の配置が似ている。女主人公を頂点とした三角関係の構図が、二つの物語の間で対応し合っていることは言うまでもない。そして、第一世代ではヒンドリー、第二世代ではヒースクリフが、それぞれ家父長的権力としてこれに外圧を加えている点でも、構造が似ている。

また、この期間の女主人公の状況にも共通点が認められる。キャサリン一世はヒースクリフが自分の分身であることを自覚する一方で、エドガーの社会的地位や財産に引かれ、二人の男性の間で「二重性格」(I・第八章)を装う。つまり彼女は、エドガーに初めて出会った一二歳のときから彼と結婚する一八歳のころまで、およそ五～六年間〈迷妄状態〉に陥っていたと言える。他方キャサリン二世は、最初にヘアトンに出会い、ともにペニストン岩を訪れるが、彼が下僕の身分であると知るとたんに軽蔑し、人間的にはるかに劣ったリントンに対して恋愛まがいの感情を抱くようになる。ヘアトンに出会った一三歳のときから彼への愛に目覚める一八歳のころまで、キャサリン二世は約五年間〈迷妄状態〉に陥っていたことになる。このように、この期間における母と娘の状況は類似している。

具体的な出来事のなかにも、対応関係の見出されるものが少なくない。たとえば、女主人公たちが初めて外の世界へ冒険する箇所を比較してみよう。キャサリン一世は一二歳のとき、兄への反逆を企てて、初めて荒野を越えスラッシュクロス屋敷へ冒険する。他方キャサリン二世は一三歳のとき、嵐が丘の頂上の岩に魅せられ、父の留守中言いつけに背いて、初めてスラッシュクロス屋敷の外の世界へ冒険を試みる。この禁じられた冒険を企てた結果、彼女たちはともにそこで出会った屋敷の跡取り息子と――キャサリン一世はエドガー・リントンと、キャサリン二世はリントン・ヒースクリフと――結婚することになるのである。キャサリン二世がペニストン岩の「妖精の洞窟」を目指して冒険する箇所には、次章でも扱うとおりお伽噺的な雰囲気が漂っているが、メンガムは、これがキャサリン一世が初めてスラッシュクロス屋敷の中へ導き入れられた場面に漂う雰囲気と共通していると指摘する(Mengham, p.87)。

この出来事のあと、キャサリン一世は二人の男性エドガーとヒースクリフの間で心が揺れ始める。ヒースクリフからそのことを責められたとき、彼女は「何も知らない、何も言わない人といっしょにいたって、しかたないわよ」となじる。キャサリン二世も、ヘアトンが玄関の扉の上に刻まれた文字を読めないと知ると、リントンとともに彼を笑いものにし、それ以後ヘアトンの無学を嘲笑し続ける。このように女主人公たちはともに、社会的に自分に似合った男性を見出したとき、階級意識をさらけ出すようになる(Dawson, p.292)。

キャサリン一世はエドガーと結婚してスラッシュクロス屋敷に移るが、結局は嵐が丘屋敷へ帰ることを切望するようになる。彼女は三日間の断食のあと、「あれが私の部屋よ。ろうそくが灯って、木がその前で揺れている……」とうわごとを言い、嵐が丘屋敷の自分の部屋に戻ることに焦がれる。そして、彼女はロックウッドの夢のなかでも、嵐が丘屋敷へ帰って来て、この部屋の窓から入ろうとするのである。他方キャサリン二世は、ヒースクリフによって嵐が丘屋敷に監禁されリントンと結婚した直後から、スラッシュクロス屋敷に帰ることを願う。彼女は瀕死の父エドガーに会うために脱出を試みるが、そのとき彼女は「たまたま母親の昔の部屋を探し当て、うまく格子窓から出て、そばの樅の木をつたって地面に下りた」（Ⅱ・第一四章）とある。つまり、このときキャサリン二世は、母親とは逆に同じ窓からスラッシュクロス屋敷へ帰ったのである。彼女はそのあとすぐ、ヒースクリフによって再び嵐が丘屋敷に連れ戻される。しかし、結末でキャサリン二世は、ヘアトンと結婚してスラッシュクロス屋敷に移ることになる。したがって、作品で暗示されているとおり、最後にキャサリン一世とヒースクリフの幽霊が嵐が丘屋敷に住むようになったとするならば、母と娘はともにそれぞれの故郷の家に帰るという悲願を果たしたことになるのである。

また、ヘアトンがキャサリン二世に会う前に自分の薄汚れた格好を気にし、女中ジラに手伝ってもらってお洒落をし、ジラのお世辞で気を取り直す場面（Ⅱ・第一六章）がある。メンガムはこの箇所が、クリスマスの晩ヒースクリフがネリーに着替えを手伝ってもらい、彼女のお世辞で機嫌を直す場面（Ⅰ・第七章）を想起させると指摘する（Mengham, pp.91-92）。このあとヒースクリフはエドガーと鉢合わせになり騒動を起こす。また、ヘアトンはキャサリン二世の巻き毛に無意識のうちに引き寄せられ触れてしまったために、彼女の烈火のごとき怒りを買うことになる。このように、無邪気なひとこまから一変して事態が悪化するという点でも、両場面は共通している。

以上例を挙げたように、二つの物語の状況や場面は、多くの点で対応し合っている。しかし、それらの対応には、何らかの相違点も含まれている。ことに注目すべき点は、その方向性の違いである。たとえば、初めて冒険に出かけたとき、キャサリン一世は嵐が丘屋敷から荒野を下ってスラッシュクロス屋敷に行く。キャサリン二世はこれとは反対の方向を辿り、スラッシュクロス屋敷から荒野を上って嵐が丘屋敷に行き着くのである。そして先にも見たとおり、彼女たちはそれぞれ逆の経路を辿って、別世界に移り住み、最後に元いた世界へ帰って行く。この道筋の違いは、空間的なものだけではなく、彼女たちの名前の推移にも反映される。カーモードが指摘しているように、ロックウッドが寝室の窓板に刻まれているのを発見した文字「キャサリン・アーンショー、キャサリン・ヒースクリフ、キャサリン・リントン」は、左から右へ（上から下へ）読めば母親の物語を、右から左へ（下から上へ）読めば娘の物語を要約しているのである（Kermode, p.344）。

先に主人公たちを中心に物語の流れを時間にそって辿ったさい、プロセスが逆方向であることがわかった。それと同様、女主人公の経路を比較してみても、空間的に対称方向を辿っているという特徴が浮かび上がってくる。このように第二世代物語は、鏡に映った虚像のように、第一世代物語を逆方向に映し出した世界であると言えよう。

2　ヒースクリフの復讐と迷妄

◆財産収奪

では、なぜエミリは対称形を成す二つの物語を併置する必要があったのかという問題に、ここで再び立ち戻りたい。作者が全編を通して貫いた問題は何であったのか。二つの物語はヒースクリフという一本の糸でつながっている。そこで、彼の経路を手掛かりに、第二世代物語の意味を探ってみよう。

キャサリン一世が死んだとき、ヒースクリフは彼女の跡を追わなかった。彼にはまだ「復讐」という仕事が残っていたのである。ヒースクリフは、キャサリンと最後の対面をしたとき、彼女が死んだあと「生きながらえたいものか。どんな生き方があるというのだ?」と嘆く。その一方で彼は、キャサリンの仕打ちを責めつつ、彼女から許しを請われると、「きみがぼくにしたことは許す。ぼくを殺した相手を愛する――だが、きみを殺した人間を、許せると思うか?」(I・第一章)とも言う。これは、不幸の原因がキャサリン自身であると知りつつも、なお彼女だけは許して、その周りの者に対していわば八つ当たりするという「復讐」宣言のように聞こえる。

しかし、「復讐」がこのあとのメインストーリーならば、ヒースクリフが、自分たちを引き裂きキャサリンを死なせる遠因となった者たちに、かくかくしかじかのやり方で復讐を遂げて死んだ、という後日談を、結びの一章で要約して閉じるという方法でもよかったのではないか。ところが、キャサリンが死んだ直後にヒースクリフは、「キャサリン・アーンショーよ、ぼくが生きているかぎり安らかに眠るな！」と言い、彼女に幽霊になって取りついてほしいというような奇妙な祈りの言葉を叫んで、いったん表舞台から隠れてしまう。そのあと子供たちの世代に変わって、物語が延々と続いてゆくのだ。ということは、物語はまだまだ未解決で、収束するわけにはゆかない――作者の言わんとすることは、二つの世代にわたる物語から生じてくる「何か」なのだ――と考えざるをえないのである。

そこで、ヒースクリフが生き延びて何をしたのかという問題について考えてみたい。まず、彼が行った「復讐」の意味から確認してみる。二代目の主人ヒンドリーが、ヒースクリフを下男の身分に貶《おとし》めて、キャサリンと彼との身分を隔ててしまったため、キャサリンは裕福なリントン家の息子エドガーと交際を始め、リントン家の女主人になるという誘惑に負けて、彼の求婚に応じてしまった――だから、キャサリンを自分から奪ったのは、両家の地位と財産だというわけである。それゆえ、仇敵ヒンドリーとエドガーの財産、つまりアーンショー、リントン両家の全財産を収奪することが、ヒースクリフの復讐の主要素であると、一般には考えられている。

しかし、この目的が意外に早く達成されていることは、見落とされがちである。嵐が丘屋敷から失踪したヒースクリフは、三年目に金持ちの紳士に変身して帰って来るが、この時点で、すでに彼はヒンドリーより優勢な立場に立っていた。ヒンドリーのほうは、妻を亡くしたあと堕落し、酒と賭け事に溺れて身を持ち崩していたからである。ヒースクリフはこれに乗じて、ヒンドリーを焚きつけ、ますます賭博に浸らせる。

このあとヒースクリフは、どのような手口をとって目的を達成したか。サンガーによれば、エミリはかなり正確な法律の知識を持っていて、一八三四年に制定された相続法を物語に適用しているとされるため（Sanger, pp.76-78）、以下、法的観点にそってヒースクリフの財産獲得のプロセスを辿ってみよう。ヒンドリーは賭博のために屋敷を担保に借金を重ねていて、彼が死んだときには、アーンショー家の全財産が抵当流れという形で債権者ヒースクリフのものになる。これはキャサリン一世の死のわずか半年後のことであった。

リントン家に対する復讐のほうはどうだったか。すでにキャサリンが生きている間に、ヒースクリフはイザベラを誘惑して、駆け落ち結婚することで、早くもリントン家の財産収奪の足掛かりを作っている。当時の相続法によれば、財産は男子に相続されることになっていたため、リントン家の財産は、本来ならば第一に長男エドガーへ、第二にエドガーの息子へというように、次々と一族の男子へと渡ってゆくはずだったが、先代リントンの遺言によって、娘のイザベラが第三位の相続人に定められていた。このことを嗅ぎつけたヒースクリフが、イザベラの夫になることによって、妻の法的保護者としての座を確保したのである。

したがって、エドガーが男の嗣子を持たぬまま妻キャサリンに先立たれた段階で、彼の次期相続人はイザベラと確定する。イザベラは、間もなくヒースクリフのもとを去って男児リントンを産み、この子が彼女の遺産相続人ということになる。リントンの相続する財産は、このあとリントンの子供、つまり、ヒースクリフの孫が継ぐことになるか、もしくはリントンが早死にした場合は、息子の法的保護者であるヒースクリフが相続することになるわけである。このように、リントン家の財産がいずれヒースクリフの所有に帰することは、かなり早い時期からほぼ確定していた。実質的に財産を手中に収めるには、まだエドガーの死を待たなければならないが、「見通し」という点では、第二世代の物語が始まる前に、ほぼ決着はついていたのである。

このあとネリーの物語では、キャサリン二世が一三歳になるまでの歳月が省略され、その間のヒースクリフの動静も、小説から省かれる。別居していたイザベラが死んだとき、ヒースクリフは一二歳になった息子リントンを引き取るが、このあとさらに三年間が物語から省略される。したがって、復讐鬼ヒースクリフにしては、ずいぶんねばり強い静かな一六年間を過ごしたことになる。ヒースクリフが三六歳、キャサリン二世が一六歳になったとき、初めて二人は出会う。第二世代の若者たちが青年期に達したため、ここからヒースクリフは、リントンとキャサリン二世を結婚させる計画に着手し始める。

ヒースクリフがこの企てをネリーに打ち明けたとき、彼女は、リントンが死ねばキャサリン二世が相続人になるのではないかと尋ねる。しかし、ヒースクリフはこれを打ち消して、「遺言書にはそういう相続を保証する条項はない。リントンの財産はぼくのものになるだろう。だが、そういう争いを防ぐために、二人をいっしょにしておきたい」（II・第七章）と答える。確かにヒースクリフが述べるとおり、この結婚はリントン家の財産収奪を、彼にとってより確実なものにする。しかし、ヒースクリフは、法的に自分のほうに優先権のある財産のことで、「争い」を恐れるような種類の人間ではないだろう。エドガーは毎年自分の収入の一部を娘の財産にするために貯蓄していて（II・第一一章）、臨終間際に、それを保管人の手に信託するよう遺言書を書き換えようとするが、ヒースクリフは弁護士を買収してそれを妨害する（Ⅱ・第一四章）。結局ヒースクリフが一六年間待機したのちに手にした物的利益といえば、このエドガーが貯蓄した現金だけであった。

こうして見ると、またしても疑問が生じてくる。ヒースクリフの「復讐」とは、果たして財産収奪が主たるものだったのだろうか？　第二世代物語は、たんにエドガーが死んで、リントン家の財産が正式にヒースクリフ家に渡るのを見届けるまでの、場つなぎにすぎないとすれば、ずいぶん間延びした物語ということにはならないか？――といった疑問である。ヒースクリフがかくも長年かけて企てた復讐には、もっと別の内容が含まれていたのではないだろうか。

◆婚姻計画と過去の再現

そこで、着目したいのが、ヒースクリフが企てた第二世代の婚姻計画である。実は、このなかにこそ、財産収奪よりももっと根深い、そしてより精神的な内容の復讐が潜んでいたのではないだろうか。野蛮に育ったヘアトンは、キャサリン二世とリントンとの結婚によって、かつてのヒースクリフと同じ苦悩を体験することになる。それによってヒースクリフは、自分を零落させたヒンドリーに対して、その息子を通して復讐するのである。エドガーは最愛の娘を誘拐同然の形で奪われ、その身を憂慮しながら死んでゆかねばならない。キャサリン二世は、ヒースクリフの傀儡にすぎない瀕死の病人リントンとの結婚を強いられる。それは、まもなく無一文の未亡人になり、孤立無援の境遇に陥る運命を、目前に控えた結婚であった。ひとりきりでリントンの最期を看取ったキャサリン二世に対して、ヒースクリフがどのような態度を見せたかを、女中ジラは次のように語っている。

ヒースクリフ夫人は、ベッドの傍らにすわって、両手を膝の上で組み合わせていました。彼女の義父は二階に上がって来て、ろうそくを近づけてリントンの顔を見、体に触ってみて、それから彼女のほうを向きました。

「さあ、キャサリン」と彼は言いました。「どんな感じがする?」彼女は無言のままでした。

「どんな感じがする、キャサリン?」彼は繰り返し聞きました。(Ⅱ・第一六章)

ここでヒースクリフは、息子の死に対してまったく動じることなく、検屍官のような態度でその臨終を確認したあと、死者を看取り疲労困憊しているキャサリン二世に執拗に問いつめ、止めを刺そうとしている。こうして彼は、キャサリン一世の命取りになった娘に復讐し、また彼女を通して、その父エドガーに復讐するのである。ここには、自分やキャサリン一世と血のつながった人間に対する情愛は微塵も介在しない。この鬼気発する場面に至って、ヒースクリフの復讐が、高々リントン家の動産の一部を手に入れる満足感などをはるかに越えた領域に及んでいることに気づくのである。

第二世代物語において展開されるヒースクリフの復讐は、財産の側面よりも精神的側面のほうにより大きな比重がかけられていることがわかる。これは、ヘアトンに対する彼の態度のなかに、いっそう顕著に表われている。ヒンドリーが死んだとき、ヒースクリフはヘアトンを抱き上げて、

「さあ、かわいい坊や、おまえはぼくのものだ！　同じ風に吹き曲げられたならば、この木ももう一本の木と同じようにねじ曲がらないものかどうか、試してやろう！」（Ⅱ・第三章）と楽しげにささやく。この言葉は、第一世代物語の幕切れの台詞であり、第二世代物語のプロローグでもある。ヒースクリフがヘアトンという「若木」に強い風を当ててその影響を確かめてみようとしていること、その実験がこれから始まることを、この言葉は示している。ヒースクリフのこの表現は、作品の冒頭でロックウッドが次のように嵐が丘の風景を描写している箇所を想起させる。

家の端の数本のいじけた樅の木が著しく傾いていることからも、一列のやせこけたイバラが日光の恵みを乞うかのように、枝という枝を一方に差し伸ばしていることからも、崖に吹きつける北風の強さが想像できた。（Ⅰ・第一章）

厳しい環境によっていびつに生育した植物の姿は、嵐が丘屋敷の主人ヒースクリフのあり方を象徴している。ヒースクリフは、ヘアトンがおそらく自分と同様「ねじ曲がった木」に育つであろうと予想して、ヒンドリーに対する復讐心を満足させる。しかし、先に挙げたヒースクリフの言葉、そして、その後長年かけてヘアトンを育て上げた彼の執念には、ただヒンドリーの代用に対する復讐心だけでは覆い尽くせない、何か別種の心理が働いているようである。

ヒースクリフにとって、ヘアトンの存在はいったい何だったのだろうか。奇妙なことにヒースクリフは、ヒンドリーと血のつながったヘアトンに対して、まったく嫌悪感を示していない。彼はヘアトンを「敷石に使われている黄金」と呼んで賛嘆し、「ヘアトンがどんなに落ちぶれていようとも、ぼくは一日に二〇回も、彼を自分の息子にしたくなる」（II・第七章）と述べて、ほとんど愛情に近い親密感を示している。ヒースクリフは、ヘアトンがキャサリン二世への恋心に目覚めかけたころ、次のようにネリーに本心を明かす。

「ヘアトンを見ていると楽しいよ。あいつはぼくの期待に応えてくれた――もし生まれながらの馬鹿だったら、半分も面白くないだろうが――あれは馬鹿ではない。あいつの気持ちは全部わかる。ぼく自身が感じたことのある気持ちだからね――たとえば、あいつがいま何を苦しんでいるかが、ぼくには正確にわかる――それはこれから始まる苦しみの、ほんの序の口ってところだがね」（II・第七章）

このようにヒースクリフは、ヘアトンを自分の二代目に仕立てようと目論んでいる。この計画の内には、「復讐」の意図からずれたもの、むしろ自分自身の「願望」の領域に属するものが、見え隠れしている。ここにこそ、ヒースクリフの迷妄の根深い原因が潜んでいるのではないだろうか。ヒースクリフは自分の半生を再現し、自分の投影物に「強い風」を当て、それが「ねじ曲がる」さまをいま再び自分の目で確かめようとしている。これはたんに特定の個人に対する復讐であるばかりではなく、残酷な実験を試みたいというサディスティックな欲求、また、故意に自分の古傷をむし返そうとする自虐的欲求でもある。つまりここには、虐待する相手の苦痛を自分自身の傷の疼きとして反芻しながら、いっそう快感を覚えるという重層的な欲求が見出される。

さらにヒースクリフのなかには、「第一世代」を再現して「第二世代」を構成し、それをこの目で見たいという強烈な願望があったのではないだろうか。ヒースクリフの「目で見る」欲求がいかに強いものであったかを、思い起こしてみるとよい。彼は一八年間にわたって、キャサリン一世の霊を「ただ一目でもよいから見たいと熱烈に願い、憧れ悶え、血のような汗を流した」(Ⅱ・第一五章)と表現している。ヒースクリフが、満たされなかった欲求の代償として、せめて過去のヴィジョンを再現し見つめ直そうとしたとは、想定できないだろうか。自分の人生に行き詰まり、もう一度自分の半生を再現して自己実現の手掛かりを見出そうとする願望が、彼の内には潜在していたのではないか。つまり作者は、ヒースクリフ自身が演出した第二世代物語に対して、彼がどのように反応するかを描こうとしたのである。したがって第二世代物語は、ヒースクリフがいかにして迷妄から覚めるかを示すために仕組まれた長い挿話、いわば劇中劇として位置づけることができるであろう。

3　ヒースクリフの覚醒と変容

◆復讐計画の破綻

では第二世代物語は、ヒースクリフを変容させるうえで、どのような誘因になったのであろうか。ヒースクリフが演出した第一世代の再現劇が、どの程度まで達成されたかを見てみたい。この演出の第一の弱点は、ヒースクリフが第一世代の全貌ではなく、一部分しか再現しようとしなかった点である。つまり、ヒースクリフがヘアトンを過去の自分の立場に置いて再現しようとしたのは、〈苦難時代〉の部分のみであった。少年時代のヘアトンはキャサリン二世から遠ざけられ、その〈黄金時代〉は再現されなかった。ヒースクリフはヘアトンの苦悩をいっそう深めるために、幼いころから彼を無知蒙昧の暗黒の中に閉ざし、自分の意のままに生涯絶望的な苦難に陥れることができると考えたのである。

第二に、女主人公の恋愛感情の性質や意識の水準は、第一世代と第二世代では著しく異なるが、ヒースクリフはこの事実を無視する。しかもキャサリン二世とリントンは、自分自身の選択によってではなく、ヒースクリフの無理強いによって結婚する。このように第二世代物語は、第一世代物語のいびつな再現にすぎない。ヒースクリフは、部分的な類似性のみに固執して第一世代の複製を作り上げ、自分の思惑通りの筋立てになるものと確信していた。その確信は、結末において裏切られる。

和解したヘアトンとキャサリン二世が庭に花壇を作ろうとする場面あたりから、ヒースクリフの計画は破綻の兆しを現わし始める。ヒースクリフにとがめられたキャサリン二世は、「ヘアトンと私は友達になったのよ。彼にあなたのことを全部話してやるわ」（II・第一九章）と挑戦的に告げる。このときヒースクリフは「一瞬狼狽した様子を見せ青ざめる」。このあとなおも逆らい続けるキャサリン二世に対してヒースクリフが示した反応を、ネリーは次のように語っている。

ヒースクリフはキャサリンの髪をつかみ、ヘアトンはその巻き毛を離させようとしながら、今回だけは懲らしめないでやってほしいと懇願しました。ヒースクリフの黒い目が光り、いまにもキャサリンを八つ裂きにせんばかりの様子でしたので、私もじっとしていられず、助けに駆け寄ろうとしました。そのとき突然、ヒースクリフの指が緩み、髪の毛を離して腕をつかみ、彼女の顔をまじまじと見つめました――それから片手を引いて自分の目をおおい、しばらく立ったまま落ち着きを取り戻そうとしているようでした。もう一度キャサリンのほうを向いたときには、平静さを装って言いました。

「私を怒らせないようにしなければ、いつか本当におまえを殺してしまうぞ！……ヘアトン・アーンショーについて言っておくが、もしおまえの言うことを聞いたりしたとわかったら、あいつを家から放り出すぞ。おまえが愛したりしたら、あいつは宿無しの乞食になるんだからな」（II・第一九章）

これは、それまでキャサリン二世に対してさえ容赦なく暴力を振るってきたヒースクリフが、初めて示した弱気の態度である。彼がヘアトンについて申し渡した最後の言葉は、無力なこけ脅しのようにさえ響く。それは、かつてヒンドリーがヒースクリフとキャサリン一世を引き裂くために発した命令の、うつろな反復のように聞こえる。ヒースクリフが示したこの反応のなかに、彼の衝撃の激しさ、その反動の大きさを見て取ることができる。

その日の夕方、ヒースクリフはヘアトンとキャサリン二世がともに学んでいる仲睦まじい光景を目撃する。このとき彼は、二人に対して半ば黙認するような穏やかな反応を示している。そして、この「みじめな結末」について、ネリーに次のように語るのである。

「猛烈に骨を折ったあげく、馬鹿げた結末じゃないか。二軒の家を叩き壊すための梃子《てこ》やつるはしを手に入れて、ヘラクレスなみの怪力仕事ができるように自分を鍛えて、いよいよすべての準備が整い自分の思いどおりにできるときになって、瓦一枚をはがす気さえ失せてしまったんだ。昔の敵どもに負けたんじゃない――いまこそまさに、やつらの身代わりどもに復讐するときだ――やればできるし、誰にも邪魔はできない――だけど、何のためにやるんだ？　打つ気がないし、わざわざ手を振り上げるのも面倒なんだ。立派な寛大さを見せるために、長年さんざん苦労してきたと思うかもしれないが、全然そういうのじゃない――やつらを破壊して楽しむ力がなくなってしまったし、何にもならないのに破壊するのは億劫だからね」（Ⅱ・第一九章）

このようにヒースクリフは、ヘアトンとキャサリン二世を引き裂くことの無意味さや自分の脱力感を自覚した様子を、早くも見せ始める。この一日の間にヒースクリフが示した一連の言動には、彼の精神的変容の顕著な兆しが見られる。この日を境に、彼の荒々しい暴力行為は消え失せる。少し前から徐々に変化の兆候は表われていたが、それがいっそう極端になり、彼はますます無口になって単独行動を好むようになる。一日に一食しか取らなくなり、「息をするにも思い出してしなければならないし、心臓の鼓動さえ思い出さねば止んでしまいそうになる」ほど彼の生命力は衰える。

その数日後にいよいよ末期的変化が始まり、不眠絶食の四日間を送って死ぬのである。

◆ヒースクリフはなぜ死んだのか?

ヒースクリフの死の原因は曖昧である。「食べられないのも眠れないのも、私の責任ではない。心にそう決めて計画的にしているのでないことは確かだ」(Ⅱ・第二〇章)とヒースクリフ自身が述べているように、彼の直接の死因と考えられる断食は、自殺によるものとは判定できない。ウォード夫人は、「キャサリンの亡霊が、彼女の幸福と青春を台無しにした男を捕らえて、彼とあらゆる肉体的要求との間に割って入り、飲食と睡眠を奪い取り」死に至らしめたのだと指摘している(Ward, p.114)。サザーランドも同様に、キャサリン一世の亡霊がヒースクリフに取りついて餓死させたとしているが、その目的はヒースクリフが自分の娘から財産を奪うのを阻止するためであったと解釈している(Sutherland, "Who Gets What from Heathcliff's Will?" pp.64-67)。確かに、死ぬ前のヒースクリフの一連の様子から、彼がキャサリンの幻影を見ていたことはじゅうぶん推測できる。しかし、それならなぜキャサリンの幽霊は、もっと前にではなく、いまこのときにヒースクリフに取りつかなければならなかったのかという疑問が残る。

ロックウッドがキャサリンの幽霊の夢を見たという話を聞いたときから、ヒースクリフの変化は徐々に始まっていた。しかし、彼はそのあとも半年間生き続ける。それに引き比べ、前述の出来事に遭遇したヒースクリフは、一日にして急変し、その後十日足らずで息を引き取るのである。これは、ヘアトンとキャサリン二世の結びつきこそ、ヒースクリフを急速に変容させる直接の原因であったことを意味する。少なくともそれが引き金となって、彼がかねてより願っていたとおり、キャサリン一世の霊に対する感応力が研ぎ澄まされることになったのである。

二人の結びつきが、ヒースクリフをこれほどまでに変えたのはなぜだろうか。ヒースクリフの狼狽ぶりから、彼がこの組み合わせを予測していなかったこと、彼の台本にはこのような筋書きがなかったことが推察できる。ヒースクリフは「ヘアトンがキャサリンに愛される恐れはないと思う」（Ⅱ・第七章）とネリーに言っているが、この予測には誤算があったことを知る。そして、復讐の総仕上げとしてこの結びつきに一撃を加える段になって、彼はその気力がないばかりか、破壊の無意味さを悟るのである。

なぜここでヒースクリフは挫折したのだろうか。ケトルは、「ヒースクリフが、キャサリン二世とヘアトンの間の感情には、何か自分とキャサリン一世の場合と同質のものがあることに気づき」、自分の対決している相手が、ブルジョア的価値観を持つ人間ではなく、自分と同様己の権利を守るために苦闘している者たちであると認識したためだと解釈している（Kettle, p.152）。イーグルトンは、「ヒースクリフは搾取者として他人を抑圧することによって、自分を牢獄に閉じこめ」、機械的に復讐行為を繰り返すだけの存在と化し、ついには「自らの処刑者」になったのだと説明する（Eagleton, *MP*, pp.104-05）。これらのマルクス主義批評の解釈を借りるならば、「ブルジョアとプロレタリアート」、「搾取者と被抑圧者」という二元論的図式のなかで、ヒースクリフは過去を再現しつつ、自らの立場を逆転させてしまったと言える。つまり、彼は搾取者の立場に立ちながら、ヘアトンのなかにかつての抑圧された自分自身の像を見るのである。

私たちは本章のはじめに「物語のプロセス」を辿ったが、ヒースクリフ自身もまた、眼前に見る第二世代の物語が、再現しようとした第一世代の物語とは逆の道筋を辿っていることに、おそらく気づいたのではないだろうか。三角関係の第三項であるリントンはすでに死に、〈苦難時代〉が終わったあと初めてキャサリン二世はヘアトンへの愛に目覚めたのである。ヘアトンには、ヒースクリフがキャサリン一世に裏切られたときに経験したような心の損傷はなく、「ねじ曲がる」ための決定的要因が欠如している。彼らの魂を本質的に引き裂くことのできるものは何もなく、ヒースクリフの一撃も空しい所為にすぎない。ヒースクリフは、再現劇のなかに逆方向の物語が映し出されるのを見たのである。

このように破壊の無意味さを悟ることによって、ヒースクリフから復讐への執着が消える。この復讐への執着こそ、彼の迷妄の元凶であった。こうしてヒースクリフは長年の迷妄から覚め、キャサリン一世の霊に再会するという悲願に全霊を集中させるようになる。この精神的現象が極限にまで達したとき、「死」という肉体的現象が彼を訪れたのである。

◆鏡の世界

ヒースクリフは迷妄のさなか、第二世代を舞台に復讐を計画し、自分の半生の物語を再現しようと演出を試みた。ヒースクリフが見た第二世代物語は、あたかも歪んだ鏡に映った世界のように、第一世代のいびつな虚像を浮かび上がらせ、彼に自分自身の姿を認識させる結果になった。その「鏡の世界」はまた、そっくりのものが逆方向に映し出される世界でもあった。彼はこの虚像が第一世代物語とは同じものではないこと、自分とキャサリン一世の関係はいかなる形でも再現できないものであることを悟る。彼は自分の〈黄金時代〉が遠い過去に失われていて、現世における逆行が不可能であることを思い知るのである。このように、第二世代物語はヒースクリフを迷妄状態から覚めさせるために仕組まれた物語として位置づけることができるであろう。

以上の考察において、二つの物語の不思議な関係を表わすため、第二世代物語は第一世代物語が歪んで映った「鏡の世界」であるという比喩的表現を用いてきた。しかし、これをたんなる比喩に留めておくことができなくなるような強烈に記憶に焼きつく場面が作品中にあることを、付け加えておく。キャサリン一世が断食をして錯乱状態に陥ったときに、ネリーと交わす次の会話を想起したい。

「黒い戸棚ですって？　そんなものがどこにありますか？」と私は尋ねました。「寝言でもおっしゃっているのですね」

「いつもどおり壁ぎわにあるじゃないの」とキャサリンは答えました。「でも変ねえ、中に顔が見えるわ」

「この部屋には戸棚なんかありませんよ、前からずっと」と言って、私はまた椅子にすわり、彼女がよく見えるように寝台のカーテンを巻き上げました。

「あの顔が見えないの？」と言って、彼女は食い入るように鏡を見つめます。なんと言って聞かせても、それが彼女自身の姿であると納得させることができませんでしたので、私は立ち上がって鏡にショールをかけました。

「まだその奥にいる！」と彼女は怯《おび》えながら言い続けます。「動いたわ。あれは誰なの？　あんたが行ってしまったあとで、あれが出てこなければいいのだけれど！　ああネリー、この部屋には幽霊が出るのね！　ひとりになるのがこわいわ！」

私はキャサリンの手を握り、落ち着くようにと言いました。というのも、全身を痙攣させながらも、どうしても鏡から目を離そうとしないのです。

「ここには誰もいませんよ！」と私はきっぱりと言いました。「あれはあなた自身の姿ですよ、奥さま。さっきまでおわかりになっていたでしょう」

「私自身の姿？」とキャサリンは喘ぎながら言いました。「時計が一二時を打っている！　では、本当なのね。ああ恐ろしい！」（I・第一二章）

ここでキャサリンは、鏡に映った自分自身の姿に怯えている。これは、病人が鏡に映った自分の姿を見ると、弱った体から魂が抜け出て死がもたらされるというヨークシャー地方の伝説があり、それを知っていたキャサリンが自分の死を予知したためであると、Q・D・リーヴィスは説明する（Q. D. Leavis, p.146）。しかし、キャサリンの様子を見ると、自分の姿が鏡に映っていることを恐怖感から否定したがっているというよりも、むしろ、鏡に映っているのが誰であるかが本当にわからないというふうである。では、このとき彼女が鏡の奥に見たものは、どのような像だったのだろうか。彼女の目に映ったのは、「幽霊」のように歪んだ見知らぬ虚像であったにちがいない。奇しくもそのとき、時計が夜中の一二時という「魔法の解ける時刻」[3]を告げる。「では、本当なのね」（“. . . and the clock is striking twelve! It's true, then . . .”）と、彼女は迷妄から覚める。そして、これに引き続きキャサリンは、自分の過去を振り返り、嵐が丘屋敷の自分の部屋を幻視し、死後の世界をも予見するのである。したがってこの場面は、キャサリンが鏡に映った自分の姿を見ながら「迷妄」から覚める瞬間を象徴しているとも言えよう。

この象徴的な「鏡」の場面は、ヒースクリフが迷妄から覚めるときの状況と底流でつながっているように思える。それは、一八年間自分の姿が見えなくなったヒースクリフが、第二世代物語のなかの自分の似姿を見つめながら自己認識に至ったときの目覚めと、どことなく似ている。第二世代物語は、ヒースクリフにとって、象徴的な意味で「鏡の世界」であったと言えるであろう。

第8章

第二世代物語論（二）

――ファンタジーとしての『嵐が丘』――

1　『嵐が丘』のファンタジー性

◆妖精の洞窟・東洋の王子・アラビアの隊商

序説でもすでに述べたとおり、『嵐が丘』は、堅固なリアリズムに支えられつつも、その枠組みに収まりきらないような多彩な要素を含んだ作品である。そのような要素のひとつとして、ファンタジー的な特質が挙げられる。[1] この作品は、リアリズムとファンタジー性という、一見相反する要素を両立させているのである。

序説では、『嵐が丘』から〈美女と野獣〉型や〈シンデレラ〉型をはじめとするお伽噺の原型を読み取った、ゴーズの議論を紹介した。このような解釈の一例からも、『嵐が丘』が豊かな読み方の可能性を秘めた作品であることはうかがわれる。しかし本章では、ただ原型を当てはめるに留まらず、さらに一歩推し進めて、この作品におけるファンタジーの本質的な特性に着目してみたい。つまり〈ファンタジー〉を、たんに子供向けのお伽噺としてではなく、文学の本質的な要素として見直してみたいと考えるのである。

そこで、〈型〉や〈パターン〉を見る前に、まず『嵐が丘』にはどのようなファンタジー性が含まれているかという問題から出発したい。物語の大部分を語るネリーは、理性的で現実主義的な人物とのイメージが色濃いが、彼女の口を通して語られる物語には、さまざまなファンタジー的要素が含まれている。たとえば、荒野のペニストン岩の下に「妖精の洞窟（the Fairy cave）」という場所があることが、作品のなかで何度か言及されている。結局その場所は直接描かれることはないが、病気になったキャサリン一世のうわ言のなかに出てきたり、キャサリン二世が初めて嵐が丘を探検したとき、ヘアトンにそこへ案内してもらったらしい、というようなことにも触れられている。はっきりとは書かれていないが、そこはどうやら、キャサリンとヒースクリフが子供のころたびたび遊びに行った場所で、彼らの黄金時代における「聖地」のような場所であったことが、何となく作品の行間から浮かび上がってくる。明確に書かれていないために、いっそう読者の想像力のなかに定着するという効果があるのだ。したがって、この物語の本質的な部分を象徴している場所が「妖精」を冠した名である事実からも、作品の中心部にファンタジー性が関わっていることが暗示されていると言えるだろう。

また、ネリー自身は想像力豊かな人物とは言えないが、ヒースクリフとキャサリン一世の幼馴染《おさななじ》み、ヘアトンやキャサリン二世の乳母として、子供の世話をするという立場上、母親が幼い子供を扱うような態度を取る場合がしばしばある。たとえば、キャサリンの心変わりに悩むヒースクリフに向かって、ネリーは「あなたは変装の王子にぴったりよ。あなたの父親は中国の皇帝、母親はインドの女王で……あなたは悪い船乗りにさらわれてイギリスに連れて来られたのかもしれないわ」(I・第七章)と言う。これは、出自のわからないヒースクリフを慰めるための励ましとして述べられた言葉であるが、中国の皇帝とインドの女王が結婚するというのは、ネリーの東洋に関する知識不足もあるにせよ、お伽噺めいた話で、ファンタジー的なイメージを掻き立てる。

キャサリン二世は、あるとき父親が留守のさい、ネリーに向かって、「今日はアラビアの商人になって、隊商を引き連れて砂漠を渡るのよ」(II・第四章)と言う。「だから私は、キャシーと動物たち——一頭の馬と三頭のラクダで、その役は大きな猟犬一頭と、ポインター二頭が演じました——にたくさん食べ物を用意しなければなりませんでした」と、ネリーは続ける。このときすでに一三歳にもなっていたキャサリン二世が、いまだにそんな幼い子供のような空想の世界に住んでいるのかと、読者は意外な感を抱く。勇んで出かけて行くキャサリン二世の様子を、「彼女は妖精のようにはしゃいで馬に乗った」とネリーは表現している。実は、ネリーはこのあと、自分が彼女にまんまと騙《だま》されたことに気づく。キャサリン二世はファンタジーを演じることによって、この日初めて、禁じられた垣根を超えて、嵐が丘の世界へと入って行ったのである。

◆幽霊の出現

また、この作品には幽霊にまつわる話が含まれているが、これについても多様な解釈ができる。序説でもすでに指摘したとおり、語り手ロックウッドの夢にキャサリンの幽霊が現れるという挿話は、あくまでも夢のなかでの出来事であるため、リアリズムと対立するわけではない。しかし、これはまだ冒頭に近い第三章で出てくるため、この物語が超自然的な現象を含んだ世界かもしれないという暗示を、読者に与える効果がある。

作品の終わりのほうで、ヒースクリフの最期が近づいたとき、彼がキャサリン一世の霊を目で追っているらしい様子が描かれる。これも、語り手ネリーの目にはキャサリンの姿が実際に見えているわけではなく、あくまでもヒースクリフが幻影を見ているさま——いわば病理学的症例——を写し取っただけなので、リアリズムと拮抗するわけではない。しかしここに至ると、読者は「キャサリンの霊がヒースクリフの前に現われている」というように受け止めがちになる。

結末でネリーは、死んだヒースクリフとキャサリンの幽霊が荒野や嵐が丘屋敷に現れるという噂話に触れ、自分自身が経験したことを、最後にエピソードとして添える。ある夕方、ネリーが戸外を歩いていて、嵐が丘の曲がり角で羊を連れた少年に出会ったさい、少年は泣きながら、「あそこのふもとに、ヒースクリフと女の人がいる」と言う。「私の目には何も見えなかったけれど、少年と羊は動こうとはしませんでした」（Ⅱ・第二〇章）とネリーは語る。これは、少年がひとりで荒野を通る恐怖感から、噂話を思い出して見た錯覚であろうと、ネリーは推測する。しかし一般に、子供や動物は霊的なものに対して直観力があるとも言われるため、幽霊が、見える者に対してだけその姿を現わしたのだとも取れる。

いずれにせよ、この作品における幽霊にまつわる挿話は、恐怖を掻き立てるためのゴシック的要素というよりも、むしろ人間の根源的・霊的な世界を取り込んだファンタジー的要素を示したものとして、捉えることができると考えられる。

◆二つのファンタジー

『嵐が丘』が豊かなファンタジー性を含んでいることは、以上の概観からも推察できた。そこで、この作品が二つの世代から成る物語であることに再び着目し、本章では、〈ファンタジー性〉という新たな観点から両世代の物語を比較してみたい。この点に絞って見た場合、二つの物語の根本的な相違が見えてくるのではないかという仮説を出発点として、以下、それぞれの物語が本質的にどのようなファンタジー性を含んでいるのかを探る。

2　原始的ファンタジー——第一世代物語

◆「内なる荒野」の探求

『嵐が丘』に関して読者の脳裏に最初に浮かぶのは、ヒースクリフとキャサリン一世を中心とした物語である。彼らの子供時代が描かれている部分は、ヒースクリフがアーンショー氏に拾われて来た箇所（I・第四章）から、アーンショー氏の死の直後辺り（I・第六章）までの三章程度にすぎず、まもなく思春期から大人の時期へと推移してゆくのだが、なぜか子供時代がたっぷり書かれているような印象がある。その理由のひとつは、第一世代の登場人物たちが、大人になっても子供のような属性を保ち続けているからだと考えられる。彼らはいわゆる「大人気ない」人々なのである。

この特徴については、これまでにも批評家たちによって指摘されてきた。たとえばすでに挙げたデイヴィスの論文では、〈言葉〉という観点からこの作品が検討され、「『嵐が丘』の登場人物たちは、みな子供の言語を使っている」と述べられている（Davies, pp.161-75)。また、エドワード・メンデルソンは、「この作品では、子供はタイタニック的な激しさをもち、大人は弱い状態で」あり、ヒースクリフとキャサリンの互いに対する愛情は性的欲望とは無関係で、「この作品の悲劇は、ヒースクリフとキャサリンが結婚できなかったことにではなく、二人が大人になったことにある」。なぜなら、「彼らの合一は、子供時代にのみ可能なものだからだ」(Mendelson, pp.47-48) と論じている。

したがって、第一世代の物語は、大人になれなかった子供が、子供時代を永遠に留めることを求め続けて、死後にようやく子供時代へと回帰する物語、というように解釈できる。そして、ヒースクリフとキャサリンが子供時代の合一状態を保ち続けようとする願望と、彼らが「荒野」を求める願望とは、この作品では切り離せないのである。

そこで、「荒野を求める」とは何を象徴しているのか、という問題について考えてみたい。現代アメリカのファンタジー作家アーシュラ・K・ル=グウィン (Ursula K. Le Guin, 1929-)[2]は、評論集『密着』(*Cheek by Jowl*, 2009) において、ファンタジーとは決して子供向きの幼稚な読み物でも、現実逃避のためのものでもなく、人間にとって普遍的・本質的な要素を含んだ大人のための文学でもあるということを、一貫して主張している。このなかに収められた評論「内なる荒野」("The Wilderness Within") は、童話『眠れる森の美女』を譬えに挙げて論じたものである。姫の誕生を祝う会に妖精たちが招待され、それぞれ贈り物をするのだが、招待されなかった妖精が怒って、もし姫が錘《つむ》で指を刺したら城中に呪いがかかると予言する。成長した姫は偶然指を錘で刺してしまい、その瞬間、城中の者たちが深い眠りに落ち、茨の生け垣が伸びて周囲を取り囲む。やがて王子が訪れて姫にキスすると、みなが目を覚まして、婚礼の支度をするところで物語は終わる……というお馴染みの話である。

ふつうはこの結末をハッピー・エンディングとして捉えるが、ル＝グウィンは、眠りが破られる前の静まり返った館、茨に取り囲まれた「荒野」に着目する。王子の到来によって魔法が解け、すべてが正常に戻り、少女は大人になり、そのあとは平凡な暮らしが延々と続くことになり、沈黙や魔法、平和が永遠に失われてしまった、というように見るのだ。その「内なる荒野」は、エデンの園のように、変化のないまま安全でいられる夢の王国ではないか？　思春期にさしかかりかけたときに、誰にも知られず、自分自身の城のなかで満ち足りて、純潔を守り続けることのできる隠された場所——つまり、それは永遠の子供時代を象徴している、と解釈するわけである。

そして、この「内なる荒野」を探求することが、ファンタジーの根元の部分と深く関わっているのだと、ル＝グウィンは論じている。他の評論にも、この「荒野（wilderness）」というキーワードが繰り返し出てくる。ル＝グウィンの考え方は次のように概括できる——私たち人間は世界を、自分たち、および自分たちが作ったものだけの世界に矮小化してしまった。かつては地図の周りには大きな余白が広がっていて、そこにある緑豊かな国、危険な未知の場所には、見知らぬ者たち、余所者たち、動物たちなどが住んでいた。その余白部分をル＝グウィンは、「失われた荒野」と呼び、「黄金時代に属する場所」として捉える。神話や民話、ファンタジー、動物物語など——これらは根の部分がつながっているとされる——は、この「失われた荒野への憧れ（the yearning for a Lost Wilderness）」を追求し、文明化した人間が狭め均質化してしまった世界よりも、もっと大きな世界を回復しようとするものなのだと、彼女は主張するのである。

◆失われた荒野を求めて

『嵐が丘』のなかで、荒野は「ムア（moor）」と呼ばれている。ヒースの生い茂った「ムア」は、農地化できない――したがって人為を加えることのできない――自然豊かな場所で、荒野（wilderness）の一種であると言える。さらに、「ムア」には、ル＝グウィンが言う「内なる荒野」、つまり、文明化されず均質化されない大きな世界、人間が失ってしまった原始状態が保たれている世界、というような文学的意味も付与されていると考えられる。

そうすると、ヒースクリフとキャサリンは、「内なる荒野」を求め続けたのであり、第一世代の物語は、いわば「失われた荒野への挽歌」なのだと解釈できる。だからこそ彼らはムアを愛し、自然と交わることを好み、子供じみた野蛮人のような言葉をしゃべり、本能のままに生きたのではないだろうか。動植物や霊といった人間ならざるものと人間との間に境界がない世界に、彼らは住んでいた。成長を拒む彼らは、自己確立ができないばかりか、そうしようと求めもせず、永遠の子供時代に留まろうとしたのである。

では、ムアが文字通りの「荒野」だとするならば、彼らにとっての「内なる荒野」とは何だったのか。キャサリンはネリーに、夢のなかで天国に行き、地上に帰りたいと言って泣くと、「天使たちが怒って私を放り出し、嵐が丘のてっぺんのヒースのまん中に突き堕とした」（I・第九章）という話をする。ここでキャサリンが言う「嵐が丘のてっぺん」とは、たんなる場所を示しているだけではない。「ヒースのなかにまみれる（into the middle of the heath）」という表現は、ヒースクリフといっしょになることを暗示している。続けてキャサリンは、「ヒースクリフと私の魂は同じもの」

であり、「ヒースクリフに対する私の愛は、永遠の地下の岩（rocks）に似ている」と表現する。例の「私はヒースクリフ」という台詞の直前の箇所である。つまり、キャサリンにとって、「ヒース」と「岩」（岩は崖《クリフ》と同類のものと見なせる）は、自分にとってなくてはならないものの譬えなのである。

この譬えは、ヒースクリフがキャサリンにとって、自己のアイデンティティーの確立に不可欠であると同時に、自然と切り離せない存在であることを示す。キャサリンはイザベラに向かって、ヒースクリフは「洗練されていなくて、無教養な未開の生き物、ハリエニシダと玄武岩の不毛な荒野（wilderness）」で、「獰猛な情け容赦のない狼のような男」（I・第一〇章）だと述べている。これらの表現にも見られるとおり、ヒースクリフは彼女にとって「荒野」そのものなのである。また、「狼」の比喩にも注目すべきだろう。この作品では、ヒースクリフの「黒さ」や凶暴さ、残酷さが強調されるが、それは狼を連想させる。恩人に感謝することもなく、殺すか殺されるかという論理で生きているヒースクリフの性癖は、まさに狼の習性であると言える。

では、ヒースクリフにとってのキャサリンは、どのような存在だったのだろうか。浮浪児だった彼は、アーンショー氏に拾われて来てから、キャサリンとともに野生で育ち、人間社会のなかに自分の居場所を見つけようともせず、ただ自分の片割れとともに生きることを求め続けた。キャサリンが死んだとき、ヒースクリフは、「自分の命なしには生きてゆけない！　自分の魂なしには、生きられないんだ！（I *cannot* live without my life! I *cannot* live without my soul!）」（II・第二章）と叫ぶ。これは、いわばヒースクリフの側の“I *am* Catherine”という告白であると言ってもよいだろう。つまり、ヒースクリフにとっても、キャサリンは自己のアイデンティティーの確立のために不可欠な存在であったのだ。したがって、彼らはともに「内なる荒野」を自分の片割れである他者に求め、子供時代の合一の世界に永遠に留まり続けることを求めたのだと言えるだろう。

ちなみに、ヒースクリフとキャサリン一世は本をほとんど読まない。キャサリンは、ロックウッドが発見した日記のなかで、「ためになる本なんか大嫌い」と言って、犬小屋へ投げ込んでいるし、ヒースクリフは本を蹴飛ばしている（I・第三章）。キャサリンは結婚したのちにも、自分が部屋に閉じこもって断食している間にエドガーが読書に没頭していたと、ネリーから聞いて憤慨する（I・第一二章）。病気の彼女のためにエドガーによって窓辺に置かれた本は、風でページがはためくばかりで、彼女はまったく読もうとしていない（II・第一章）。「本」が文化や知性を象徴しているとすれば、彼らが本と無縁な者たちとして描かれていることは、彼らの住む世界が文明化以前の未開状態――嵐や本能、暴力などが支配する世界――であることを暗示していると言えるだろう。

そして、黄金時代というものがつねにそうであるように、それは失われてしまったあとで発見される憧憬の世界である。したがって、第一世代物語は、生きるとは、成長するとはどういうことかを探し求める物語ではないのだ。それは、失われた根源的な世界への憧れを追求して、やがて死のなかでそれが回復されるという物語なのである。ファンタジーを、神話に通じる、小説を超えた広がりをもつものとして捉えるならば、まさに第一世代物語は、原始的なファンタジーで、神話に近い性質を秘めた物語であると言えるだろう。

3　新しいファンタジー――第二世代物語

◆庭から荒野へ

「荒野」とは、「人為が加わらず、自然がそのまま保たれている場所」という意味であるため、その反対概念は、人間が人為的に造った自然たる「庭」である。ヒースクリフとキャサリンが荒野を超えて発見したスラッシュクロス屋敷という文明の「庭」は、彼らの分裂が始まるきっかけとなった場所である。ここでキャサリンは犬に足を噛まれ、大怪我をするが、足の傷は治っても、心の面で一生回復できない致命傷を負ったのだ。したがって、「庭」の発見は、彼らにとって子供時代が終わり、大人になるための通過儀礼を象徴していると考えられる。第一世代物語は、荒野から誘惑の「庭」へ迷い込み、再び「荒野」を取り戻そうとする物語であった。

では、第二世代はどうだろうか。キャサリン二世はスラッシュクロス屋敷のなかで、外の世界を知らないまま育つ。彼女は窓から外を眺めては、丘の向こうには何があるのか、夕日に照らされて黄金に輝いているペニストン岩はどんな所なのか、とネリーに幾度も尋ね、大人になってそこへ行く日を楽しみにし続ける（Ⅱ・第四章）。先にも述べたとおり、キャサリン二世は一三歳のとき、決して敷地から外へ出てはならないという父の禁を破って、塀を乗り越え、荒野を超えて初めて嵐が丘屋敷に行く。庭から外へ出るというこの行為は、キャサリン二世にとって、子供から大人へと移行する通過儀礼であったことを暗示している。キャサリン一世が、父を亡くして初めてスラッシュクロス屋敷に行ったのも一二歳のときで、母娘の年頃はほぼ符合する。

キャサリン二世の帰りが遅いことを心配して捜しに出かけたネリーは、彼女が嵐が丘屋敷でヘアトンといっしょにいるところを発見する。久しぶりに再会したヘアトンは、野卑に育ちながらも、たくましい一八歳の青年になっていた。あとでネリーがキャサリン二世から聞いた話によれば、彼女は念願のペニストン岩に到着したあと、ヘアトンに出会い、彼に妖精の洞窟をはじめ珍しい場所を案内してもらって、そのあと嵐が丘屋敷に行ったとのことだった。このあたりの箇所は、キャサリン二世からネリーへの報告を通して簡単に述べられているだけで、直接描かれていない。しかし、キャサリン二世が初めて文明の庭から外へ出たとき、野性的なヘアトンによって神秘的な自然の世界へと導かれたことは、象徴的な出来事であったと言えるだろう。興味深いことに、従兄妹同士の出会いのきっかけとなったのは、ヘアトンの連れていた犬たちが、キャサリン二世の連れていた犬たちを攻撃したことだった。犬が絡んでいるという点で、これは第一世代の冒険の挿話を想起させる。母キャサリンはリントン屋敷で犬に足を嚙まれたが、娘キャサリンの犬たちも足を引きずっていて、やはり足を嚙まれたようだ（II・第四章）。

ヒースクリフは、病弱な息子リントンをキャサリン二世と結婚させようと、強引に計略を推し進める。キャサリン二世は、父エドガーの死の直前にリントンと無理やり結婚させられ、以後、リントンの病室にこもってひとり看病を続ける。夫の最期を看取り疲れきったキャサリン二世は、ヘアトンの好意をはねつけ、彼に対して軽蔑と嫌悪の態度を露わにする。自分の無学を恥じて陰でこっそり文字を読む練習をしていたヘアトンを、キャサリン二世は嘲り、あらゆる侮辱の言葉を浴びせて、彼と争う。文化から隔絶されたばかりではなく、自ら荒々しい本能に身を任せるキャサリン二世は、このときまさしく嵐が丘の混沌とした世界の住人と化していたのである。

◆〈庭造り〉の物語

やがてネリーが嵐が丘屋敷に呼び寄せられ、心の和らいだキャサリン二世がヘアトンに和解を申し出たのをきっかけに、二人は急速に親しくなってゆく。このことがヒースクリフに発覚する原因となったのは、二人が庭造りを始めたことだった。その箇所を見てみよう。

キャサリンは私よりも先に階下へ降りて庭へ出て行き、そこで従兄が何か簡単な仕事をしているのを見かけました。私が二人に朝食を知らせに行ってみると、すでに彼女は、スグリとグーズベリーの藪を取り払ってスペースを作るようにと、彼を説得したあとで、二人はグレインジ［スラッシュクロス屋敷］から移してきた植物を植える計画で夢中でした。たった三〇分の間にすっかり荒らされてしまっていることに、私はぞっとしました。黒スグリの木は、ジョウゼフにとっては林檎も同然でしたのに、彼女はそのまん中に自分の好みの花壇を作ってしまったのです。（II・第一九章）

ジョウゼフの告げ口によってこのことを知ったヒースクリフは激怒し、口答えするキャサリン二世に対して凄まじい勢いで暴力を振るおうとするが、その途中でやめる。この奇妙な兆候を示したあと、ヒースクリフは急速に変化してゆく。結局このあと、キャサリン二世はヘアトンを言い包《くる》めて、別の場所で「土を掘って、彼女のための小さな庭を造らせる」（II・第二〇章）。

このように、キャサリン二世がヘアトンとともに庭造りをするというエピソードが差し挟まれているが、これは何を意味しているのだろうか。キャサリン二世は嵐が丘屋敷でいったん失った文化を、ヘアトンとの和解によって回復する。それが、この〈庭造り〉という行為に象徴されているように考えられる。人工的な庭を造るというのは、ひとつの文化的行為でもあるからだ。

第一世代の中心人物たちとは対照的に、キャサリン二世が本を読んでいる姿はたびたび描かれている。彼女は本が好きなリントンに朗読してやるばかりか、密かに嵐が丘屋敷を訪ねるために使用人を本で買収しさえする。本を読む練習をしているヘアトンをキャサリン二世が嘲ったことが、二人の争いの原因となり、本を贈ることによって、彼女は彼に和解を申し出る。彼らが親密になってゆく過程は、キャサリン二世がヘアトンに本の読み方を教える場面を通して描かれる。このように作品では、本は野蛮とは反対の「文化」を象徴しているのである。

しかし、心傷ついたキャサリン二世が癒やされ成長したことを暗示するのは、読書ではなく、むしろ庭造りであったように思われる。一見子供っぽい共同作業ではあるが、この行為を通して、キャサリン二世とヘアトンは愛を育みつつ、いつしか大人へと移行してゆく。そして最後は、二人の結婚が近々予定されているというところで、物語が結ばれる。したがって、この〈庭造り〉は、〈荒野捜し〉とは異質な物語性を象徴しているようだ。第二世代物語には、庭の発見によって子供から大人へと成長する物語の兆し――いわゆる〈秘密の庭物語〉の原型――がうかがわれると言っても過言ではないだろう。

庭物語といえば、まず念頭に浮かぶのはバーネット（Frances Eliza Burnett, 1849-1924）の『秘密の花園』（*The Secret Garden*, 1911）である。これは『嵐が丘』と同じヨークシャーのムアを舞台とし、この土地特有の“wuthering”と呼ばれる気候についても言及しているため、バーネットが『嵐が丘』を意識してこの作品を書いたことは、確かであると考えられる。[3]『秘密の花園』は、女主人公メアリが、インドで両親を亡くしたあと、ヨークシャーの叔父の屋敷に引き取られ、そこで病弱な従弟コリンと出会い、長年誰も足を踏み入れなかった「秘密の花園」を発見し、庭造りに熱中することを通して、彼とともに病んだ心身から回復してゆくという物語である。コリンは、いつもクッションにもたれかかっている病弱な少年で、使用人に対して暴君のような態度を取り、『嵐が丘』のリントンと似ている（ただし、リントンは外へ出ることを極度に嫌い、ついに庭を発見することのないまま死んでしまうという点などでは、コリンと異なるが）。

それ以降にも、〈秘密の庭〉を発見して心が癒やされたり成長したりするという型のファンタジーは、数多く書かれている。たとえば、フィリパ・ピアス（Philippa Pearce, 1920-2006）の『トムは真夜中の庭で』（*Tom's Midnight Garden*, 1958）も、親戚の家に預けられて退屈していた少年トムが、真夜中に大時計が一三時を打つのを聞き、存在しないはずの庭を見出して、ヴィクトリア朝時代の少女ハティと出会い、毎晩庭で遊ぶという体験を通して、時間とは何かを学ぶというファンタジーである。

これらの物語に共通する特色のひとつは、孤独な主人公や女主人公が、庭ではひとりきりではないということだ。そして、庭で誰かといっしょに遊ぶことを通して、彼らは癒やされ成長してゆく。『嵐が丘』のキャサリン二世も、ヘアトンとともに花壇を造るという〈儀式〉を経て、満たされなかったものを埋め、大人になるのである。アメリカの随筆家エミー・スチュワートが、ガーデニングの体験について物語風に書いたエッセイ『一から始めて』(*From the Ground Up*, 2001)の序文のなかで、こう述べている——「庭造りを始めると、不思議なことが起こる。庭のほうでも私たちに働きかけてくるのだ。土を蘇らせるうちに、人生が変わり始める」(Stewart, p.4)と。庭の効用は、たんなる趣味の領域に留まらず、科学的にも着目されている。ユング派心理学の領域では、「箱庭療法」[4]という心理療法が編み出されているほどである。つまり〈庭〉は、人間の心の癒やしや成長と密接に関わるトポスであると考えられるのである。

確かに、『嵐が丘』のなかで、庭造りにまつわるエピソードは、ほんのわずかな部分を占めているにすぎない。実際には、第二世代物語のほうが、第一世代物語よりも、戸外で起きた出来事が多く、荒野の描写も見られる。しかし、具体的に描かれている場面は——ネリーが語り手であるため、彼女が荒野に出かける場面に自ずと絞られることになる——たとえば、ネリーがリントンを嵐が丘屋敷のヒースクリフのもとへ送り届ける箇所や、ネリーの監視のもとでキャサリン二世とリントンが両屋敷の間で会う箇所などである。これらの場面での荒野は、たんにスラッシュクロス屋敷と嵐が丘屋敷をつなぐ通路、あるいは移動の道中の場という程度の役割しか与えられていない。第二世代において繰り広げられるドラマも、やはり大部分は屋敷のなかで展開している。したがって、第二世代物語における戸外のトポスとしては、やはり荒野よりも庭のほうが重要であると言えるだろう。

◆異質なファンタジーの混淆

以上検討してきたとおり、『嵐が丘』に含まれる二つの物語は、さまざまな対応を含みつつも、ファンタジー性という観点から見ると、まったく異質な物語であることがわかった。第一世代物語が、楽園から追放された大人の原始的・神話的なファンタジーであるとするならば、第二世代物語は、子供が大人へと成長してゆく新しいタイプのファンタジーだと言える。換言すると、子供による庭発見の物語が、いわゆる「子供のためのファンタジー」であるのに対して、大人が成長を拒んで永遠の子供性を保とうとする物語は、いわば「大人のファンタジー」とも呼べるだろう。

『嵐が丘』の第二世代は、ともすると第一世代の迫力の陰に隠れ、物語全体のなかでの位置づけが曖昧になりがちだが、このように、近代的な〈庭発見〉のファンタジーの原型となる可能性を秘めた物語としても読める。他方、ヒースクリフとキャサリン一世の物語を、悠久不変なる「大人のファンタジー」として読み直すことによって、私たちは作品に新たな光を当てることができる。『嵐が丘』は、このように相反する異質な物語が混ざり合った、ファンタジー性豊かな小説としても、見直すことができるのではないだろうか。

第9章

『嵐が丘』の起源

――新・旧「伝説」をめぐって――

1　三つの旧伝説

◆インスピレーションの起源――カッコウ鳥の物語

『嵐が丘』の物語は、そもそもどこから生じてきたのだろうか？　ロックウッドから最初にヒースクリフの経歴について尋ねられたとき、ネリーは、それが「カッコウ鳥の物語」（I・第四章）であるとひと言で要約する。他の巣を横取りする習性をもつ鳥に譬えられた余所者ヒースクリフが、二軒の家を乗っ取ること。これが、『嵐が丘』の物語のオリジナリティを形成する不可欠の要素のひとつであることは、確かだろう。では、エミリは、このストーリーをどのようにして着想したのだろうか？　これまでの章でもすでに指摘してきたとおり、エミリ自身の詩作品はもとより、彼女が読んだ他作家の作品からの影響という要素も、もちろん見逃せない。[1]　しかし、本章では主として、作家が生きた現実世界のなかにインスピレーションの起源を探ることを試みてみたい。

文献資料に当たってみると、エミリの周辺で伝えられていたと推定される話のなかで、物語の素材となりそうなものが、少なくとも三つあったことがわかる。第3章でも、「ヒースクリフ像の起源」として簡単に触れたが、彼を彷彿させる人物として、ウェルシュ、ジャック・シャープ、ヘンリ・カッソンの三名が浮かび上がってくるのである。「人の口を通して語り伝えられた話」という意味で、それらを〈伝説〉として捉え、ここで総称して〈ヒースクリフ伝説〉と呼ぶこととしよう。まず、三つのヒースクリフ伝説についてそれぞれ検討することから出発し、『嵐が丘』との比較考察、およびさらなる〈伝説〉誕生の可能性の探究を通して、作品の起源に迫りたい。

◆ヒースクリフ＝ウェルシュ説

古い伝説のひとつは、ウィリアム・ライトによる著書『アイルランドのブロンテ家』（*The Brontës in Ireland: Or, Facts Stranger Than Fiction*, 1893）で取り上げられているもので、ヒースクリフの原型がウェルシュという人物であったとする説である。副題にも示されているように、「事実」であることが強調されつつ、「フィクションよりも奇妙」という表現によって、それが小説的な内容を含んでいることが暗示されている。

ライトは、アイルランドのカウンティ・ダウン出身の元長老派伝道師で、著書の「まえがき」によれば、ブロンテ家の近所に住んでいて彼らのことをよく知っていた乳母や、その他数人の知人から、ブロンテ一家の話を聞いたとのことである。とりわけ、古典教師ウィリアム・マクアリスターは、子供のころのパトリック・ブロンテのことを知っていて、パトリックの父ヒュー・ブランティ（Hugh Brunty, c.1775-c.1808）が、『嵐が丘』の物語の土台となった出来事について語り、聞く者たちを魅了するのを耳にしていた。ライトはこの教師から、詳細なブロンテ伝説を聞いたのである。ただ、マクアリスターは、ギリシャ語を正確に教えることよりも、生徒に神話のエピソードに興味を持たせて、自分の言葉で生き生きと再現することを重視するというようなタイプの教師であったため、この影響を受けたライトが、正しい知識よりも、自分なりに再生・変形して物語る方法を身につけたという可能性も考えられる。このようなライトの著作が、研究書としての信頼性に欠けることは、すでに批評家たちによっても指摘されている。[2] ライトの著作が発表されたのは、『嵐が丘』が出版されてから四〇年以上も後のことで、話に登場する人物がもう誰も生きていない時期になってからの調査に基づくものであるため、その記述の信憑性は、証言者の発言によってもはや裏付けることができないこと（Green, p.22）は、やはり注意しておかなければならない。

前置きが長くなったが、では、ライトによる説の内容をざっと解説しておこう（以下、〔図5〕の系図参照。〈 〉内は、『嵐が丘』の作品中で対応する人物・場所を示す）。ブロンテ姉妹の父パトリックの父ヒュー、そのまた祖父であるブロンテ氏の代にまで、伝説は遡る。ブロンテ氏はドロジェダの少し北、ボイヌ川岸の農場に住み、農業とともに家畜業にも携わり、リヴァプールへ行って家畜を売っていた。あるとき、夫妻でリヴァプールへ行った帰りに、船に捨てられていた「幼い、色黒の、汚い、裸同然の子供」（Wright, p.19）を見つけ、捨て子の施設がある遠いダブリンまで送り届けることもかなわず、やむなく夫人の勧めで、ブロンテ氏はこの子を家に連れ帰り、自分の子供たちとともに育てる。子供は、肌の色から、おそらくウェールズ人だと推測され、ウェルシュと名づけられる（以下の図では、ヒースクリフに該当する人物に★印を付す）。ブロンテ家の子供たちから侵入者として嫌われながら育ったウェルシュは、「むっつりとした、嫉妬深い、ずる賢い」（Wright, p.21）人間になってゆく。しかし、ウェルシュはブロンテ氏になつき、子供たちの悪口を吹き込んで、主人のお気に入りの座を獲得するようになる。ブロンテ氏は商売に行くときには、つねにウェルシュを連れ回すようになり、やがてウェルシュはブロンテ氏の仕事の片腕として頼られるようになる。

リヴァプールからの帰りの船上で、突然、ブロンテ氏が急死する。贅沢に育ち、すでに成人して

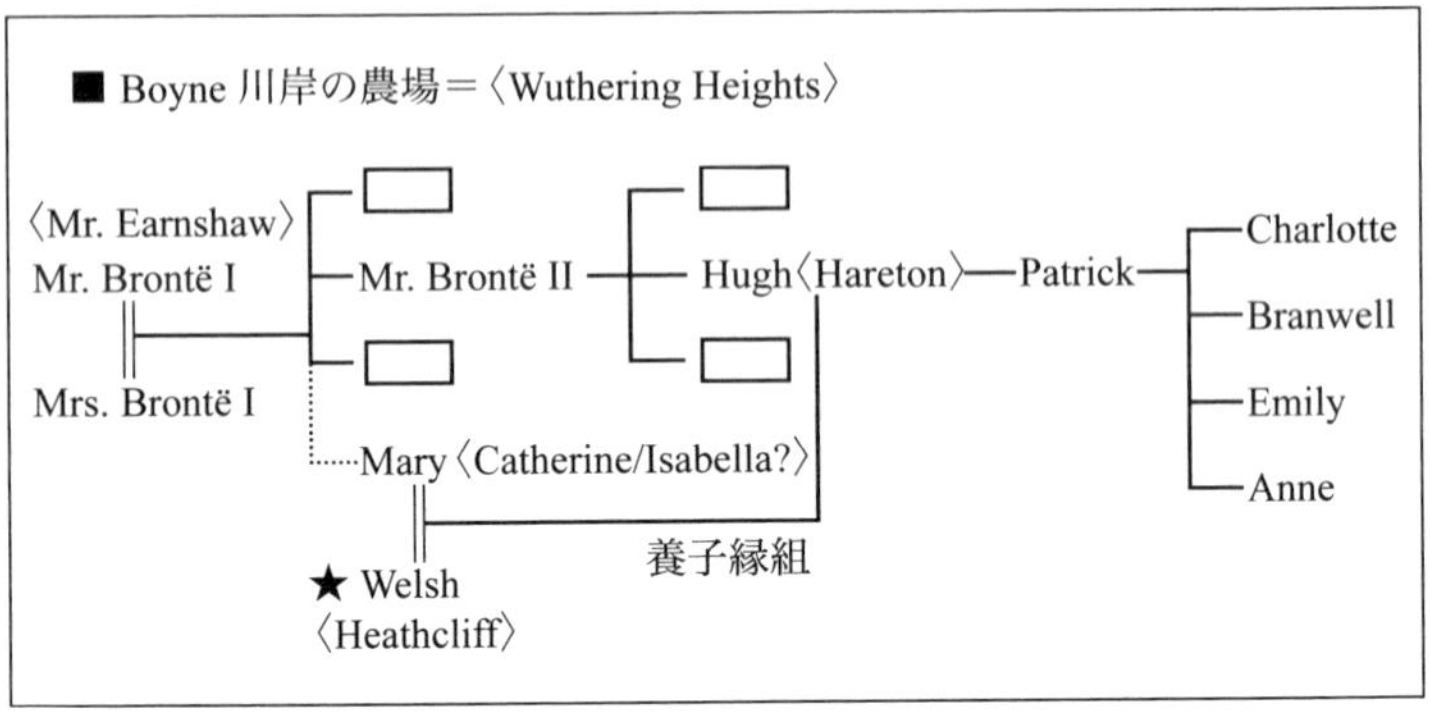

［図 5］Heathcliff ＝ Welsh 説

いたブロンテきょうだいたちは、商売にはまったく精通していなかったため、ウェルシュがうやむやにしてしまった資産を、取り戻すことができない状態に追い込まれた。ウェルシュは彼らに会って、ブロンテ家の経済を立て直す条件として、ブロンテ家の末娘メアリと結婚することを要求する。きょうだいたちから拒絶されたウェルシュは、「メアリを必ず妻にしてみせる。そして、家からみなを追い出して、この家を自分のものにしてやる」と宣言して、姿を消す。

　このあと、ウェルシュは復讐を展開してゆく。ブロンテ家の農場主は不在地主となっていて、その領地は大地主（squire）と呼ばれる代理人（agent）によって取り仕切られていた。代理人は地域の大物で、治安判事、大陪審員をつとめ、とりわけ地代の徴収に当たっては、専制的な権力を奮っていた。この代理人の仕事を、複数の土地管理人や副代理人（sub-agent）たちが補佐したが、ウェルシュは代理人に多額の賄賂を支払うことによって、空席となっていた副代理人のポストを手に入れた。借地人と大地主との調停に当たることを職とする副代理人は、収入はわずかではあるものの、借地人から金を絞り取る特権をもつ立場にあった。ウェルシュは貧しい借地人には横暴に振る舞い、金持ちにはへつらって、悪辣さを発揮する。彼はこの地位を利用して、ブロンテ家の農場を手に入れようと策略をめぐらすが、ブロンテ家の兄弟たちもそれぞれ職に就いて経済の立て直しの努力に励んでいたため、なかなか目的を達成できなかった。

次にウェルシュは、女性スパイを使い、その仲介によってメアリを誘惑し、彼女を誘《おび》き出して密かに結婚式を取り行う。ブロンテ家のレディーと結婚したウェルシュは、代理人に金を貢《みつ》いで、借地人の地位を手に入れる。こうして彼はついに、恩人の農場をわがものとするに至り、ブロンテ家の人々は離散してしまったのだった。

その後何年かたって、代理人は厳しい取り立ての恨みを買って暗殺され、ウェルシュが手に入れたブロンテ家の屋敷も、ほぼ同時期に火事で焼け落ち、破産したウェルシュは、副代理人の地位を失う。彼は妻メアリの取り成しで、彼女の子沢山な兄のひとりと文通し、許しを請うて過去の償いをしたいこと、そして、自分たちには子供がいなくて、立て直した農場を遺す後継ぎがいないため、甥のひとりを養子にしたいと申し出る。教育を与えることをはじめ、養子縁組の契約が進められるが、ウェルシュは、今後生みの親がわが子といっさい接触をもたないということを、条件のなかに含める。

ウェルシュ夫妻は、アイルランド南部に住んでいたメアリの兄の家を訪ね、息子のひとりヒューを気に入り、彼に取り入って養子にする同意を取りつける。こうして、当時五〜六歳だった少年ヒューは、叔父と叔母とともに馬車に乗せられ、期待に胸をふくらませながら旅立つ。しかし、早くも旅の道中から、本性を露わにし始めたウェルシュは、ヒューに乱暴な言葉を浴びせ、暴力を振るう。ヒューをボイヌ川岸の、古いブロンテ家の農場へ連れて行ったあと、ウェルシュは約束を破って少年を虐待し、ひどい環境のもとで使用人として働かせる。自分の親が住んでいる故郷の場所も知らされないまま、野蛮人のように育ったヒューの苦悩は、ライトによって物語性豊かに描かれている。数年後、一五歳のときにヒューはついに逃亡を企て、アイルランド北部へと逃げ延びる。そのあと、ヒューがカウンティ・ルースのダンダルク近くで、いかに職を得て道を切り開き、のちにパトリックの母となる女性に出会って結婚したか……このあとの話は、さしあたりヒースクリフを中心とする物語とは無関係であるため、ここでは省略する。

ヒューは、子供時代の苦難の物語を、ブロンテ家の遺伝とも言えるストーリー・テラーとしての才能を用いて、人々に語り聞かせた。それを聞きながら育った息子パトリックが、さらに自分の子供たちにこの話を語り聞かせ、彼らの想像力に火をつけた。だから、『嵐が丘』のストーリーのもとになった出来事は、この作品が書かれる前からブロンテ家で共有されていたのだ、というのがライトの主張である。

では、以上のライトが語る物語、すなわち「ヒースクリフ=ウェルシュ説」と『嵐が丘』のストーリーとは、どのような点で関連しているかについて、検討してみよう。ブロンテ氏がリヴァプールで捨て子ウェルシュを拾ったことは、アーンショー氏が同地で浮浪児ヒースクリフを拾ったことと対応する。もっとも、アーンショー氏がひとりで子供を連れ帰り、妻の怒りを買うのに対して、ブロンテ氏の場合は、同行していた妻の勧めで子供を連れ帰ったという点が異なる。拾った子をわが子以上に気に入り、その力量を認めたという点では、両者は共通している。そのような父親の依《え》怙贔屓《こひいき》に対して、実の子が嫉妬して、父の死後、拾い子の立場を失墜させたという点も似通っている。ただし『嵐が丘』では、敵となった子がヒンドリーひとりであるのに対して、ブロンテ家では複数の子供がいたというように、細部は異なる。ちなみに、チタムも指摘しているとおり、ヒースクリフとウェルシュが、ともに洗礼名と姓とを兼ねた名前をもっている点でも、共通性が認められる（Chitam, *BWH*, p.120）。

　ウェルシュが結婚の目当てとして選んだメアリは、恩人の娘であるため、『嵐が丘』ではキャサリンに当たるようであるが、むしろ、彼がメアリと結婚しようとした目的は、ブロンテ家を乗っ取り、復讐するという打算にあったように思われる。伝説では小説と違って、ウェルシュの心情が述べられているわけではなく、彼のメアリに対する愛情は、女スパイを通じた策略の一部として述べられているにすぎないため、むしろメアリは、イザベラに近い存在であったと言えるように思える。

　正統なブロンテ家の末裔であるにもかかわらず、誘拐同然の形でウェルシュの支配下に置かれ、労働者の地位に失墜させられたヒューは、『嵐が丘』ではヘアトンに対応する。ヒューの目から見たウェルシュの物語は、まさに恩人の家を乗っ取り、その家の子供、さらにその子供の世代にまで復讐を企てた悪人としてのヒースクリフの原型を形作っている。その容貌や振る舞いに至るまで、ヒースクリフとの類似性は濃厚である。最初にも述べたとおり、ライトによる説が、あくまでも

〈伝説〉の域を出ないことについては、差し引いて考える必要がある。しかし一方、その伝承的物語形式を借りて、たんなる研究書によっては掘り起こすことのできない『嵐が丘』の〈起源〉に近づき得ているという点は、評価に値すると言えるだろう。

◆ヒースクリフ=ジャック・シャープ説

第二の「ヒースクリフ=ジャック・シャープ説」は、ジェイランが著書『エミリ・ブロンテ』(*Emily Brontë*, 1971)において指摘しているものである(Gérin, pp.75-80)。エミリは、ハリファックスの東のほうの丘の上に立つ建物で、ミス・エリザベス・パチェット(Miss Elizabeth Patchett, 1796-?1870s)が経営する学校ロー・ヒルにて、一八三八年から翌年にかけて約半年間、教師を勤める。かつてこの建物を建てた人物が、ジャック・シャープである。ロー・ヒルの歴史およびシャープにまつわる事情は、キャロライン・ウォーカーの日記に記録されている。また、この話は、その地域一帯でよく知られていて、学校でも噂になっていたはずなので、ロー・ヒル時代にエミリも同僚の職員から聞いていたはずだと、ジェイランは推測している。なお、エミリの同僚のひとりに、アーンショーという姓の人物がいたことにも、ジェイランは言及している。

ロー・ヒルからわずか一マイルほど離れた所に、ウォルタークロー・ホール(Walterclough Hall)という建物があった。イニシャルWHが暗示しているように、これはWuthering Heights屋敷のモデルとも考えられる。この屋敷にまつわる話は、一七二〇年代の記述に遡る。当時、屋敷に住んでいたのは、ジョン・ウォーカーとその妻、四人の子供、それにウォーカー氏の未婚の姉妹たち

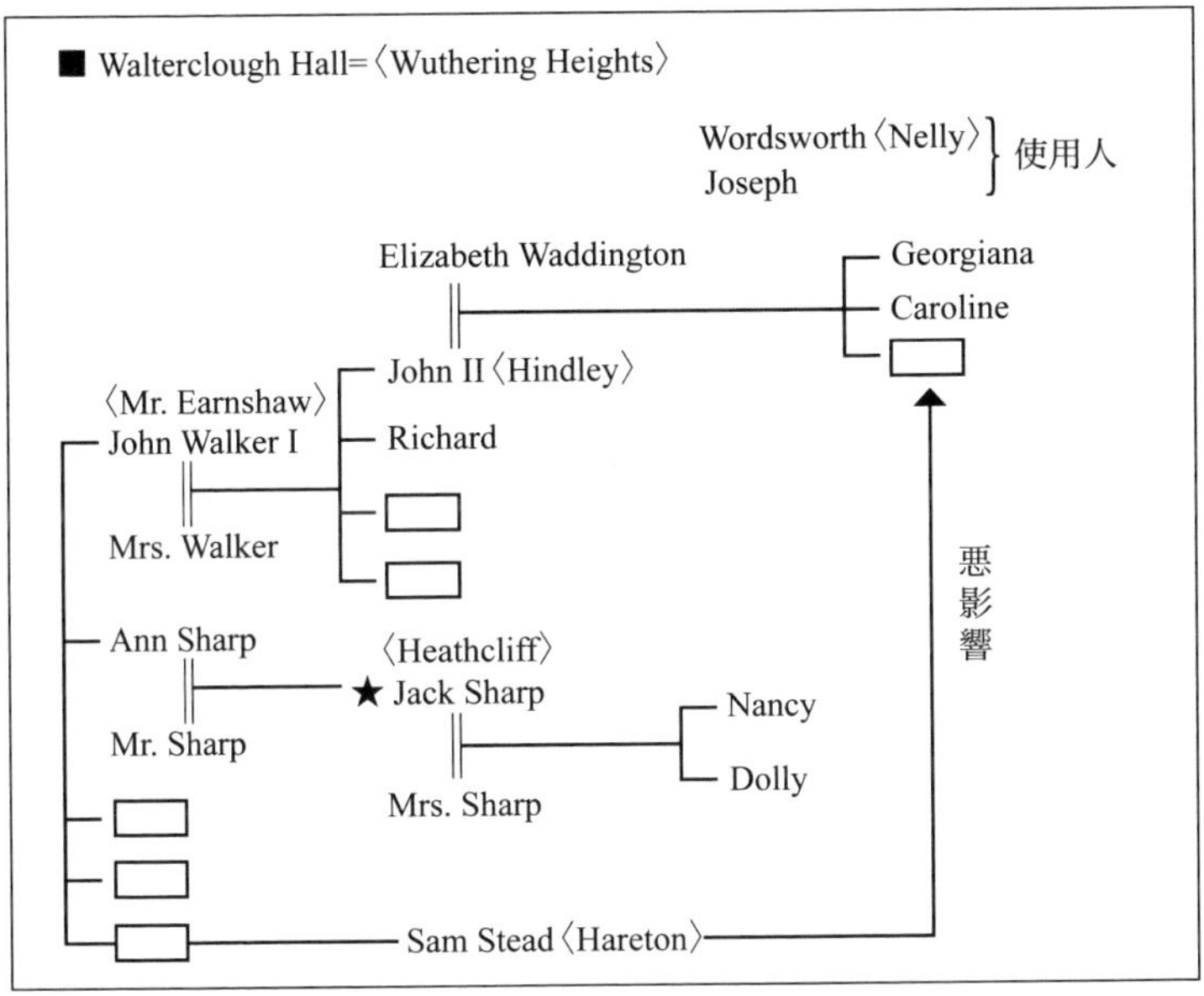

［図6］Heathcliff ＝ Jack Sharp 説

だった（［図6］参照）。ウォーカー家は農業を営むかたわら、羊毛の輸出業に携わっていた。

　ウォーカー家の長男ジョンはケンブリッジ大学へ行き、学者タイプの人物で、次男リチャードはロンドンで法律を学ぶが、一七歳で死亡。そこでウォーカー氏は、子沢山の妹ミセス・アン・シャープの息子のひとりジャックを養子にして、ウォルタークロー・ホールに引き取る。そしてジャック・シャープを、息子の代わりに羊毛業の商売のパートナーとして育て上げる。シャープは次第に横柄になり、伯父を苛立たせる一方で、彼の心をしっかりとつかんでいたし、ウォーカー氏もシャープ無しには商売をやってゆけなかった。こうしてウォーカー氏は、商売をシャープに任せて一七五八年に引退し、はじめにハリファックスへ、のちにヨーク近辺に移り住んで、一七七一年ごろ五五歳で死ぬ。シャープはウォーカー氏の甥であって、浮浪児ヒースクリフとは多少立場が異なるものの、人物間の構図は似ている。ウォーカー氏の最期は、わが子よりもヒースクリフを可愛がって苛立っていたアーンショー氏の晩年と重なり合うように思えるのである。

伯父から商売を託され、安い賃貸料で屋敷を借りていたシャープは、ウォルタークロー・ホールをわが物とし、先代ウォーカー氏の財産で、妻とともに贅沢三昧の暮らしを続けた。ウォーカー家の法律上の相続人である二代目ジョンは、当時、ヨーク州のピーターゲイトに住んでいたが、掠奪者シャープとも礼儀正しい交際を続け、アーンショー家の二代目ヒンドリーとは異なったタイプの人物だった。

しかし、このあとの経緯には、再び『嵐が丘』との類似点が見出される。シャープ夫妻は、末娘ドリーの洗礼のさいにパーティーを開き、当時離散していたウォーカー家の人々を屋敷に招く。このとき、ジョンは教会で若い女性エリザベス・ワディントンと出会って恋に落ち、即求婚する。するとエリザベスは、母親の差し金により、ウォルタークロー・ホールを新居とすることを結婚の条件として主張したため、ジョンはやむなくシャープに屋敷から立ち退くようにと言う。これに対してシャープは、激しい怒りを示すが、法的手段に訴えることがかなわず、立ち退かざるを得なくなる。こうして彼は、ウォルタークロー・ホールの近くに、ロー・ヒル屋敷を建てて、移り住むことになる。ウォルタークロー・ホールを立ち退くさいのシャープ夫妻のやり方は、屋敷に備え付けられたものや家財をありったけ略奪してゆくという凄まじいものだった。そして、ウォルタークロー・ホールを抵当に入れたままジョンに引き渡して、自分たちはロー・ヒルに移り住んで羊毛業の商売を続け、相変わらず贅沢な生活を続けた。

その後もシャープはさらに復讐を展開した。ジョン・ウォーカーには、サム・ステッドという年下の従弟がいたが、シャープはサムを自分の弟子にして、酒と賭博に浸らせ、彼を堕落させた。のちにシャープが破産したとき、職のなかったサムがウォルタークロー・ホールに引き取られて来る。サムは、ウォーカー家の子供たちに勉強を教える役を担うが、わざと子供たちに悪影響を与えたり、使用人を対立させたりするなどして、ウォーカー家に混乱をもたらす。

シャープがヒースクリフに対応するとすれば、彼によって堕落させられたサムは、ヘアトンの立場にあると、ジェイランは指摘している。確かに、立場のうえではそういう対応が成り立つが、酒や賭博に浸るサムの堕落の仕方には、ヒンドリーの面影もちらつくように思える。ちなみに、ウォーカー家の使用人のなかに、ワーズワースという名の乳母がいて、彼女が女の子たちの相談役として、ネリーに対応する人物だったこと、また、シャープが雇った使用人のなかにジョウゼフという名の者がいたことも、ジェイランは指摘している。

なお、シャープが破滅しかけたときに、二代目ジョン・ウォーカーは、二度までも彼を救おうと援助している。そのうち一度は、妻に隠して彼女の金を使ってまで助けようとした。なぜ自分に害を与えた略奪者シャープを、ジョンが繰り返し助けようとしたのかは、謎であると、ジェイランは言う。筆者はこの二人の不思議な関係のなかに、ヒースクリフとヒンドリーの関係とは別に、ヒースクリフとヘアトンとの心情的関係のようなものが重なり合っているように考えるのである。

シャープの破滅のきっかけになったのは、アメリカの独立戦争だった。彼は、当時アメリカに住んでいた兄弟のひとりを通して、アメリカで商売の取引をしていたのだが、戦争によって顧客からの送金が断たれ、主たる収入源を失うことになったのである。そのうえ、シャープの娘ナンシーが恋人に捨てられるという出来事が起こり、シャープは娘の名誉の修復のためにロンドンへ行くと言ったきり戻らず、一七九八年に死亡する。

こうしてロー・ヒルの商売は終わり、ジョン・ウォーカーが莫大な損失を負うこととなる。しかしジョンは、時代の変化を読み取り、ウォルタークローに工場を建てて機械化を導入し、苦労を経て、のちに成功し、繁栄を誇ったとのことである。

一八三七年にエミリがロー・ヒルの学校に到着したときには、ジョン・ウォーカー夫妻はすでに亡くなっていたが、娘キャロラインがまだウォルタークロー・ヒルに住んでいた。そして、先にも述べたとおり、このキャロラインが以上の顚末を、日記に記しているというわけである。ちなみに、キャロラインの兄弟は、シャープとサムの悪影響によって、酒浸りで死んでしまった。シャープの復讐の爪痕は、このような形でウォーカー家に残されたとも言えるだろう。

以上見てきたとおり、「ヒースクリフ＝ジャック・シャープ説」は、伝説としての信憑性はかなり高いように思われる。恩人の家を乗っ取り、その子孫に復讐しようとした悪党として、ジャック・シャープはヒースクリフの原型を形作っていると言えるであろう。略奪者としてのその振る舞いや執念深い性格も、ヒースクリフと重なり合う。周囲の人物の配置や性格には、いくつか相違点も見られるが、印象的なのは、最後にシャープが破滅し、彼が害を与えようとした恩人の家が復活することだ。このような一族の年代記的な枠組みという点で、シャープ伝説は『嵐が丘』と共通しているのである。

◆ヒースクリフ＝ヘンリ・カッソン説

第三の「ヒースクリフ＝ヘンリ・カッソン説」は、メアリ・バターフィールドによって、一九七〇年代に唱えられた説である。[3]

一八一九年にパトリック・ブロンテがハワースの教会に赴任したとき、その地域いちばんの大地主であったヒートン家は、ハワース教会の管財人でもあった（［図7］参照。系図の右端にブロンテ四きょうだいがいて、その父 Patrick が教区牧師で、Robert VII と関係があったことを示す）。ヒートン家は、教会から二、三マイル離れた所にあるスタンブリーという荒れ地の村に建ったポンデン・ハウスに住んでいた。ポンデン・ハウスは、チューダー王朝様式の邸宅で、一五一三年以来ヒートン家によって所有されていて、一八〇一年に修復された。これは、『嵐が丘』の冒頭にある年号と一致する点で注目すべきであることは、ジェイランも指摘している（Gérin, p.31）。ポンデン・ハウスは、スラッシュクロス屋敷のモデルになったとされる。

ヒートン家には五人の息子たちがいて（［図7］で、Robert VII の子供が、Robert VIII を筆頭に並んでいる）、彼らはブロンテ家の子供たちよりも年下だったが、両家の子供たち同士の間には、親しい交際関係があったようだ。ブロンテきょうだいは、ヒートン家から本を借りたり、音楽好きのヒートン兄弟と合奏をしたりして楽しみ、ブランウェルはヒートン兄弟の影響で狩を好むようになった(Gérin, p.32)。

さて、話は一六三〇〜一六四〇年代の三代目ロバート・ヒートンの時代に遡る。ヒートン家は財産家として繁栄し、ロバートには、長男マイクル以下八人の息子がいた。しかし、後継ぎマイクルは、よからぬ仲間とつき合って、父の信頼を裏切り、妻アン・スカバラ名義の土地を抵当に入れて借金を重ねるようになる。こうして、一六四一年にロバートが脳卒中で倒れたとき、彼は財産をマイクルには遺さない旨言い渡して死ぬ。ところが、遺言状は無効となり、結局、全財産をマイクルが継ぐことになる。実は、マイクルをこのような堕落へと追いつめたよからぬ仲間が、ヘンリ・カッソンなる人物であった。バターフィールドは、マイクルの背後にカッソンがいたことと、堕落したヒンドリーの背後にヒースクリフがいたこととが、対応関係にあると指摘している。

父ロバートが死んだ三年後に、マイクルは謎のうちに失踪し、一六四三年には、彼はすでに死んだものとされた。沼に落ちたのか、あるいは突き落とされたのかと、さまざまな憶測がなされたが、マイクルの死因は不明である。一方、一六四二年に清教徒革命が起り、王党派だったヒートン家の立場は落ち目となる。それに対して反王党派だったカッソンは、一六四四年、クロムウェルの時代になるとともに勢力を拡大し、ハワースの長官(Chief Constable)となって、ポンデンへの支配を強化する。カッソンは、マイクルの妻である未亡人アンに求婚し、ヒートン家の地所をすべて手に入れる。

アンには、マイクルとの間にできた二人の子供ロバートとメアリがいた。カッソンは、アンに残

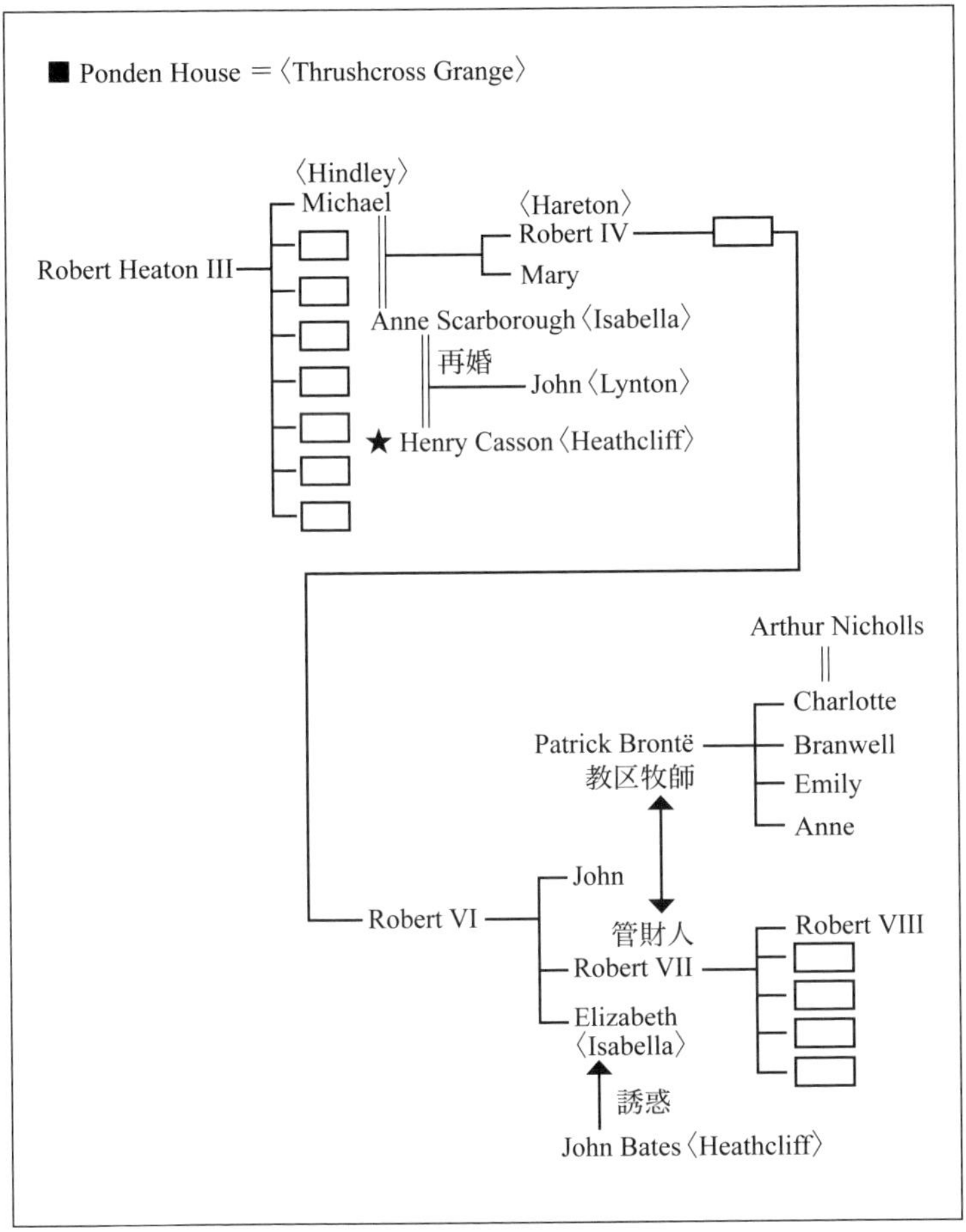

［図 7］ Heathcliff ＝ Henry Casson 説

酷な仕打ちをし、本来ならばヒートン家の後継ぎであった、彼女の連れ子ロバートⅣに教育を与えず、農地で働かせる。そして、自分とアンとの間に生まれた息子ジョン・カッソンに財産を継がせようとする。つまり、財産を奪う目的でカッソンが結婚した相手のアンは、『嵐が丘』ではイザベラに対応する。そして、本来の後継ぎであったはずのロバートはヘアトンに、カッソンの息子ジョンは、リントンに対応する。ヒートン（Heaton）は、綴りを少し変えればヘアトン（Hareton）となり、名前が似ていることも注目できる。

さて、このあとの成り行きを見ておこう。一六六〇年、チャールズ二世による王政復興の時代となり、カッソンの地位が危うくなってゆく。一六六二年、アンはヒートン家の地所を回復し、翌年にロバート・ヒートンⅣが成人して、相続権を主張する。怒ったカッソンは、ロバートが遺産相続したものを本人に買い取らせるなど、暴虐を強いてあがくが、結局は追い出されて、アーズリーへ敗退する。驚くべきことに、彼がこれまで重婚していたことが判明する。カッソンは、最初の妻のもとへ戻ったとか、病気になったとか、さまざまな言い伝えがあるが、真相は不明である。

カッソンの息子ジョンは、ポンデンに留まる。ロバートは、本来ならば敵であるはずの彼に対して慈悲深い態度で接し、一七七〇年、ジョンは死ぬとき、すべてをロバートに返したとのことである。バターフィールドは、ヘアトンがヒースクリフから残酷に扱われたのに、ヒースクリフと絆で結ばれていたという奇妙な関係との対応を、ここに見るのである。

ヒートン家に関しては、まだ後日談がある。六代目ロバート・ヒートンの娘エリザベスが、ジョン・ベイツという大酒飲みの商人に誘惑され、一家に恥辱をもたらす。父親のロバートは、何とか賄賂で娘と結婚させようとするが、ベイツはそれに応じず、結局、エリザベスは肺炎にかかってポンデンに戻り、赤ん坊を産んで母子ともに死んでしまう。エリザベスがベイツから受けた虐待は、イザベラがヒースクリフから受けた虐待に類似していること、エリザベスの出産による死は、キャサリンの死に似ているということも、バターフィールドは指摘している。

このようにヒートン家には悲劇が続き、六代目ロバート・ヒートンは、後継ぎの息子ジョンが二四歳で死ぬに及んで、悲しみに打ちひしがれ、一八一七年に死ぬ。こうして次男ロバートが七代目になるが、パトリック・ブロンテがこの領主に初めて会ったころには、すでにヒートン家の衰退は始まっていて、八代目ロバート・ヒートンが一八九八年に死んだのを最後に、この家系は断絶した。

『嵐が丘』が出版されたとき、ヒートン家の人々は大きな衝撃を受け、その後、ヒートン・ブロンテ両家の関係は急速に冷却していったとのことである。パトリックの死後、亡きシャーロットの夫アーサー・ニコルズ（Arthur Bell Nicholls, 1819-1906）が聖職を継ぐことを、ヒートン家が許さなかったのにも、その辺りの事情が影響しているのだと、バターフィールドは推測している。ここから言えることは、『嵐が丘』の題材には、ヒートン家で起こった事実がたくさん含まれていて、当事者のヒートン家がそれに気づいたであろうことだ。

ヒートン家の財産を乗っ取ろうとしたカッソンの手口、すなわち、ヒートン家の二代目領主を堕落させ、結婚を手口にして全財産を手にしようとしたこと、そして、三代目まで堕落させて使用人にしようとしたことは、ヒースクリフのやり口と似ている。そして最後には失墜し、その後正統な家系が回復されるという形も共通している。

2　伝説とは何か

◆悪人伝説

以上三つのヒースクリフ伝説をまとめると、いくつかの共通点が浮かび上がってくる。本章の出発点で、「他人の家を乗っ取る」という特色を挙げたが、そのほかにも、ヒースクリフに対応する人物が、ヒンドリーの立場にある人間を出し抜くこと、その子孫であるヘアトン的人物を堕落させること、家を追い出されて復讐を試み、最後には落ち目になることなどが共通する。ただし、細かな点では多少ずれもある。恩人に育てられて可愛がられるという挿話は、ウェルシュ説とシャープ説には見られるが、カッソン説にはない。イザベラと対応する女性と結婚して財産収奪の足掛かりとするという要素は、ウェルシュ説とカッソン説には見られるが、シャープ説にはない。

しかし、むしろここで注目すべきことは、似た話が複数あったということである。互いに別個の話であるにもかかわらず、少なくとも三つのよく似た話が、エミリの周辺にあったことは、何を意味するのだろうか？　やや荒っぽい表現をするなら、こういう話は世間にいくらでもあったと言えるのかもしれない。にもかかわらず、私たちはそのストーリーに、紛れもない『嵐が丘』の刻印を見る――それはとりもなおさず、そこに潜んでいた口承物語的な要素が、エミリに拾い上げられ、小説化されたとき、ひとつの「伝説」の定型となったことを意味するのではないだろうか。重要なのは、人々がつねに注目する中心人物がヒースクリフであるということだ。

アメリカの神話学者ジョウゼフ・キャンベルは、英雄神話・伝説では、主人公が別世界へと旅立ち、イニシエーションを経て帰還するという基本構造が見られることを指摘する（Campbell, pp.23-31）。つまり、英雄は「こちら側」から「あちら側」の世界へ行って、再び元へ戻るという道筋を辿るわけである。それに対してヒースクリフは、もともと「あちら側」の未知の世界に属し、「こちら側」へやって来て、最後に不可解な「死」という形で消えてゆく人間であるため、それとは逆の方向性をもつタイプである。したがって、ヒースクリフをめぐる伝説を英雄伝説と区別して、「悪人伝説」として位置づけておこう。

さまざまな口承物語のなかで、反復されているモチーフが存在することは、多くの研究者によって指摘されている。とりわけロシア・フォルマリスムの批評家ウラジミール・プロップは、民間説話のモチーフのタイプ分けによって、それらが互いに類似していることを立証しようと試みたことで有名である。プロップはたとえば、昔話の導入の状況のあとに、「家族の成員のひとりが家を留守にする」というパターンが続くことを挙げ、「家を留守にしうるのは、年長の世代に属する人物」であると説明している。これは、一家の主人アーンショー氏がリヴァプールへ旅に出るという『嵐が丘』の物語の導入部に似ている。プロップは、そのあと「敵対者」が話に登場することを挙げ、「この人物の役割は、幸福な家族の平安を破ること、何らかの不幸・災いをもたらすこと、害を加え、損害を与えること」（プロップ、四二-四五頁）であると指摘している。この点も、一見、ヒースクリフの登場と重なり合っているようだが、プロップの定義する「敵対者」は、それ自身が主人公に転じることはないため、『嵐が丘』の物語展開との共通点は、この辺りまでに留まる。

◆欠けたピースは何か

一方、スイスの民間伝承文学研究者マックス・リューティは、伝承のなかに登場する主人公の特色として、「孤立」[4]した存在であることを挙げる。また、昔話や伝説においては、不思議なものが最後まで説明されないままに留まるという特色も指摘している（リューティ『昔話と伝説』、一九頁）。リューティは、さまざまな伝承文学に繰り返し現れるモチーフ群のなかで、とりわけ「運命の不可避性」「人間が自分に捕らわれ、自分自身が原因で破滅する」という主要テーマを抽出して、これに着目している。伝承文学において、私たちは多様に変化した形でこのテーマに出会う。悪人はしばしば自分自身で破滅するというわけである（リューティ『民間伝承と創作文学』、一四二―八三頁）。これらの特色と照らしてみたとき、私たちは、ヒースクリフ伝説のなかにも、孤立し、自分に捕らわれて最後には破滅する悪人の運命のモチーフを見出すことができる。したがって、大まかには、昔話や伝説の型に当てはまるわけである。

では、この悪人伝説を小説化すれば、『嵐が丘』という創作文学になりえるかというと、そうは言えないのだ。リューティも指摘するとおり、昔話や伝説では、創作文学におけるほど、人物たちが内面的な世界や心の深みを持たず、ストーリー的存在に留まっているからという理由（『民間伝承と創作文学』、一七九頁）も、もちろん考えられる。プロップも、昔話において重要なのは、「登場人物たちが何を行うか」という問題、つまり、「筋という観点から規定された登場人物の行為」であり、登場人物たちの「機能」こそが、昔話の根本的構成要素であると述べている（プロップ、三三一―三五頁）。つまり、伝説では基本的に、出来事や人間の行動によって織り成されたストーリーはあっても、人間の心情という要素はない。「乗っ取り」「略奪」「復讐」という〈行為〉があり、それらの行為を引き起こす〈動機〉はあるのだが、それ以外の内面的心理はすべて削除されるのである。

しかし、理由はただそれだけではない。三つの悪人伝説には、『嵐が丘』に必須の要素が、何か決定的に欠けているように思われるのだ。その必須の構成要素とは、主人公が、自分以外の男性との結婚を望む恋人の内心を知って、失踪するという出来事ではないだろうか。この〈出来事〉ないし〈行為〉がなければ、ヒースクリフのあらゆる悪事も意味をなさなくなってしまうのではないか。筆者がこのことを再認識したのは、近年、ヒースクリフの運命の要《かなめ》となる、この不可欠の部分を補完するような新〈伝説〉に出会ったとき、あたかも欠けたパズルのピースが埋まったように感じられたことがきっかけだった。

3　新伝説の可能性

◆ヒースクリフ＝ロバート・クレイトン説

サラ・フェルミは『エミリ・ブロンテの日記』（*Emily's Journal*, 2006［以下、『日記』と記す］）において、ヒースクリフとは、エミリの近所の知り合いで、彼女と恋に陥り、若くして死んだロバート・クレイトンという若者であったという説を打ち出している。この新しいヒースクリフ伝説は、まさに、愛する女性の心変わりに傷ついた少年ヒースクリフの面影が前面に現れた新伝説なのである。

筆者がこれを敢えて学説と呼ばず、〈伝説〉と呼ぶのは、この『日記』が、研究書ではなく創作という形で発表されたためである。フェルミは、ブロンテ研究に携わり、エミリに関するリサーチに約一五年にわたって取り組んだ成果として、本書を出版した。本書に序文を添えたストウンマンによれば、フェルミの方法は、教会記録や土地の登記、遺言状、手紙、文献などといった確固たる証拠に基づいた歴史家の手法であり、彼女がすでに発表したいくつかの論文は、専門家によって信頼できる学術研究として評価されているとのことである。

ロバート・クレイトンは、貧しい職工の息子として、エミリより数週間遅れで生まれた同じ年の男性で、エミリが荒野を散歩したときに出会いそうな場所に住んでいた実在の人物である（以下、［図8］参照）。彼の誕生と一八歳における死亡については、ハワースの教会の記録に残されている。また、エミリは一八三五年、一七歳のとき、突然ロウ・ヘッドの学校に入学するが、その理由が不明であるため、フェルミは、エミリが誰かとの不適切な関係を打ち切るために、学校に追いやられたのではないかと推定する。そして、エミリの詩を年代順に読んでゆくと、一八三六年と一八三七年の間に、詩の調子が突然変わって、悲嘆と喪失をテーマにした暗い憂鬱な作品へと変わり、一八三七年二月まで何も書いていないことが判明する。そこで、この時期にエミリが、人生を変えるような何らかの経験をしたのではないかという推定のもとに、ハワース教会墓地の埋葬記録を調べてみたところ、浮かび上がってきた候補者がロバート・クレイトンで、彼がちょうどこの時期に死亡していることがわかったという。そこでフェルミは、ロバートがエミリの恋人で、恋人との死別という個人的な理由があったために、『嵐が丘』を書いたとする仮説を立てたのである。

さらに、それに付随する証拠がいくつか挙げられている。第一は、ロバートの兄ジョンが弟に先立って一八三三年に死亡していることと、エミリが詩「私が確信をもっていたときに……襲ってきた死」のなかで、二つの関連のある死について詠っていることとが符合する点。第二は、「ゴンダル物語」の詩のひとつに、「A.E. とR.C.」というイニシャルが並んで使用されていて、A.E. は「ゴンダル物語」のアレグザンダー・エルベであると考えられるが、R.C. のほうは「ゴンダル物語」の登場人物では当てはまりそうな人物がいないため、ロバート・クレイトンを指しているのではないかという推定である。

しかし、事実の裏付けはその辺りまでである。それは、フェルミ自身も述べているとおり、もしエミリとロバートに関係があったとすれば、シャーロットをはじめとする関係者たちが、この社会的に不釣り合いな相手との関係を恥辱と考え、その事実をひた隠しにしたはずだからだ。それゆえ、これ以上の証明は無理だと悟ったフェルミは、事実にできるだけ正確に基づいたフィクションという形で、自分の考えを肉付けする方法を選択した。そこで、エミリが書いたとする日記を中心に据え、それに一八四八年にエミリが死んだあと、彼女の姉妹シャーロットとアンが書き添えたとする文章を付け加えるという、複雑かつ巧妙な実験的方法を取ったのだ。したがって、事実や歴史的証拠に基づいて物語化されたこの話を、一種の〈伝説〉の誕生と見てよいのではないかと、筆者は考えるわけである。

そこで、フェルミによって提示された「ヒースクリフ＝ロバート・クレイトン」説を、ざっと見ておこう。一八三一年、〈エミリ〉（以下、『日記』中のエミリを、実在の人物と区別して〈エミリ〉と記す）とアンは、ゴンダルという名の島国に関する物語を作り、ドラマの場面を演じる遊びを始める。その年の夏の終わり、〈エミリ〉の一三歳の誕生日の直前に、二人が用事で出かけ、荒野を歩いているとき、クレイトン家のジョン・ロバート兄弟に出会う。〈エミリ〉とアンは、クレイトン兄弟に、いっしょにゴンダル物語のドラマを演じる遊びをしないかと誘い、以後四人は、家族には秘密で、荒野で週に一回会って遊ぶようになる。『日記』のなかのアンの注釈によれば、ロバートは粗野で無口だが善良でハンサムな少年で、すぐに〈エミリ〉に心を奪われるようになった様子だった。

出会いから二年後の一八三三年、兄のジョンが亡くなり、それまでの遊びは終わりとなった。しかし、〈エミリ〉はアンを連れずにひとりで荒野に出かけ続け、ロバートといっしょに過ごすようになる。やがて翌年一八三四年の夏ごろには、二人の関係は友情から恋愛へと変質し、あるとき石切り場でドラマを演じながら、思わず二人で抱き合っているところを、ある少年に目撃されたのをきっかけに、二人の関係は人伝《ひとづて》に父パトリックと伯母ブランウェルの耳に入る。牧師の娘が、身分の低い職工の息子と交際していることを知って仰天した父と伯母は、二人を引き裂くために、〈エミリ〉を学校へ行かせる。こうして一七歳の誕生日の前日に、エミリはロウ・ヘッドへと旅立っ

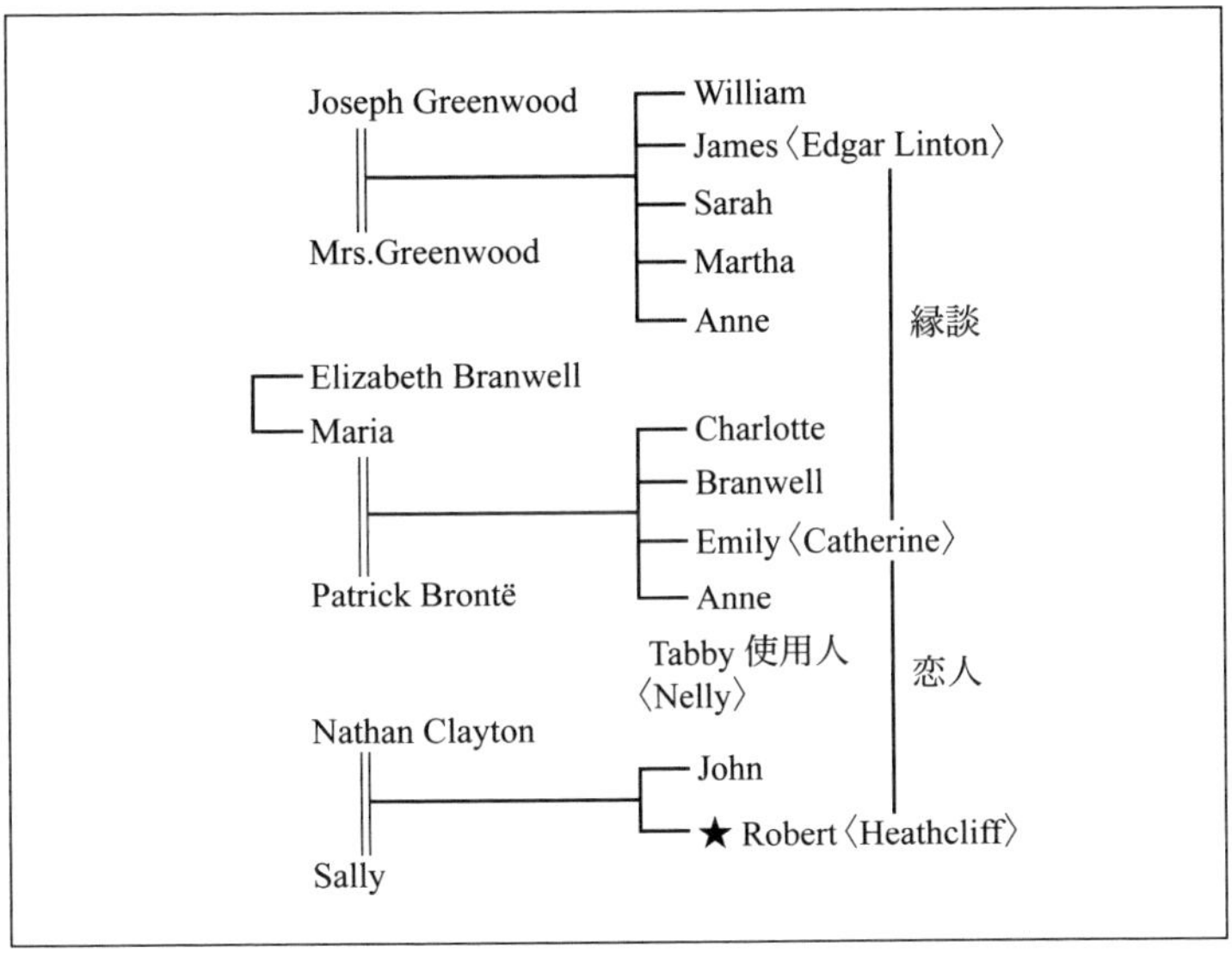

［図8］ Heathcliff ＝ Robert Clayton 説

た。

しかし、数か月後に、エミリは体調不良のために家に帰される。そこで今度は、父パトリックとブランウェル伯母は、〈エミリ〉をロバートから引き離す次なる計画として、スプリングヘッドのグリーンウッド家の息子ジェイムズと〈エミリ〉の縁談を進める。グリーンウッド家は、ブロンテ家とも親交のあった家で、一家の主人ジョウゼフは、荘園領主でかつ地方の治安判事という上流の家だった。あるとき〈エミリ〉はグリーンウッド家のパーティーに呼ばれ、ジェイムズと引き合わせられて、自分たちが結婚させられる予定であることに気づく。ジェイムズは聡明で魅力的な若者で、彼と結婚することは社会的階級の上昇を意味したため、〈エミリ〉は喜ばしく感じたと、『日記』には綴られている。こうして〈エミリ〉とジェイムズとの交際が始まった。

しかし、その間も〈エミリ〉はロバートのことを忘れたわけではなかった。荒野に出かけて、ロバートと再会したとき、彼女の心は揺れ動く。縁談の噂を聞き知ったロバートは、〈エミリ〉に向かって、自分と駆け落ちするのか、ジェイムズと結婚するのか、いずれかを選ぶようにと迫るが、〈エミリ〉はなかなか決断がつかないまま、自分の気持ちを書いた手紙をロバートに渡す。ロバートから別れの返事が届いたあと、〈エミリ〉は女中タビーに、ロバートへの愛を告白する。しかし、その翌朝〈エミリ〉は、ロバートの葬儀が執り行われることを知るのだ。彼は沼地に落ちて、発見される前に凍死したとのことだった。大きな衝撃を受けた〈エミリ〉は、ジェイムズ・グリーンウッドの求婚を断り、ロバートを失った悲しみと罪悪感に苛《さいな》まれ、苦悩の日々を送ることになるのである。

◆さらなる新説へ

以上の『日記』における一連の創作上の出来事から浮かび上がるのは、ロバート・クレイトンがヒースクリフの、エミリ自身がキャサリンのモデルになったのではないかという可能性である。のちの一八四五年一月の日記で、〈エミリ〉が本格的な小説を書くという計画に触れている箇所で、「ロバートとジェイムズをめぐるジレンマを一部反映した自分自身の物語」を書くという構想を示していることからも、作者フェルミの意図は明らかである。

しかし、注目すべきなのは、フェルミが推定した「事実」では、ロバートが先に死に、〈エミリ〉が後に残されたのに対して、作品ではその逆で、キャサリンが先に死に、ヒースクリフが後に残ることである。本来の出来事に即するならば、ヒースクリフが先に死んで、キャサリンが後に残るという話であったはずのところを、作者は男女の役割をここで入れ替えたわけだ。ということは、〈エミリ〉は、ヒースクリフという人物のなかに、生き残った自分自身を投影したことになる。

現に、ロバートが死んだあとの〈エミリ〉の日記を見ると、そこからは、まるでヒースクリフの言葉が聞こえてくるようだ。彼が死んだ翌月には、「人生には私の興味を引くものはもう何もないと完全に確信している」（一八三七年四月）という言葉が見られる。

ロバートが死んだ一年後の日記では、〈エミリ〉は自分には取りついて離れない夢があることを記している。それは、黄昏時に荒野にひとりでいるという夢で、小道でロバートを見かけ、彼のほうへ行こうとするのだけれど動くことができず、待ってほしいと声をかけようとするが、声が出ないという夢である（一八三七年一〇月）。

さらに、同年一二月には、次のような心境が記されている。

しかし私は、まるで世界を遮断している悲しみの覆いに包まれているかのように、奇妙に呆然としている――すべてが遠ざかってしまったような感じがする。一種の麻痺状態で、何も行動する気になれない。……いま、私はただ眠りたいだけだ。（『日記』一八三七年一二月一四日、エミリ・ジェイン・ブロンテ）

これは、キャサリンの死後生きる目的を失って、迷妄状態に陥ったヒースクリフの心境を映し出しているようである。

ロバートの死後、三年たつと、さらに日記には次のように綴られている。

現在は、私にとってはほとんど意味のないもので、私の心は、夢と記憶のなかでだけ生きているようだ。……時々、朝早く目が覚めると、過去に戻りたいという気持ちがこみ上げてきて、過去がすぐそこにあるように感じられることもある。最近、窓のすぐ外にロバートの顔が見えたと思って、ベッドから飛び起きて窓を開けたら、彼は消えてしまった。あれは夢だったのかもしれない。それとも、彼に会いたくてたまらないために、至る所に彼の顔が見えるように想像してしまうのかもしれない。……私が望むのは、若いころの、活発で、愛に生きていた幸福な時期に戻ることだけ。それこそ、私の天国なのだ。（『日記』一八四〇年一月、エミリ・ジェイン・ブロンテ）

この箇所は、まるでキャサリンの亡霊に出会うことを一八年間追い求め続け、やがてその幻影を見るようになった、死期の近づいたヒースクリフの状況を映し出しているようである。

このように、〈エミリ〉がヒースクリフに自己投影しているさまが、フェルミの創作した日記からはうかがわれる。つまり、〈エミリ〉はヒースクリフという作中人物のなかで自らの半生を生きたとも言えるわけだ。ここから筆者が発見したのは、「ヒースクリフ＝エミリ・ブロンテ」説というさらなる新説の誕生である。フェルミがそこまで大胆な説を立てようとしたのか、それとも、あくまでも「ヒースクリフ＝ロバート」説の付け添えとして、後日談のなかに、『嵐が丘』的要素を存分に〈エミリ〉の日記のなかに投入しようとした結果、こうなったのかは、判断がつかない。しかし、『嵐が丘』のなかの"I *am* Heathcliff"という台詞は、〈エミリ〉自身に置き換えると、"I *am* Robert"となるわけであるから、ロバートとヒースクリフと〈エミリ〉の間に一体感のようなものが存在していたとしても、まんざら飛躍があるとは言えないだろう。

◆『嵐が丘』の増殖力

一見強引ではあるものの、「ヒースクリフ＝エミリ」説は、魅力的な説である。というのも、「ヒースクリフ＝ウェルシュ／シャープ／カッソン」という三つの悪人説では、孤立した遠い存在だったヒースクリフが、「ヒースクリフ＝ロバート」説によって、私たちにとってより共感を抱ける対象へと近づいたわけだが、「ヒースクリフ＝エミリ」説を加えることによって、いっそうヒースクリフに対して強いシンパシーが生まれるからである。そして、小説の伝説との最も大きな違いは、やはり、私たちが物語中の人物に対してシンパシーをもつことが可能であるかどうかというところにあるように思えるからだ。

本章のねらいが、『嵐が丘』の起源をめぐる諸伝説のなかでどれがいちばん正しいかを決することではないことは、改めて断っておく。それぞれの伝説は、互いに『嵐が丘』の起源であることを主張し合っているようだが、伝説はあくまでも伝説であって、小説の「真実」とは異なる。最後に取り上げたフェルミの新説がいちばん正しいとも言えない。フェルミの説もまた、伝説のうちのひとつであり、むしろ他の三つのヒースクリフ伝説を打ち消すというより相互補完的な役割を果たしていると言えるだろう。

重要なことは、『嵐が丘』という作品自体のなかに、「物語を生み出す力」が潜んでいて、逆にそこから無数の伝説や再話が生産され、増殖する力があるということだ。だからこそ、旧伝説の作者ライトは、自らの調査を「伝承」という形で——おそらくは空想をふくらませつつ——記録し、新伝説の作者フェルミは、日記という形で創作することへと、駆り立てられたのではないだろうか。さらには、映画などをはじめ、数多くの『嵐が丘』の翻案が生み出されてきたのも、再話を生産する、この作品の増殖力の表われだと言えるのではないかと思う。

そして、その伝説の中心にいるのはヒースクリフである。伝説から、作者の周辺の伝記に一歩近づいてみると、しばしば指摘されるように、ヒースクリフのなかには、エミリが現実に知っていた男性である、父パトリックや兄ブランウェルの面影が見られることも、付け加えることができる。

しかし、さらに一歩推し進めて、以上に見てきたことを考え合わせると、誰よりもエミリ自身が、ヒースクリフのなかで生きていたと言えるのではないだろうか。孤立しがちで、協調性がなく、頑強で、決して人に譲らず、男のような性格の持ち主であったと言われるエミリ・ブロンテには、まさしくヒースクリフとの共通性が見られる。シャーロットが自分の詩をこっそり見たと知ったとき、エミリが烈火のごとく怒り、詩を出版しようという姉の説得になかなか応じようとしなかったというエピソードからもうかがわれるように、シャーロットがエミリの頑固な性格に手を焼き、妹を恐れさえしていたことは、よく知られている。ブリュッセル留学時代にも、シャーロットが周囲に認められることを望んでいたのに対し、人からどう思われようともいっさいかまおうとしないエミリは、姉にとっては「無意識の暴君」(Gaskell, p.231) のような存在だったと、ギャスケル夫人は述べている。最期まで医者の助けを拒んだエミリは、半ば「消極的な自殺」とも言えるその死に方において、ヒースクリフと似ていると指摘する批評家さえいる (Miller, pp.172-74)。

『嵐が丘』の起源を探ることは、そもそも無謀な試みである。最初にも述べたとおり、他の作家からの影響などの要素を考え合わせると、起源は決してひとつに絞れるものではないからだ。しかし、本章では敢えて、エミリが現実世界のなかから題材を得た可能性に焦点を当て、〈伝説〉という形を取ったものに絞って考察した。そして、最後に行き着いたのは、作品の主要人物には、やはり作家自身の姿が投影されているという平凡な事実ではあった。しかし、その考察を通して、『嵐が丘』が数多くの伝説から生まれた可能性をもつと同時に、それ自体、伝説・再話を生み出す再生力・増殖力を秘めた作品でもあることに、改めて光を当てることができたと言えるだろう。

第10章

『嵐が丘』のトポス

──「荒野」物語についての比較文学的考察──

1　「荒野」物語としての『嵐が丘』

◆荒野はいかに描かれているか

第8章で、二つの世代の物語を「ファンタジー性」という観点から比較し、両者の物語に本質的な差異が含まれることを立証したさい、キャサリン二世とヘアトンがともに〈庭造り〉をするという挿話が、成長の通過儀礼の象徴と見なせることを指摘した。

第二世代物語における重要なトポスが〈庭〉であるとするなら、第一世代物語の鍵を握る場が〈荒野〉であることは、言うまでもない。荒野は、この小説の主要舞台であるのみならず、たんなる物理的意味を越え、文学的意味が濃厚に含まれた中心的なトポスであると考えられるからである。すでに第8章でも「内なる荒野」という概念との関連から考察したが、本章では、『嵐が丘』における〈荒野〉に再び焦点を当てて、他の文学作品と比較考察しつつ、〈荒野〉物語のモチーフの根源的な意味を探ってみたい。

『嵐が丘』の舞台となるヒースの生い茂った「ムア（moor）」が「荒野（wilderness）」の一種であること、そして意外にも、この作品で荒野が直接描かれていないことについては、すでに述べた。大部分がネリーの語りから成り立つ物語では、ほとんどの出来事が屋内で展開する。荒野については、一部の例外を除けば、具体的な場面として描写されることはない。では、なぜ私たち読者は、〈荒野〉を知るのだろうか。〈荒野〉がいかにテクストに埋め込まれているか、具体例を挙げてみよう。

アーンショー氏の死後、ヒースクリフとキャサリンは身分が隔てられるが、「朝から荒野へ飛び出して行って一日中そこで過ごすのが、彼らにとっては何よりも楽しみでした」（I・第六章）とネリーは語る。このわずかな言葉から、二人がいつも〈荒野〉でたわむれていたこと、それが子供時代からずっと続いていた習慣であったことが伝わってきて、そのイメージが読者の想像力のなかで定着する。

ロックウッドが発見した二五年前のキャサリンの日記には、ある日曜日に、ヒースクリフが「荒野を駆け回ろうと言い出した」（I・第三章）ことをきっかけに、二人がヒンドリーへの反逆の一歩を踏み出し、初めて隣家スラッシュクロス屋敷に辿り着いたということが、綴られている。この出来事を境目に、二人の間で階級的・心理的な分離が始まる。したがって、〈荒野〉を越えて行ったことは、彼らの子供時代の黄金期が終わったことを象徴するのである。

ヒースクリフが失踪し、三年後に姿を現わして波乱が生じたとき、彼と夫エドガーとの間の板挟みとなったキャサリンは、部屋に閉じこもり、危険な病状に陥る。錯乱状態のキャサリンは、枕を引きちぎり、中から鳥の羽を引っ張り出して並べながら、次のように言う。

「これはタゲリの羽ね。荒野の真ん中で、私たちの頭上を旋回している奇麗な鳥。……冬には、小さな鳥の骸骨がいっぱい詰まった巣を見つけた。ヒースクリフが巣の上に罠をかけたので、親鳥たちは近づけなくなったの。そのあと、タゲリを撃っちゃだめと、私は彼に約束させたわ」

（Ⅰ・第一二章）

このようなわ言のなかから、子供時代の二人が荒野で遊んでいる情景が、鮮やかに浮かび上がってくるのである。

死が迫ったキャサリンのもとへ、ヒースクリフが会いにやって来る。第5章でもすでに引用した箇所だが、その直前の状況についてネリーは、「ひたひたと流れる谷川の音が耳に心地よく響いていました……嵐が丘屋敷では、雪解けや雨降りの季節の後の静かな日には、いつでも川音が聞こえたものです」（Ⅱ・第一章）と描写する。このあと対面した二人は荒々しく抱擁し、最後の別れの言葉を交わす。ここで重要なのは、キャサリンがヒースクリフと接近し、意識が研ぎ澄まされてくると、〈荒野〉の霊気が立ち込めてくるという流れである。あくまでも場所は室内ではあるが、窓辺から聞こえる川音を通して、四季折々の〈荒野〉の風景が、私たちの想像力のなかに広がってゆくのだ。これと対応する場面は、一八年後にヒースクリフの死が近づいたとき、彼が「曇った夜の湿っぽい柔らかな空気で満たされた」暗い部屋で、ひとり川音に耳をすませている様が描かれた箇所（Ⅱ・第二〇章）にも見出される。

情景とは、必ずしも直接描くことによって、意識に焼きつくとは限らない。むしろテクストの行間から浮かび上がらせ、読者の空想のなかで確固たるイメージを形成するというやり方が、この小説の〈荒野〉の描写の仕掛けなのだ。それゆえ、いっそう〈荒野〉は特別な象徴的意味を帯びた場所のように思えてくるのである。

◆〈荒野〉の隠喩

〈荒野〉は、隠喩に満ちた言葉であるが、ことに西洋文学ではキリスト教とは切り離せない概念である。すでに第2章で指摘したとおり、ロックウッドが嵐が丘屋敷で見た夢は、とりわけ宗教色が濃い。彼は最初に、「許されざる罪」をめぐる夢を、続いて、「キャサリン」と名乗る幽霊が、「私は家に帰って来たの。いままで荒野で道に迷っていた……私は二〇年間、宿無しだった」（I・第三章）と訴える夢を見る。二つの夢を連続したものとして捉えると、「許されざる者」とはキャサリンであるという解釈が導き出された。ここで幽霊の言う「荒野で道に迷い、家に帰って来られない宿無し」とは、まさに聖書におけるある原型的モチーフを表現したものにほかならない。

死期の近づいたヒースクリフがネリーに打ち明けた話によれば、彼はそれまで二〇年近くにわたってキャサリンの霊を追い求め続けてきたという。ヒースクリフの死後、二人の幽霊が荒野をさまよっているのを目撃したという噂が、村人たちの間で広がっていることを、ネリーは伝える。つまり、キャサリンとヒースクリフは、互いに離れ離れになったのちも、そして死して出会ったあとも永遠に荒野をさまよい続けるのである。したがって、「荒野放浪」が、この作品の重要なモチーフのひとつであることがわかる。

2 「荒野」物語の比較考察

◆旧約聖書・新約聖書

聖書における〈荒野〉のモチーフのなかで最も際立つのは、旧約聖書の『出エジプト記』から『民数記』、『申命記』にかけて出てくる、イスラエル人の〈荒野放浪〉の物語と、イエスがサタンに〈荒野で誘惑〉されるという新約聖書中の物語である[1]。

まず、〈荒野〉の原語について確認しておく。旧約聖書の原典で用いられているヘブライ語では、〈荒野〉は乾燥の度合いによっておよそ五種類に分かれるが、一般には、「いわゆる草木の一本もない、生物の生息しえない砂漠ではなく、むしろ不耕作地や牧草地、泉のある、あるいは雨もごく少量とはいえ降るようなオアシスなどを含んだ地帯」を指す。この種の〈荒野〉として最も頻出するのが מִדְבָּר (midbār) で、〈荒野放浪〉の物語の大部分でも、この言葉が用いられている。一方、新約聖書の原典はギリシア語で書かれているが、ヘブライ語の מִדְבָּר に相当する言葉は、ギリシア語では ἔρημος で、〈荒野の誘惑〉の物語でも、やはりこの言葉が用いられている。英訳の欽定版聖書では、〈荒野〉の種類の細かな区別はせず、旧約でも新約でも、大部分が wilderness と訳されている[2]。

旧約聖書において、エジプトの奴隷であったイスラエルの民は、モーセに導かれてエジプトを脱出してシナイ山へ行き、先祖の神ヤハウェと契約を結んで十戒を授けられたのち、ヤハウェから、約束の地カナンで定住するようにと指示される。しかし、彼らは荒野を進む途中、水や食糧、旅の苦痛などに対して不平を言ったり、神を非難したり、約束の地カナンの悪口を言ってエジプトへ帰りたがったりする。こうして、本来ならばわずかな日数で到着するはずのところ、不信仰なイスラエルの民は、神の裁きを受けて、四〇年間かけて荒野を流離《さすら》ううちに死に絶え、新しい子供たちの世代だけがカナンへの入国を果たすのである。この〈荒野放浪〉の中心となる『民数記』は、冒頭の「ベミドバル」(Bamidbar)という言葉がタイトルになっているが、これは「荒野に(in the wilderness)」という意味である。

新約聖書の〈荒野の誘惑〉は、イエスが洗礼者ヨハネから洗礼を受けたあと、荒野に送り出され、そこに四〇日間留まって悪魔の誘惑を受けるという挿話である。『マルコによる福音書』(第一章第一二-第一三節)では、ひと言叙述されているだけであるが、『マタイによる福音書』(第四章第一-第一一節)と『ルカによる福音書』(第四章第一-第一三節)では、物語化されている。イエスが断食して空腹を覚えたところ、悪魔が「汝が神の子ならば、石がパンになるように命じてみよ」と言うと、イエスは「人はパンのみに生きるにあらず」と答える。悪魔が「聖なる都の神殿の尖塔」(ルカでは「エルサレムの神殿の尖塔」)に連れて行って、「汝が神の子なら、ここから飛び降りてみよ」と言うと、イエスは、「主なる神を試してはならない」と答える。また、悪魔が、高い山の上から王国の栄耀栄華を見せて、「私に跪《ひざまず》いて拝むなら、これらすべてを汝に与えよう」と言うと、イエスは、「主なる神を拝み、ただ神にのみ仕えよ」と答える。誘惑の試みに失敗した悪魔は立ち去り、イエスはガリラヤへ帰る。

これらの〈荒野放浪〉と〈荒野の誘惑〉の物語の間には、さまざまな点で対応関係が見られる。まず、〈荒野放浪〉の四〇年間と、〈荒野の誘惑〉の四〇日間という数字の一致が目立つこと[3]。また、マタイとルカは、物語化によって意識的に二つの挿話を重ね合わせようとしているようだ。イエスもイスラエルの民のように、荒野で次々と苦しい試練に遭う。空腹を唱えるイスラエルの民に、神はマナという食糧を与えるが、民はなお不平を言ったのに対し、イエスは断食に耐え抜く。悪魔はあの手この手で神への背信を誘うが、イエスはすべてそれを拒絶して神への信仰を示す。これは、イスラエルの民が、さまざまな試練に負けて不信仰へ陥ったことと、逆の対応をしている。つまり〈荒野〉とは、信仰を試される試練の場で、かつ神のみを頼るべき恩寵の場であることを、イスラエル人が体験した場であったわけで、イエスは彼らが果たせなかったことを、荒野で成就させたのだと言える[4]。

さて、ここで『嵐が丘』についての考察に戻ろう。『嵐が丘』の物語は、聖書の〈荒野放浪〉のモチーフと、どのように関わっているのだろうか[5]。先にも述べたとおり、死んだキャサリンの霊と、生き残ったヒースクリフは、荒野を放浪し続ける。キャサリンは錯乱状態のなかで、その場にいないヒースクリフに向かって、「私はあそこ（墓）にひとりで寝ていたりしない……いっしょになるまで安眠しない」（Ⅰ・第一二章）と断言し、他方ヒースクリフは、キャサリンが死んだとき、「キャサリン・アーンショーよ、ぼくが生きているかぎり、安らかに眠るな！……化けて出ろ！」（Ⅱ・第二章）と祈願する。したがって、二人の到達点とは、ともに死して合一する地点を指すことであるとわかる。しかし、到達後も二人は昇天するわけではなく、幽霊となって荒野に留まり続けるのだ。つまり、二人の目的地は、神の約束の地である天国ではない。〈荒野放浪〉は、彼らの黄金時代の原点であり、かつ向かうべき目的地でもあるのだ。

キャサリンはネリーに、夢の話をしたさい、自分がキリスト教の天国には向かない人間であり、〈荒野〉のほうが、自分にとっては真の意味での天国なのだという本心を明かしている。それゆえ、ヒースクリフとキャサリンの霊が死後も荒野をさまよい続けるのは、彼らが自らの天国に留まったことを意味する。したがって〈荒野〉は、旧約聖書では祝福の地へと至るまでの苦難の場であるのに対して、『嵐が丘』では、目的とする祝福の地そのものというわけで、両者の間にはずれがある。

次に、新約聖書の〈荒野の誘惑〉の挿話と比較してみよう。ヒースクリフとキャサリンは、アーンショー氏の死後、初めて「エデンの園」たる荒野を出て、栄華の宮殿スラッシュクロス屋敷に行き着く。比喩的に言うならば、そこで先にイヴであるところのキャサリンが、知恵の木の実を食べて、俗世間の誘惑に目が眩《くら》み、金持ちの良家の夫人になるという栄誉を手に入れようとする。ヒースクリフも、復讐のためにアーンショー・リントン両家の財産収奪という俗事に没頭する。つまり二人は、いわば「栄華がほしければ、悪魔に跪け」という誘惑に陥ったわけである。また、彼らは「神を試す」という誘惑にも陥る。先に挙げたように、キャサリンが、死んで埋葬されても眠らないと宣言したことや、ヒースクリフが、彼女の霊に化けて出ろと祈ったことは、人間にとって最も思うにまかせぬ「死」をも受容しようとしない挑戦的な態度であり、神への異議申し立て、意固地な不平に当たると言える。彼らは、互いに試してはならない相手の魂を試すことを通して、間接的に神をも試したことになるだろう。

そして、悪魔の誘惑に陥った結果を、彼らは自ら刈り取る。キャサリンは死によって自らの過ちを贖《あがな》い、ヒースクリフは復讐の完遂を投げ捨てて、死へと向かう。興味深いのは、ヒースクリフの死因が飢えであると推定されること、キャサリンも三日間の断食をきっかけに死に至る病へとつながったことである。彼らは真実に目覚めたとき、自然に食欲を失って食を断つ。言ってみれば、彼らの答えは、まさに「人はパンのみに生きるにあらず」であったわけだ。これは、荒野で悪魔から「石をパンに変えよ」と誘惑されたときのイエスの答えと、奇妙に一致するのである。

◆ケルト神話・伝説

このように、『嵐が丘』の〈荒野〉のモチーフは、枠組みのうえでは聖書と重なる部分があるが、中心部分ではずれが生じている。しかし、そこから直ちに聖書批判やキリスト教への反抗を読み取るのには、ためらいが感じられる。エミリが、聖書を意識せざるをえない時代・環境のなかに生きていたことは確かだが、それでいて彼女は、聖書の枠組みを越えた何か別の方向に向かっているようにも考えられるのだ。それは何だろうか？　バイロンやスコットをはじめとするロマン主義文学、ドイツのホフマンやイギリスのメアリ・シェリー、ジェイムズ・ホッグなどのゴシック小説の要素をエミリが吸収していた可能性があることについては、すでに述べてきたとおりである。しかし、これらの文学は、「悪」という概念を強烈に意識しているという点では、キリスト教の世界観の枠から出るものではない。筆者が『嵐が丘』に見るのは、何か善悪の彼岸を超えた、キリスト教以前の、もっと原始的・神話的な世界観の混在である。それは、土俗的・アニミズム的な性質を含んでいて、ギリシア神話よりもむしろケルト神話に近いもののように思える。

ブロンテ姉妹の父パトリックは、アイルランドの農家の出身で、イングランドに渡ってイギリス国教会牧師となった人物である。パトリックのアイルランドの出自に関しては、ごく限られた資料しか残されていないが[6]、第9章でも触れたとおり、彼の父ヒュー・ブランティが、人々に物語を語ってきかせるのが得意な人物であったことが伝えられている（Wright, p.7）。豊かな想像力はアイルランド人の民族的な特色でもあるが、とりわけ才能に溢れた吟遊詩人風の祖父、そして、文学青年であった父から、姉妹たちはアイルランド人の血を受け継いでいる。それと同時に、実際、ヒューの話を聞きながら育った父パトリックを通して、姉妹たちがアイルランドの神話・伝説を聞き、吸収して、自らも想像力を育んだであろうことは、じゅうぶん推測できる。

キリスト教が広まる前の、ケルトの土着信仰のもとになっているのは、ドゥルイドの教義である。カエサルが『ガリア戦記』において、ケルト民族（ガリア人）について述べている記録によれば、「ドゥルイドたちがまず第一に説得したいと思っていることは、魂は決して滅びず、死後ひとつの肉体から他の肉体へと移るという教えで」、その中心思想は、「霊魂不滅」と「転生」、「自然は霊的な力をもつという汎神論的な考え」である。古来、アイルランド人は、「自然の草木や動物や人間を貫いて、しかも森羅万象に生命と活動を与える遍在的な霊が存在すると信じ、その霊が不滅であり、永劫に活動を続けると考えていた」（井村、四〇頁）。したがって、アイルランド人にとって死は、キリスト教におけるような不吉な忌むべきものではなく、「安息」として受容される傾向がある（波多野、三頁）。アイルランドでは、聖パトリックによるキリスト教の布教後も、土着信仰が重んじられ、キリスト教との並立が許されたという経緯があるため、ケルト的な想像力が豊かに温存され続けているのである。だとすれば、エミリの想像力のなかに、先祖から引き継がれたケルト信仰が溶け込んでいたと考えることも、可能であろう。

では、『嵐が丘』におけるケルト的特徴について考察してみよう。荒野には、「ペニストン岩」という場所があることについて、作品で何度か言及されている。直接は描かれていないが、これがおそらくキャサリンとヒースクリフにとって子供時代の「聖地」のような場所だったと推測できることについては、すでに第8章で指摘した。アイルランドの各地には、死者を弔う巨石が遺跡として残っているという特徴があるため、[7]ペニストン岩は一種の巨石で、伝説的なシンボルの性質を帯びていると言えるかもしれない。少なくともそばに「妖精の洞窟」があることは、神話的な結びつきを強調しているようである。

作品における〈荒野〉は、鳥たちや動植物の住処で、いかにもアニミズム的な「霊」の宿りそうな自然豊かな場所であるが、実際、ケルトの神話・伝説にも、「丘」に異界が存在するという観念がある。伝説によれば、かつてアイルランドは、女神ダヌの一族であるダーナ神族が定住して支配していたが、そこへミレー族（ゲール人）が侵略して来ると、戦いに敗れて、地下に王国を作って移り住んだ。アイルランドの部族の父なる神ダグザは、ダーナ神族の各メンバーに、それぞれの王国「妖精の丘《シー》（sídh）」という「床若の国（Tir-na-n-Og）」を割り当てたため、各地の地下に神々が宮殿をもって住んでいるとされるのである（グリーン、一二六頁／井村、七七頁）。[8]

すると『嵐が丘』の荒野もまた、土俗の神々の住まう「妖精の丘」のような「異界への入り口」

というイメージで捉えることができるのではないだろうか。そもそもWuthering Heightsとは低地ではなく、風の吹きすさぶ「丘」を指す。したがって、これをケルトの「妖精の丘」のひとつと見ることも可能であろう。つまり、ヒースクリフやキャサリンにとって、〈荒野の丘〉は、森羅万象に生命を与える遍在的な霊が漂う場所であり、死後、霊魂不滅の世界、転生へと通じる異界への入り口のある場所だったように思えるのだ。それは、彼らにとっては、キリスト教における善悪の彼岸を越えた永遠の安息の地でもあり、まさしく「天国」と呼ぶに相応しいトポスだったのではないだろうか。

◆トマス・ハーディ『帰郷』

以上のように、ケルト神話・伝説に〈荒野〉物語の源流を求めるとするならば、では、エミリはなぜそこまでキリスト教にこだわったのかという疑問が、依然として残る。そこで最後に、もうひとつ別の〈荒野〉物語として、トマス・ハーディ（Thomas Hardy, 1840-1928）の小説『帰郷』（*The Return of the Native*, 1878）[9]を取り上げて、比較考察を付け加えておく。この作品は、イングランド南部のドーセット近辺に舞台が定められていて、「エグドン・ヒース（Egdon Heath）」と呼ばれる荒野で物語が展開し、荒野が重要な役割を担っている。

後期ヴィクトリア朝作家ハーディの『帰郷』は、『嵐が丘』の約三〇年後に発表されたが、この年月の経過は、大きな意味を含んでいる。ことに一八五九年にダーウィンによって『種の起源』（*On the Origin of Species*）が発表されたことは、注目すべきであろう。ダーウィニズムの影響を受けたハーディの文学では、盲目的な「内在意志（Immanent Will）」によって支配された、キリスト教の神亡きあとの世界が描かれる。したがって、キリスト教後の時代に生きたハーディが、どのような〈荒野〉物語を提示しているかを見ることは、『嵐が丘』の〈荒野〉物語を照らし出すうえで、何らかのヒントを与えてくれるだろう。

「一一月のある夕方、黄昏時に近づくにつれて、エグドン・ヒースとして知られるこの辺り一帯の広々とした果てしない荒野（wild）は、刻々と茶色に変わっていった……」（第一部第一章）という冒頭の一節から始まり、『帰郷』では、全知の語り手が〈荒野〉の外観を克明に描写する。「荒野（heath）はゆっくりと目を覚まして耳を澄ましているようだ」とか、「植物の発生以来、エグドンの土は古びた茶色の衣を、特殊な織物の、変わらざる天然の衣装をまとってきた」というように、〈荒野〉はしばしば擬人化される。このように『帰郷』では、荒野が直接描かれている点でも、また、物語中の主要な出来事がほとんど荒野で起きるという点でも、『嵐が丘』とは対照的である。〈荒野〉と人間との関係という点でも、両作品は相違が目立つ。『帰郷』の女主人公ユーステイシアは、『嵐が丘』のキャサリンに劣らず、我儘で我が強く、悲劇的な死に至るという点では、共通している。しかし、彼女たちは〈荒野〉を正反対のものとして捉えている。キャサリンにとっての〈荒野〉は、自分の存在に不可欠の要素で、「天国」でもあった。他方、華やかな海辺の盛り場パドマスで生まれ育ったユーステイシアは、両親の死後、祖父の住むエグドン・ヒースへ引っ越して来たあと、荒野をひどく忌み嫌う。彼女は、ヒースは「私にとって牢獄」（第一部第一〇章）、「私の十字架、私の恥辱で、そのうち私の死となる」（第一部第九章）と表現している。荒野からの脱出を願うユーステイシアは、最初は自分と同様荒野を嫌っている伊達男ワイルディーヴを誘惑し、次にクリムがパリから帰郷して来ると、彼と結婚すれば華やかな都会へ脱出できるだろうという幻想を抱いて、標的を変え、彼の妻となる。しかしクリムは、地元の村で学校教師をするという志を抱き、目を患って、その目的さえ果たせなくなる。

クリムの母ヨーブライト夫人は、息子夫婦との諍《いさか》いのあと、和解しようと、荒野を渡って訪問するが、行き違いのために家に入れないまま、帰り道で倒れ、毒蛇に嚙まれて死ぬ。この出来事をきっかけに夫婦の関係は破綻し、ユーステイシアは家出してワイルディーヴと駆け落ちしようと、約束の場所に向かう途中、川に身を投げて自殺し、ワイルディーヴもあとを追って死ぬ。〈荒野〉を超えることができず挫折して死んだ彼らはみな、与えられた環境に満足しない人々であった（廣野「〈不運〉の美学」、八一―八五頁）。つまり、〈荒野〉とは、それに逆らおうとする者にとって、致命的となるような何か抗いがたい存在を示している。それは、人間が人為的に作ったいかなる文化の侵入をも拒み、容赦なく人間に従属を受け入れさせる場所なのである。

では、荒野に対して従順な人間、たとえばクリムにとっての〈荒野〉は、ヒースクリフやキャサリンにとっての〈荒野〉と同じように描かれていると言えるだろうか。「荒野（heath）のことをよく知っている人間がいるとすれば、それはクリムだった。彼には荒野の景色やその中身、香りが染み込んでいて、まさに荒野によって作り出された人間と言ってもよいほどだった」（第三部第二章）と述べられているとおり、確かにクリムは、故郷の荒野に深い愛着を感じている人間である。クリムは、パリという都会の文明に失望して、村の社会で役立つ仕事をしようとして帰郷した。しかし、荒野でエニシダ刈りの野良仕事をするようになった彼の「虫けら同然」の「荒野の寄生虫」（第四部第五章）のような姿は、母親や妻の目には、階級的な下降の象徴として映る。つまり、『帰郷』における荒野は、いかに時を超越した姿が描写されていても、結局、社会や文明との関係で描かれているのである。永遠の時を刻みつつも、エグドン・ヒースは、『嵐が丘』のように亡霊がさまよい、冥界への入り口を含んだような、四次元的世界ではないのだ。

ヨーブライト夫人は一日荒野をさまよい、息子夫婦に家を締め出されたことに絶望して死ぬが、その出来事は、イスラエルの民が神に背いて長い歳月にわたり荒野をさまよったことに重ね合わせるには無理がある。ユーステイシアも、荒野を流離うちに財布を忘れたことに気づいて絶望するのだが、これもきわめて現世的事情である。彼女たちは、神への背信のためというよりも、むしろ皮肉で無意味な偶然のために、宇宙の「内在意志」を象徴する〈荒野〉で死んだのである。それはもはや神の恩寵の場でもなければ、悪魔の誘惑の場でさえなく、聖書の隠喩をそこに読み取ることはできない。

『帰郷』の結末は、巡回野外説教師となることに天職を見出したクリムが、荒野の塚の上で村人たちに取り囲まれながら講義を行うところで閉じられる。しかし、「彼の人生の話が広く知られていたゆえに、彼はどこでも歓迎して迎えられた」（第六部第四章）という結びの一文は、キリスト教徒としての彼の真価を証明するものとは言えない。確かにクリムは、栄華の都パリの誘惑にも負けず、試練に対しても不平を言わなかったが、荒野の虫けらに譬えられた盲目の彼が「山上の垂訓」をして、イエスに重ね合わされるというモチーフからは、キリスト教に対するパロディしか読み取れない。

◆キリスト教と神話的世界の混在

以上に見たとおり、ハーディの物語の場合、キリスト教は物語の枠組みとして意識されず、むしろ、キリスト教後の世界観が部分的に示されているに留まる。このような『帰郷』の〈荒野〉物語と比較してみたとき、『嵐が丘』は、決してキリスト教への反逆でもなければパロディでもないことが明らかとなる。エミリはキリスト教を物語の枠組みとして意識しつつ、そこに前キリスト教的な神話的世界を混在させていたという本章の仮説は、これでより確かなものになったと思う。

〈荒野〉物語に関する比較考察が、なお不十分であったとしても、荒野を舞台とした小説自体が稀であることは、少なくとも察しがつくだろう。小説とは、そもそも人間を社会的関係において描いたものが中心であるため――また、それが小説ジャンルの強みでもある――一般に、人為の及ばない未開地が人間社会の物語の舞台として選ばれるという設定自体が、馴染まないからである。旅行記などのノンフィクションや、怪奇小説、動物物語、ファンタジー、児童文学などの舞台になることはあるかもしれない。[10] たとえば、現代イギリス児童文学作家スーザン・プライス（Susan Price, 1955-）の「荒野を越えて」（"Across the Fields", 1991）は、ゴシック系の怪奇小説であるが、キリスト教との関連は希薄である。[11] 他方、同じ児童文学でも、ローラ・インガルス・ワイルダー（Laura Ingalls Wilder, 1867-1957）の『大草原の小さな家』（*Little House on the Prairie*, 1935）では、荒野は大自然と戦いながら人間が力を合わせて生活を築き上げてゆく場――すなわち、開拓すべき、人為の及ぶ存在——として描かれている。これは一八七〇〜八〇年代に少女期を送った作者自身の実体験がもとになっているとされるが、同時代を生きたハーディの世界との対照性が際立ち、アメリカ的な〈荒野〉物語の典型と言えるだろう。

以上のような他の〈荒野〉物語との比較を通して見ても、エミリ・ブロンテの『嵐が丘』が、いかに独自性豊かな作品であるかは、明らかである。『嵐が丘』は、リアリズム小説というジャンルの枠内で、かつキリスト教が支配する時代にあって、その影響を濃厚に示しながら、他方では土俗の神話的な世界を温存しつつ示し得た、稀有な〈荒野〉物語であると言えるだろう。そこにケルト伝説的な要素を付け加えると、〈荒野〉とは、「妖精の丘」——つまり、霊魂不滅の世界、転生へと通じる「異界への入り口」——としても捉えられ、そのイメージがいっそう重層性を増して、より豊かな含蓄を帯びたトポスとして解釈できるのである。

おわりに

――『嵐が丘』の謎の性質とはどのようなものか――

◆謎は解けるか——ヒースクリフは殺人犯か？

以上、『嵐が丘』におけるいくつかの重要な謎を取り上げて、各章で謎解きを試みてきた。いずれの場合も、ひとつの謎解きの例を示すに留まり、ほかにも多くの解釈の余地を残している。また、謎の究明ののちには、つねにさらなる謎が残った。これは『嵐が丘』のどのような性質に由来するのであろうか。最後にこの小説の「謎」の特性について考察するにあたり、まずひとつの具体例を挙げておく。

サザーランドの著書『ヒースクリフは殺人犯か？』（一九九六）[1]は、一九世紀のイギリス小説に含まれるさまざまな謎を解き明かそうと試みた論集で、表題の論文はそのなかの一章を構成している。ここでサザーランドが提示する「有罪か無罪か」という比較的わかりやすい謎を例にとってみよう。サザーランドは、テクストに書き込まれたヒースクリフの残虐行為を丹念に辿りながら、彼が仇敵ヒンドリーを殺害した蓋然性を浮かび上がらせる。ヒンドリーの死の前後の不可解な状況を見ると、確かに殺人の疑惑が少なからず浮かび上がってくる。サザーランドが主張するように、ヒンドリーがヒースクリフとただ二人きりのときに死亡し、ほかに目撃者がいないという状況設定が、まず怪しい。ジョウゼフは、自分が医者を呼びに行ったときには、「旦那はまだ全然死んでなかった」（Ⅱ・第七章）と、ことさら強調する。また、ネリーは「考えまいとしてもひとつの疑問が頭から離れません——ヒンドリーはまともな扱いを受けたのだろうかと。何をしていても、そのことがしつこく頭にこびりついて……」と思わせぶりなことを言っている。何のためにこのようなことがテクストに書き込まれているのかという疑問が、読者の脳裏にもこびりつき、疑惑がなかなか払拭できないことも確かである。

しかし、ヒースクリフは殺人犯ではないということも、やはり同様に主張できるであろう。サザーランドの論証は、ヒースクリフの残虐性という点に根拠を置いているが、彼の指摘する「精神病質者」的傾向は、ひとりヒースクリフのみに認められる異常形質ではなく、キャサリン一世やイザベラをはじめこの作品の多くの登場人物に認められる。とりわけ妻フランセスと死別したあとのヒンドリーの自暴自棄な乱行ぶりは、アルコール中毒症状も加わってはなはだしい。彼はイザベラにも打ち明けているように、「銃身に両刃の飛び出しナイフの付いたピストル」（II・第三章）でヒースクリフを殺害する計画を毎日のように繰り返し、実際にその決行に失敗した場面も描かれている。ヒースクリフは、このように自分への憎悪ゆえにいっそう堕落し衰弱してゆくヒンドリーの姿を静観することにこそ、最大の喜びを見出しているかに見える。

少年時代のある日、ヒンドリーから虐待されたヒースクリフは、「ぼくはどんな仕返しをしてやろうかと考えているんだ。最後に仕返しさえできれば、どんなに時間がかかってもいい。それまではヒンドリーには死んでほしくない」（I・第一〇章）と、ネリーに漏らしている。この意味深長な言葉は、必ずしも自分でヒンドリーの殺害に手を下す計画であったと、短絡的に解釈することはできない。では、ヒースクリフはいよいよヒンドリーの最期が近づいたとき、どのような「仕返し」をしたのだろうか。

ヒースクリフの証言によれば、ヒンドリーは「わざと死ぬ気で」（II・第七章）鍵をかけ部屋にこもって一晩中酒を飲み、ヒースクリフが戸を叩き壊《こわ》して入ってみたときには昏睡状態で、医者を呼んだが手遅れだったという。だから、その遺体は「十字路に埋めるのがよい」、つまり死因は自殺であると、彼は主張している。自殺者が究極的な罪人とされ、その遺体にさえ厳罰が加えられた当時の社会状況[2]を考え合わせると、ヒースクリフが「どんなに時間がかかっても」見届けたかった「最後の仕返し」とは、自らの手を汚さぬまま、自殺という破滅の極みにまでヒンドリーを追いつめて、決定的な勝利感を味わうことであったとも推測できるであろう。では、なぜヒースクリフは、ヒンドリーの自殺を明るみに出そうとしなかったのか。これに対しては、ゲイツの説が納得のゆく説明を与えてくれる。一八世紀の法律に照らし合わせると、ヒンドリーが泥酔によって死亡したなら、彼は自殺者と見なされ、その財産は法的に国王に没収されることになったはずである。そうなれば、アーンショー家の全財産を手中に収めるというヒースクリフの計画は失敗に終わるため、彼はヒンドリーの葬儀を行う許可をネリーに出したのであろうと、ゲイツは説明する（Gates, pp.8-9）。つまり、ヒースクリフがヒンドリーへの社会的制裁を断念したのは、それによってより徹底した復讐を完遂するためであったと考えられるのである。

「ヒースクリフは殺人犯か？」という問自体は、いたって単純である。その答えは、イエスかノーの二種類しかない。しかし、以上に見たように、両方の答えが可能であるように見え、結局はどちらか一方を真とするための最後の決め手となる証拠が、テクストから出てこない。サザーランドも、これが実際の裁判にかかったら、証拠不十分で無罪放免になるだろうと認めつつ、「私の見るところ、ヒースクリフは確かに殺している」と結論づける。しかし、これはあくまでも直観による結論で、それとは逆の直観もあり得るだろう。もちろん、ヒースクリフが人道的な人間であるというような弁護は論外で、彼は殺人くらいのことはやりかねない人物として描かれている。しかし、ヒースクリフの執念は、殺人に帰結するような種類のものではないと、筆者は直観する。

このように、有罪か無罪かという単純な謎に対してさえ、私たちが明快な答えに到達する見込みは定かでない。いや、事の真偽そのものが重要かどうかすら、不確かである。確実に言えることがあるとすれば、それは「ヒースクリフは殺人犯か？」という問を立てたとき、それに呼応するかのように、作品中のいろいろな箇所が新たな側面を示しつつ、浮かび上がってくることだ。そして、それらをつなぎ合わせてみたときに、『嵐が丘』の解釈の可能性がまた新たに加わってくることである。仇敵が泥酔して死んでゆくさまをそばでじっとひとり眺めているヒースクリフ。あるいは、その相手に最期の一撃を加える――サザーランドによれば、窒息死させた――ヒースクリフ。いずれにせよその決定的場面は、他の登場人物が誰も見ていない所で起こり、読者の目からも隔てられたテクストの空白部分に埋め込まれている。それゆえ謎が生じ、解釈の可能性が広がり、それにつれてヒースクリフの心の底知れぬ暗黒面がさまざまな色合いを帯びて、私たちの前に浮かび上がってくるのである。

この一例からもわかるように、ごく部分的な箇所から生じてくる謎であっても、それを追究してゆくうちに、『嵐が丘』という小説の新しい側面が見えてくる。謎を解くためにテクストから証拠を拾い上げてゆくと、にわかに作品の一断面が鮮やかに浮かび上がってくる瞬間に、私たちは遭遇する。『嵐が丘』の謎とは、そういう性質のものである。

◆謎解きと脱構築

ヒリス・ミラーは『小説と反復』(一九八二)において、「『嵐が丘』に関する文献の数はおびただしく、その統一性のなさははなはだしい。他の偉大な文学作品以上に、この小説は次から次へと注釈を呼び起こす無尽蔵の力を秘めているようだ」(Miller, *FR*, p.50)と述べている。まさに『嵐が丘』は、謎の宝庫であるばかりではなく、無数の解読方法を可能にするという意味でも、とてつもない力を秘めた作品なのである。これは言い換えると、『嵐が丘』の汲めども尽きぬ謎のひとつひとつに対して、必ずしも正しい解答があるとは限らないことを意味する。謎をめぐる批評家たちの諸説は、しばしば対立し、互いに矛盾を呈し合う。それは序説で述べたように、『嵐が丘』をいかなるジャンルに位置づけるかという問題ですでに衝突が生じていることからもわかるし、また本論において紹介した批評家たちの諸説が千差万別であることからも、見て取れる。

筆者の議論自体もその例外ではなく、本書における各章の結論相互の間に、時として一種の衝突が生じていることは否めない。たとえば第2章では、聖書の枠組みにおいて作品を解釈した結果、ヒースクリフにとってキャサリンは神になぞらえるべき「絶対者」であるという位置づけが導き出された。他方第3章では、『嵐が丘』を文学伝統の影響という観点から「分身小説」の系譜において捉えてみた結果、キャサリンとヒースクリフの関係は、主体とドッペルゲンガーの関係に近似するという説を立てた。これら二つの議論は、互いに密接な関連があり対立し合うものではないが、概念上ぴったり重なり合わない部分が生じてくる可能性があることも認めざるをえない。

また、この作品が濃厚な聖書的イメージで彩られていること自体は動かしがたい事実であり、第

2章ではそれに重点をおいて考察したが、作者エミリの宗教観自体については不問に付したまま議論を結んだ。それに対して第5章は、イメジャリーの解読を試みながら、エミリの宗教理念のかなり異端的な部分に光を当てる結果となった。他方、第8章では〈内なる荒野〉という概念に着目することにより、第10章では〈荒野〉物語の比較を通して、キリスト教の枠組みを超え出た原始的・神話的源泉を探った。

第4章では、作品の時間の仕組みを検証し、物語の背後に流れる「時間」の反復とそれが衰えゆくさまを浮かび上がらせたが、他方第7章では、第一世代物語と第二世代物語のプロットを比較することによって、二つの物語がいびつな「反復」関係をなし、実像と虚像のような対称関係を含んでいることをむしろ強調した。それに対して第8章では、「ファンタジー性」という別の観点から、二世代の物語を比較し、それぞれに含まれる異質な原理を探った。

ヒースクリフをキャサリンのドッペルゲンガーとして位置づけた第3章の議論では、二人の関係を、性差を越えた自我の分裂の問題において捉えた。他方第6章では、作品のなかに二人の「融合状態」を示す重要な会話が隠されていることを立証したが、その会話の内容が男女の恋愛関係を含むものであった可能性はじゅうぶんに考えられる。

このように、本論のそれぞれの結論は、互いに絡み合い補充し合うと同時に、所々わずかなずれを生じさせている。いわば本書は、『嵐が丘』を繰り返し読み直すことによって多様な解釈の可能性を探り、それらが自らを脱構築し合うさまを提示しているといっても過言ではない。

『嵐が丘』に関する諸批評が衝突し合う傾向があるのは、序説でも述べたとおり、カーモードによればまさにこの作品が「古典」であることの特質の表われということになるであろう。ヒリス・ミラーはディコンストラクション批評の立場からこれに説明を与え、『嵐が丘』のなかに「ただひとつの秘密の真実（a single secret truth）」が隠されているとする前提は誤りであり、「すべてを解明する秘密の真実などない」ことこそ、この作品の真実であると言う。それゆえ、「最も望ましい作品の読み方とは、テクストの異種混淆性、つまりテクストがそれによって決定づけられ体系的に関連し合いつつも論理的には矛盾するようないくつもの意味の可能性を示していることを、見事に説明するような読み方である」（Miller, *FR*, p.51）と主張する。そのような意味では、本書は『嵐が丘』がいかに相対立する解釈の可能性を含んだテクストであるかを、説明し尽くすには及ばないものの、自ずと実証したことになるであろう。

『嵐が丘』の謎はなかなか解けない。謎解きの試みの行き着く先には、しばしば行き止まりが待っている。しかし、この作品には、謎解きが決して無駄な試みではないことを読者に信じさせる何かがある。ミラーは、この小説には、すべてを説明する「根源（cause）」が潜んでいるにちがいないと読者に信じこませる「誘引力（invitation）」（Miller, *FR*, p.52）があると指摘しつつ、根源の解明が不可能であること、テクスト自体に答えがないことを強調した。

筆者はむしろ、根源の解明が不可能であるにもかかわらず、その解読の挫折が決して不毛なものではなく、それによって読者への「誘引力」がさらに増大するという、このテクスト特有の性質に、より重点を置きたい。つまり、答えの不完全さを認識したときこそ、私たちはこの作品の新たな謎の断面に出会い、さらに小説の核心部分へと引きつけられてゆくのである。『嵐が丘』は、謎解きへと駆り立てる磁力において比類ない小説であるばかりではなく、答えのない謎を解くことの意義を私たちに確信させてくれる作品でもある。この「誘引力」の本質が何であるかが、『嵐が丘』の最大の謎であると言えよう。

注

第1章

［1］一八二四年一一月、牧師の娘を教育するカウアン・ブリッジ校（Cowan Bridge School）に入学するが、姉マライア（Maria Brontë, 1813-25）、エリザベス（Elizabeth Brontë, 1815-25）が同校で相次いで病死したため、翌年六月に退学。一八三五年七月、ロウ・ヘッド校（Roe Head School）に入学するが、ホームシックのため一〇月に退学。一八三八年九月、ハリファックスの近くのロー・ヒル校（Law Hill School）に教師として赴任するが、激しいホームシックのため約半年間で辞職。一八四二年二月、学校開設の準備のためにシャーロットとともにブリュッセルに留学し、一一月、ブランウェル伯母の死の知らせにより帰国。その後シャーロットは再びブリュッセルに戻るが、エミリは故郷に留まる。

［2］一八三四年一一月二四日、一八三七年六月二六日、一八四一年七月三〇日、一八四五年七月三〇日の短い日記が、ブロンテ牧師館（Brontë Parsonage）に所蔵されている（Sale & Dunn, pp.295-98）。

［3］Currer Bell [Charlotte Brontë], “Biographical Notice of Ellis and Acton Bell” [1850], Nestor ed. *WH*, p.xlviii.

［4］*Spectator* (18 Dec. 1847), *Athenaeum* (25 Dec. 1857), *Examiner* (Jan. 1848) における無署名の批評をはじめいくつかの評論に、『嵐が丘』の独創性や力強さに着目する表現が一部見られる（Allott, *BCH*, pp.217-20）。

［5］Unsigned review, *Douglas Jerrold's Weekly Newspaper* (15 Jan. 1848); unsigned review, *Literary World* (Apr. 1848); G. W. Peck, *American Review* (June 1848); E. P. Whipple, *North American Review* (Oct.1848). Cf. Allott, *BCH*, pp.227-28, pp.233-42, pp.247-48.

［6］『嵐が丘』の原作から派生した諸々の翻案については、Patsy Stoneman, *Brontë Transformations: The Cultural Dissemination of Jane Eyre and Wuthering Heights* において詳述されている。

［7］物語が始まる前に添えられた〈本格小説の始まる前の長い長い話〉のなかで、「私」(作者自身として設定されている)は「東太郎の話」を聞き、それが「昔、少女時代に翻訳でくり返し読んだ懐かしい小説……とりわけ、読むたびに強烈な印象を受けずにはいられなかった、あるひとつの英国の小説……ヒースの生えたヨークシャー地方の荒野を舞台にしたもので、今から百五十年以上も前にE・Bという英国人の女の作家によって書かれ、次第に世界の大古典とみなされるようになった小説」とよく似ていると思ったと語っている(水村美苗『本格小説』上、新潮社、二〇〇二年、一七〇-七一頁)。

［8］『嵐が丘』の批評史がまとめられた文献には、Linda H. Peterson (ed), *Wuthering Heights*, Case Studies in Contemporary Criticism Series; Pasty Stoneman, "Introduction", *Wuthering Heights*, New Casebooks Series, pp.1-23; Maggie Berg, "Critical Reception", *Wuthering Heights: The Writing in the Margin*, pp.11-20; 川口喬一『小説の解釈戦略――「嵐が丘」を読む』などがある。なお、批評理論の流れについては、拙著『批評理論入門――「フランケンシュタイン」解剖講義』を参照。

［9］ヒリス・ミラーは、すべての出来事の源泉は「ヒースクリフとキャサリンの幼年時代の愛」にあることが、間接的、断片的に把握できると指摘している(Miller, *DG*, p.178)。

［10］ヒースクリフの失踪期間は、一七八〇年夏から一七八三年九月まで(付録の『嵐が丘』年代記とその推定方法」を参照)。アメリカの独立戦争は一七七五年から一七八三年まで。

［11］Jane Austen, "To Anna Austen" (9 Sep. 1814), *Jane Austen's Letter to Her Sister Cassandra and Others*, ed. R.W. Chapman, 2nd ed. (1932; rpt. London: Oxford UP, 1952), p.401.

［12］C・P・サンガーは、これに登場人物の生没年月や結婚した年月などを書き添えた系図を示し、三世代

にわたる家系図の対称性を指摘した（Sanger, p.73）。

［13］ラスキン（John Ruskin, 1819-1900）が批判的に用いた文芸用語。自然現象に対して、それがあたかも生物であるかのように感情的属性を与えることをいう。

［14］ショーラーは、これらのメタファーによって、「途方もなく大きな自我と無意味な世界」を示そうとしたエミリの意図に反して、逆に「自我のはかなさとより大きな世界の永遠性」を提示していると主張する（Schorer, pp.183-87）。

［15］ナンシー・アームストロングは、ヒースクリフの「謎めいた」性質は、彼が複数の文学ジャンル間を交差する人物であることから生じていると論じる（Armstrong, pp.243-64）。

［16］デイヴィド・セシルは、『嵐が丘』において登場人物たちが描かれるさいの遺伝学的正確さに着目している（Cecil, p.138）。

［17］キャサリンは三日間の断食後、「がつがつと食べたり飲んだりし」、すぐそのあと「食べなければよかった」とうめく（I・第一二章）。臼田昭は、意志の強いキャサリンには不似合いのこの言動の矛盾は、キャサリンが胎内の赤ん坊を養うという「現象的自我の義務」に「霊的本然的自我」が一時従ったために生じたものであると説明する（臼田昭「食べなければよかった——『嵐が丘』への視覚（8）」、『英語青年』研究社、一九八〇年一月号、二四頁参照）。なお、イザベラは、ヒースクリフとヒンドリーが暴力沙汰を起こした翌朝、すっかり食欲をなくした二人を尻目に、「私は何にもかまわず、もりもり食べた」（II・第三章）とネリーに語っているが、この異常な食欲についても、彼女がこのときすでに妊娠していたという理由づけを与えることが、同様に可能であろう。

［1］一週間を構成する七日、スペクトルを構成する七色、音階を構成する七音など。Walter L. Wilson, *A Dictioanary of Bible Types* (Peabody: Hendrickson, 1999) における "seven" の項参照。

［2］ペンギン版のテクストでは、"*First of the Seventy First*: the unpardonable sin"（Nestor ed. *WH*, p.343）と注が付されている。

［3］"He shall return no more to his house, neither shall his place know him any more." (*Job*, 7:10).

［4］"And Nathan said to David, Thou *art* the man." (2 *Samuel*, 12:7).

［5］"To excuse upon them the judgement written: this hounour have all his saints." (*Psalms*, 149: 9).

［6］"And he will be a wild man; his hand *will* be against every man, and every man's hand against him; and he shall dwell in the presence of all his brethren." (*Genesis*, 16:12).

［7］ロナルド・ファインもロックウッドの夢における「許されざる罪」のテーマに着目しているが、彼はそれを「近親相姦の罪」と結びつけている（Fine, pp.27-30）。

［8］W. R. F. Browning, *A Dictionary of the Bible* (Oxford: Oxford UP, 1996) の "good", "evil" の項参照。

［9］ギルバートとグーバーは共著『屋根裏の狂女』において、フェミニズム批評の立場から、ミルトンの『失楽園』との関連を中心に、『嵐が丘』について論じている。彼女たちは、キャサリンの楽園喪失（fall）とは、ミルトン的家父長世界では逆に「地獄」とされるような悪魔的エネルギーを発散した場から、文化的な「天国」へと堕ちることであると主張する（Gilbert & Guber, pp.248-308）。

［10］Charles F. Pfeiffer, *The New Combined Bible Dictionary and Concordance* (Michigan: Baker Book House, 1999) の "Unpardonable sin" の項参照。

［11］Leslie F. Church (ed.), *Matthew Henry's Commentary: Genesis to Revelation*, Zondervan Classic Reference Series

(Grand Rapids: Zondervan Publishing House, 1961), p.1266; 山谷省吾・他（編）『新約聖書略解（増訂新版）』（日本基督教団出版局、一九八四）、五九頁、一二二頁。

［12］丹羽隆昭は『恐怖の自画像――ホーソーンと「許されざる罪」』において、「許されざる罪」の典拠となる文学作品として、バニヤン（John Bunyan, 1628-88）の『溢るる恩寵』（*Grace Abounding to the Chief of Sinners*, 1666）、ミルトン（John Milton）の『失楽園』（*Paradise Lost*, 1667）、ゲーテ（Johann W. von Goethe, 1749-1832）の『ファウスト』（*Faust*, Part 1: 1808, Part2: 1832）、マチュリン（Charles Maturin, 1782-1824）の『放浪者メルモス』（*Melmoth the Wanderer*, 1820）、メアリ・シェリー（Mary Shelley, 1797-1851）の『フランケンシュタイン』（*Frankenstein*, 1818）から、『緋文字』（*The Scarlet Letter*, 1850）や短編「イーサン・ブランド」（"Ethan Brand,", 1850）をはじめとするホーソーン（Nathaniel Hawthorne, 1804-64）の諸作品に至るまで、多くの例を挙げている。

［13］Currer Bell [Charlotte Brontë], "Editor's Preface to the New [1850] Edition of *Wuthering Heights*, " Nestor ed. *WH*, p.liii.

［14］ギルバートとグーバーは、『嵐が丘』が『フランケンシュタイン』を意識的に模倣した作品であるとし、両者の共通点を強調する。しかし、メアリ・シェリーがミルトンの物語を再現したのに対して、エミリ・ブロンテは彼の物語を逆さまにしたという点に、根本的な相違があることも指摘している（Gilbert & Guber, pp.242-52）。

［15］ジェイベス・ブランダラムのモデルを、独立メソジスト派の創設者ジェイベス・バンティング（Jabez Bunting）とする説や、洗礼派（Baptist）の禁酒主義の先駆者ジェイベス・バーンズ（Jabez Burns）とする説などがある（Thormählen, *BR*, pp.17-18）。

［16］ギルバートとグーバーは、「キャサリンを創造した作者エミリは、ミルトンの娘たちのなかでも最も激しい頑固な存在である。彼女は女王の支配する天国を求めて反対方向を見つめ、ブレイクの詩の言葉のよう

に、『私には地獄のバイブルがある。望もうが望むまいが、世の人々にもこれを与える』と主張している」(Gilbert & Guber, p.308) と述べる。

［17］Emily Jane Brontë, *The Complete Poems*, ed. Gezari, p.182. 一八五〇年初版。草稿には一八四六年一月二日の日付が付されている (p.278)。

第3章

［1］ヒースクリフはしばしば "dark" と表現されるが、それを漠然とした「性質」から「人種」へと移し換えて表現したアーノルド監督映画では、差別され虐げられた存在としてのヒースクリフのアウトサイダー的性質が強調される。厳しい自然のなかで天涯孤独の身として孤立するヒースクリフが、ただひとり好意を示してくれたキャサリンに対して強く惹かれてゆくさまに焦点を置いて描いた本映画は、二人の子供時代の関係を解明するための、ひとつの視覚的試みであると言えるだろう（廣野「映画評」、五九-六五頁）。

［2］A. Mary F. Robinson, *Emily Brontë* (Boston: Roberts, 1883). cf. Peterson, p. 293. なお、ブランウェルの人生と、彼がブロンテ姉妹の文学に与えた影響については、廣野「ブランウェル・ブロンテ——一家の希望の星、あるいは敗北者」（岩上・惣谷、一二三-四三頁）を参照。

［3］Wilhelmine Krauss, *Das Doppelgängermotiv in der Romantik*, Studien zum Romantischen Idealismus, Germanische Studien, Heft 99 (Berlin: Verlag von Emil Ebering, 1930); Ralph Tymms, *Doubles in Literary Psychology* (1949).

［4］C. F. Keppler, *The Literature of the Second Self* (1972). ケプラーは、この著書のなかですでに『嵐が丘』を分身小説の一例として取り上げているが (pp.135-38)、その部分の考察はじゅうぶんなものとは言えない。

［5］ジーキル博士とハイド氏は、スティーヴンソン (Robert Louis Stevenson, 1850-94) の『ジーキル博士とハ

イド氏』（*The Strange Case of Dr Jekyll and Mr Hyde*, 1886）、ウィリアム・ウィルソンとその同姓同名人物は、エドガー・アラン・ポー（Edgar Allan Poe, 1809-49）の短編「ウィリアム・ウィルソン」（“William Wilson,” 1839）の登場人物たち。ともに代表的なドッペルゲンガー物語とされる。

［6］ケプラーによれば、両者が異性である場合にも、それまでは分身（第二の自我）が必ずといってよいほど女性であった。これは、大部分の文学作品が男性によって書かれてきたためであろうと、彼は推測している（Keppler, p.133）。

［7］ジークムント・フロイトの精神分析、アルフレート・アドラーの個人心理学に続き、フランクルが実存分析の立場から創始した独自の精神療法ロゴテラピーは、「ウィーン第三学派」とも呼ばれる。フランクルは、第二次世界大戦中、ユダヤ人であるためにナチスによってアウシュビッツ他の収容者に入れられた体験を経て、自らの理論を実証した。『夜と霧——ドイツ強制収容所の体験記録』（一九四七）ほか著書多数。

第4章

［1］それぞれ、Daley, pp.337-53; Ewbank, pp.487-96 を参照。

［2］使用されたカレンダーが一八一一～一二年のものであるとするチャップマン（R. W. Chapman）の説と、一七九九年及び一八〇二年のものであるとするナッシュ（Ralph Nash）の説との二派に分かれる。前者は『高慢と偏見』の創作年代から、後者は作品中で言及されている歴史的な出来事から、それぞれ年代を推定している。cf. Frank W. Bradbrook, “Introduction”, *Pride and Prejudice*, by Jane Austen (London: Oxford UP, 1970), pp.viii-ix.

［3］“And the people of Israel served Eglon the king of Moab eighteen years.” (*Judges* 3: 14)

［4］“And the anger of the Lord was kindled against Israel, and he sold them into the hand of the Pelistines and into the hand of the Ammonites, and they crushed and oppressed the children of Israel that year. For eighteen years they oppressed all the people of Israel that were beyond the Jordan in the land of the Amorites, which is in Gilead.” (*Judges* 10: 7-8)

［5］“Jehoi’achin was eighteen years old when he became king, and he reigned three months in Jerusalem. His mother’s name was Nehush’ta the daughter of Elna’than of Jerusalem. And he did what was evil in the sight of the Lord, according to all that his father had done.” (2 *Kings* 24: 8-9)

［6］“And he [Jesus] answered them, ‘ . . . Or those eighteen upon whom the tower in Silo’am fell and killed them, do you think that they were worse offenders than all the others who dwelt in Jerusalem? I tell you, No; but unless you repent you will all likewise perish.’ ” (*Luke* 13: 2-5)

［7］“And there was a woman who had had a spirit of infirmity for eighteen years; she was bent over and could not fully straighten herself. And when Jesus saw her, he called her and said to her, ‘Woman, you are freed from your infirmity.’ And he laid his hands upon her, and immediately she was made straight, and she praised God.” (*Luke* 13: 11-13)

［8］Walter L.Wilson (ed.), *A Dictionary of Bible Types: Examines the Images, Shadows and Symbolism of Over 1000 Biblical Terms, Words, and People* (Peabody: Hendrickson, 1999) の “eighteen” の項参照。

［9］「一八」という数には、キリスト教における象徴的意味のほかに、「生命のシンボル」などの意味もある。アト・ド・フリース『イメージ・シンボル事典』山下主一郎他訳（大修館書店、一九八四）の “eighteen” の項目を参照。

［10］嵐が丘屋敷の玄関の正面扉の上には、「一五〇〇」という年号と「ヘアトン」という名前が刻まれている（I・第一章）。文盲のヘアトンははじめ、この自分の名前すら読めないが（II・第七章）、キャサリン二世に無知を指摘されて発憤し、やがてこれが読めるようになる（II・第一〇章）。この挿話は、アーンショー

家の没落と復活を象徴している。

［11］セシルは、作品における二つの対立する原理「嵐」と「凪」との調和によって、この静寂感がもたらされていると解釈する（Cecil, pp.128-31）。

［12］“Self-Interrogation”, in Emily Jane Brontë, *The Complete Poems*, ed. Janet Gezari, p.23. 一八四二年一〇月から一八四三年二月の間に創作された詩（p.236）。

［13］*Ibid.*, p.119. 一八四四年三月-四月に創作された詩であると推測される（p.26）。

［14］“Death”, *ibid.*, p.25. この詩の草稿に一八四五年四月の日付が記されている（p.23）。

第5章

［1］一八二三年に制定された法律において、自殺者を教会墓地に埋葬することが可能になり、それ以後はイギリスの北部地方では、自殺者の遺体を教会墓地の壁際に埋葬するのが慣習化した（Gates, p.10）。

［2］フロイト派の精神分析批評家フィリップ・ウィオンは、この箇所の教会の描写が、女性の肉体を象徴し、それが「死と崩壊の場としての女体への恐怖」と結びついて、ここでは死への恐怖が描かれていると解釈している（Wion, p.326）。

［3］Currer Bell [Charlotte Brontë], “Editor’s Preface to the New [1850] Edition of *Wuthering Heights,*” Nestor ed. *WH*, p.lii.

［4］Jacques Blondel, *Emily Brontë: Experience Spirituelleet Creation Poetique* (Crermont: Presses Universitaires de France, 1955). バタイユ『文学と悪』、二七-二八頁参照。

［5］Thormählen, *BR*, pp.47-49 参照。

第6章

［1］バフチン（Mikhail Bakhtin）が小説の言語論において用いた用語。単一の支配的な意識に還元されるのではなく、複数の声や意識がそれぞれ独立性を保ったまま衝突する状態を示す物語。対話的物語（dialogic narrative）とも言う。

第7章

［1］ブランウェルの友人たちのなかには、『嵐が丘』の冒頭部分が彼によって書かれたことを、確信していた者もいるという（Maugham, pp.633-35）。

［2］ただし、吉田喜重監督映画（一九八八年）、コズミンスキー監督映画（一九九一年。主演女優ジュリエット・ビノシュがキャサリン一世とキャサリン二世の二役を演じている）、コーキー・ギェドロイツ監督映画（二〇〇八年）のように、第二世代を扱った翻案もある。

［3］ゴーズは、伝統的に「夜中の一二時」は魔法の消える「変化の時」であるとしている（Gose, p.66）。他方、Q・D・リーヴィスは、「夜中の一二時」を「幽霊が歩き回り、死が訪れる霊的時間」であるとし、キャサリンはこの時刻を告げる時計の音を聞いて、自分の死を予知したと見なしている（Q. D. Leavis, p.146）。

第8章

[1] ブロンテ文学とファンタジーの関係についての概論としては、廣野「ファンタジーの世界」(中岡・内田、三四-四三頁)を参照。

[2] ル=グウィンは、シリーズ『ゲド戦記』(*Earthsea*)をはじめとするファンタジー作品、『闇の左手』(*The Left Hand of Darkness*, 1969)、『所有せざる人々』(*The Dispossessed*, 1974)などのSF作品の作者として知られるが、『夜の言葉』(*The Language of the Night*, 1979)、『心の波』(*The Wave in the Mind*, 2004)など評論もいくつか発表している。

[3] 『秘密の花園』と『嵐が丘』の間テクスト性については、山本史郎が詳述している(山本、一二三-一二八頁)。

[4] 箱庭造りを通して内的世界を表現することによって、心の病を治す治療法(河合、八-一二四頁)。

第9章

[1] 『嵐が丘』の起源を探った先行研究の代表的なものとしては、たとえばEdward Chitham, *The Birth of Wuthering Heights: Emily Brontë at Work* (1998) 等がある。ここでチタムは、エミリの創作過程を跡づけながら、エミリの詩やゴンダル世界、その他の作家の文学と関連させつつ、作品のインスピレーションの起源を探っている。

[2] チタムは、「ライトの記録には、強力な、あるいは緻密な学術的研究として認められるものは何ら見られず、その方法は、直観と魔力、長々とよく覚えてはいるものの不正確な記憶、そして優雅な言葉を用いるといったものである」(Chitham, *BIB*, 8) と批判している。ダドリー・グリーンは、ライトの著書は、それ

まで無視されてきたアイルランドのブロンテ文学への影響や、自らが属する長老派のブロンテ文学への影響を強調することを目的としているのではないかと、懐疑の目を向ける（Green, pp.20-22）。

［3］資料として、ドキュメンタリー映画 Yorkshire Tyne Tees, *The Brontë Connection*（DVD: Films for the Humanities & Sciences, Films Media Group, 2008）におけるバターフィールドのインタビューの映像およびスクリプトを使用した。

［4］ただしリューティは、〈昔話〉と〈伝説〉とを区別して「孤立」という言葉を使用している。彼によれば、〈伝説〉では人間の「孤独」が描かれているのに対して、より図形的な〈昔話〉では、多様な存在様式をもった複雑な人間として描かれていないため、「孤独」ではなく「孤立」と呼ぶべきだとしている（『ヨーロッパの昔話——その形式と本質』二〇〇-〇三頁）。

第10章

［1］旧約聖書のテクストとして Herbert Marks (ed.), *The English Bible, King James Version: The Old Testament,* Norton Critical Edition、新約聖書のテクストとして Herbert Marks and Austin Busch, *The English Bible, King James Version: The New Testament and The Apocrypha,* Norton Critical Edition を用いた。

［2］「馬場嘉一編『新聖書大辞典』（キリスト新聞社、一九七一）六三頁参照。

［3］「四〇」は試練を示す数字で、モーセがシナイ山で神とともに過ごしたのも四〇日で、ノアの箱舟のときにも四〇日雨が降り続く。

［4］〈荒野伝承〉とは、神の救済行為という肯定面と、民の神に対する背信行為、罪という否定面との、両面の意味が含まれる。したがって〈荒野〉とは、罪と迷い、背信の場であると同時に、他方から見ると、そ

こから神によって救われるべき場という見方もできる（菅沼、五八‐六七頁）。

［5］山原碧は、『嵐が丘』における二つの世代が、『民数記』における荒野をさまようイスラエルの民と、約束の地に入ることのできたその新世代とに、それぞれ対応するとし、本小説は、第一世代のヒースクリフとキャサリンが、自ら神に反逆するという自由選択によって「悪」の深淵に達するさまを描いた作品であると指摘している（Yamahara, pp.1-34）。

［6］パトリックの出自については、廣野「ダウン州、パトリックの生家跡地、パトリックの母エリナーの実家――ブロンテ家のルーツを遡る」（一‐四頁）参照。

［7］ただし、巨石文化は、ケルト人渡来以前からあったものとされている（波多野、三頁）。

［8］「シー」とは、もともと丘や塚などの場所を指す言葉であるが、そこに住む人たち、すなわち超自然の力をもった聖霊たちのこともそう呼ぶようになった。「妖精（sheehogue）」とは、「異教の神々ダーナ族が、もはや礼拝の対象とはならず、人々の想像力のなかで次第に姿が縮んでいって、身の丈が数スパンになってしまった」存在とされると、アイルランド詩人イェイツは説明している（Yeats, p.3）。

［9］テクストとして、Thomas Hardy, *The Return of the Native* (Harmondsworth: Penguin, 1978) を用いた。

［10］ノンフィクションとしてはマーク・トウェインの『西部放浪記』（Mark Twain, *Roughing It*, 1872）、動物物語としてはジャック・ロンドンの『荒野の呼び声』（Jack London, *The Call of the Wild*, 1903）、児童文学としてはシーラ・バンフォードの『三匹荒野を行く』（Sheila Bunford, *The Incredible Journey*, 1960）などが、例として挙げられる。

［11］谷本誠剛は、「二〇世紀という時代は、ファンタジー児童文学からキリスト教の神話の匂いが薄れ、逆に自然宗教的な異教色が強まった時代かもしれない」と指摘し、「荒涼として闇の支配する冬の季節や、人力の及ぶ里の外に広がる広大な不気味な自然に潜むと考えられた邪悪な力から、闇の力が始まる」（谷本、八頁）とする。

［1］続編の *Can Jane Eyre Be Happy?: More Puzzles in Classic Fiction* (Oxford UP, 1997) には “Who Gets What in Heathcliff's Will?” が、続々編の *Who Betrays Elizabeth Bennet?: Further Puzzles in Classic Fiction* (Oxford UP, 1999) には “Heathcliff's Toothbrush” が収められている。

［2］キリスト教においては、自殺者は、命を奪うという神の特権を侵した重罪人とされ、埋葬の儀式は許されず、その遺体は十字路に埋葬され杭を打ち込まれるという慣例があった。この埋葬法は、一八三二年、ジョージ四世治下で成立した法により禁止された。『嵐が丘』が出版されたのは一八四七年であるが、一七八四年の出来事とされるヒンドリーの死にさいしては、一八三二年以前の法令が適用されたものと考えられる（Gates, pp.6-9）。

68）ネリーは、この出来事が「約1か月前」（336）のことであると、9月（305）にロックウッドに語っている。

69）結末で二人はまだ結婚していないが、ネリーは「ヘアトンとキャサリンは結婚したらすぐスラッシュクロス屋敷へ移ります。婚礼は元旦です」（336）と予定を述べている。

57）キャサリンIIは、リントンの死後2週間（294）寝込んでいる。したがって、ネリーがジラからこの話を聞いたのが11月最後の週（※）であることと考え合わせると、リントンの死亡は、遅くとも11月中旬ということになる。

58）ネリーはロックウッドに、「いまから6週間ほど前、あなたが来られる少し前に、ジラと長話をしました」（292）と述べている。彼女が語っている現時点とは、1月第2週（298）であるため、このときから6週間遡る。

59）58）の引用文に見られるように、ロックウッドの登場は、ネリーとジラの会見の少しあとである。また、1月の第2週目の時点で、ロックウッドはすでにTGに5週間以上滞在している（※）ため、このときから逆算する。

60）ロックウッドは病気で寝込んで4週間後（91）に、「7日ほど前にヒースクリフが雷鳥を贈ってくれた」と述べている。

61）ロックウッドがTGを訪れたのが1801年（3）で、その後5週間以上経て（※）1月の第2週（298）に至っている。したがって、彼は新年（1802年）を迎えている。なお、ロックウッドは同年9月TGを再訪問しているが、その時点で1802年という年号が明記されている（305）。

62）ロックウッドは、WHを訪問したのは「昨日」（299）であると記している。

63）ロックウッドはヒースクリフに、「来週ロンドンへ出発します」（303）と述べている。

64）ネリーはロックウッドに、「あなたが旅立たれてから2週間以内に、私は嵐が丘屋敷に呼び寄せられました」（310）と語っている。なお、ロックウッドが旅立ったのは1月中旬ころ。

65）この日は「復活祭の月曜日」（312）。復活祭は、3月21日以後の最初の満月に次ぐ日曜日。

66）ヒースクリフが死んだとき、ネリーは「彼が4日間何も飲食しなかったこと」（335）を医者に隠している。

67）その4日前が4月（326）であることから、ヒースクリフの死亡日は4月、またはせいぜい5月初めであると推定される。しかしネリーは、ヒースクリフが死んだのは「3か月前」（309）であると、9月（305）の時点でロックウッドに述べている。したがって、両事実に基づく算定結果の間には、1〜2か月程度の誤差がある。

46）キャサリンIIは、リントンがちょうど6か月年下であると述べている（199）。

47）1797年（※）に13歳（194）であったキャサリンIIが16歳（212）、12歳（184）であったリントンが15歳（215-16）になっている。つまり3年たっている。

48）「ミカエル祭を過ぎていたが、その年は収穫が遅かった」（229）とある。ミカエル祭は9月29日。

49）→3）

50）「これらの出来事は、去年の冬、一年足らず前に起こったことです」（256）と、ネリーが1801年末〜1802年（※）の時点でロックウッドに語っているため。なお、「10月または11月初め」（229）にキャサリンIIがヒースクリフと出会ってから、わずか1か月前後［3週間数＋数日（※）］で2月になっていることは不合理である。したがって2か月程度の誤差があるため、どの時点で1801年に移ったかは不明。同年初冬にロックウッドがWHを訪れたときの年号が1801年（3）であることは、作品冒頭に明記されている。

51）この会見の7日後（265）に、キャサリンIIとリントンは再会する。再会の日は木曜日。

52）キャサリンIIが監禁された木曜日の午後、ヒースクリフは彼女に向かって、「明日私はおまえの父親になる」（271）と述べている。ヒースクリフが、重病の息子が死ぬ前に彼らを結婚させようと非常に焦っていたという事実からも、この言葉を文字どおりに受け取っても差し支えないであろう。

53）ヒースクリフはエドガーの葬式の日の夜、「昨日」（288）キャサリンIの墓を暴いたと語っている。つまり、この出来事はエドガーの死亡日と同日のことであると推定される。

54）「葬式は急いで済まされました」（284）とあることから、エドガーが死んだ翌日に葬式が行われたと仮定する。なお、葬式の前夜の出来事が挿入されているため、死亡日と葬式が同日であることは不可能。

55）18年前にヒースクリフがTGを訪れたとき［1783年9月］と「同じ月が窓から照っていて、外には同じ秋景色があった」（286）と述べられている。

56）これ以後同年11月末ころまでの出来事は、のちにジラがネリーに語ったものである（292〜）。

36）キャサリンⅠは出産の 2 時間後（166）に死亡。なおこの日時を、サンガーは「3月19 日夜中」、ユーバンクは「3月19/20 日」と記している。しかしあとに、キャサリンⅡの誕生日はキャサリンⅠの命日と同日で、3月20日であると述べられている（212）ことから、キャサリンⅠの死亡日は「3月20 日」に確定できるはずである。

37）キャサリンⅠの死後 18年たって、ヒースクリフはこのことをネリーに語っている（289）。

38）イザベラは、同日昼ごろ TG へ来て、ネリーにこのことを語っている（175〜）。

39）キャサリンⅡは、「リントンはちょうど 6 か月年下」（199）と述べている。彼女の誕生日が 3月20 日であることから推定。

40）キャサリンⅠの死［1784年3月20 日（※）］とヒンドリーの死との間隔は、「6 か月足らず」（185）であったと述べられている。

41）ヒースクリフは、前項の出来事を「昨日」（187）のことだと言っている。

42）イザベラはヒースクリフのもとを去ったとき［1784年3月25 日（※）］から「12年以上」（191）生存し、この年に死ぬ。また、彼女はキャサリンⅠの死［1784年3月20 日（※）］の「およそ 13年後」（184）に死んだとも述べられている。あるいは、1784年3月20 日に生まれたキャサリンⅡが、この年の 7月に 13 歳（194）になっていることからも、年代を算出することができる。

43）イザベラは病みついて 4 か月後（191）に、エドガーに手紙を書いている。よって、6〜7月（※）から 4 か月遡る。

44）エドガーの旅行期間は 3 週間（191）。キャサリンⅡが WH を訪れた日［7月（※）］は、彼の旅行中であるから、この日から遡って 3 週間以内に彼は出発したことになる。

45）テクストに、「キャサリンは縁の広い帽子と沙のヴェールで 7月の日差しを避けました」（192）と記されているため。しかし、この記述のとおり7月であるとすると、このときヘアトンは、ひと月前に誕生日を迎えてすでに 19 歳になっていたことになる。これは、キャサリンと出会ったときヘアトンが 18 歳であったという記述（193）と矛盾する。なお、サンガーはこの日が「6月の初め」であったと推定していて、ユーバンクはこれを「7月」と訂正している。サンガーは、先の点を考慮して敢えて「6月の初め」としたのかもしれない。

発させる火が近づかなかったので、火薬は砂と同様無害でした」(92) と述べている。これは、キャサリンIの結婚半年後にヒースクリフ が再出現したことを、比喩的に表現したものである。そこで、ヒースクリフが現われる9月から半年遡って、キャサリンIは3月ころ結婚したと推定できる。また、1784年3月初め（※)、キャサリンの病状が回復に向かったとき、エドガーは彼女に対して「去年の春の今ごろには、きみがこの屋敷に来るのを待ちこがれていた」(135) と述べている。つまり、1年前の3月初めにはまだ結婚していなかったことになる。これらと、6月生まれのヘアトン が「ほぼ5歳」(89) であったこととを総合すると、3月終わりころと推定するのが妥当であると考えられる。

26) キャサリンIはヒースクリフに向かって、「イザベラは数週間あなたに恋い焦がれている」(106) と述べている。したがって、ヒースクリフが出現した9月以来、数週間以上経過していることがわかる。また、イザベラがすでに18歳（101）になっていること、彼女の誕生日が11月末であることからも推定される。

27) キャサリンIはこの日部屋に閉じこもった後発病し、2か月間（134）脳膜炎に冒され、3月初め（134）に至っている。逆算すると、この日は1月初めころになる。

28) ネリーは金曜日の深夜2:00am ころ（※）通りでケネスに出会い、イザベラが前夜ヒースクリフと植え込みのなかを2時間以上歩いていたという噂を聞く（130)。

29) イザベラが家出してから「6週間ほど」(135) 経過している。

30) ヒースクリフとイザベラが駆け落ちしたのは1月上旬ころであり、「二人の逃亡者は2か月間姿を現わさなかった」(134) とある。また、イザベラがエドガーに手紙をよこした2月下旬（※）よりさらに2週間（136) たって、ネリーは彼女から手紙を受け取っている。

31) イザベラの手紙に、「私は昨夜嵐が丘屋敷に着きました」(136) とある。

32) ネリーは、WHを訪問したこの日から4日目の3月19日・日曜日（※) に、ヒースクリフから預かった手紙をキャサリンIに渡す。これから逆算。

33) 3月20日（※）の前日。

34) ネリーが手紙を渡したのは、TGの人々が教会の礼拝に出かけた後。

35) キャサリンIIの誕生日は3月20日（212)。

1777年（※）から逆算。

16）1784年1月ころ（※）キャサリンⅠは、父の死以来「7年間」（125）の自分の人生について回想している。また、アーンショー氏の死後間もなく書かれたキャサリンⅠの日記を、ロックウッドは1801年末（1802年近く）に発見しているが、その日付けは25年前となっている。

17）のちにネリーは、ヒースクリフに向かって、「あなたは13歳のころから、利己的で非キリスト教徒的な生き方をしている」（333）と述べている。

18）キャサリンIは、ヒースクリフから引き離されたころ、自分が12歳（125）であったと回想している。

19）怪我をしたあと「キャサリンⅠはクリスマスまで5週間TGに滞在した」（53）とあることから算定。

20）「恐ろしい日曜日！」（20）という書き出しに始まるキャサリンⅠの日記のなかで、ジョウゼフは「主人の埋葬が済んでまだ間がない」（21）と言っている。またキャサリンは、ヒンドリーに居間から閉め出され、兄に反逆を企てるために「ヒースクリフと私は今晩その第一歩を踏み出す」（20）と記していて、その日の日記の終わりには、ヒースクリフの提案で「乳しぼりの女の外套」（22）を借りてこれから荒野に出かけるところだと結んでいる。他方、ヒースクリフとキャサリンが初めてTGに冒険した日は、11月20日ころ（注19参照）の「雨降り」の「日曜日の夜」（47）で、彼らは「居間から閉め出された」（47）あとに出かけ、キャサリンは「乳しぼりの女の外套」（51）を身にまとっている。このように両者の出来事は多くの点で符合しているため、キャサリンが日記を記した日とリントン家へ冒険した日は、同日であった可能性がきわめて高い。

21）医者が、フランセスは冬の間に死ぬだろうと診断している（64）。

22）エドガーは、「父親の死後3年たって」（89）キャサリンIと結婚する。結婚した年［1783年］（※）から逆算すると、リントン氏が死亡したのは1780年。エドガーがキャサリンⅠに求婚したのは、同年の夏。

23）→3）

24）キャサリンⅠが結婚したとき、ヘアトンが「ほぼ5歳」（89）であったことと、彼の誕生日が1778年6月（63-64）であることから算定。これは、ネリーが1801年の時点で、TGへ来て18年（33）たつと言っていることとも符合する。

25）ネリーは、キャサリンⅠの結婚後の状況について説明し、「半年間は、爆

注――年代記の推定方法――

1）WH 屋敷の玄関の正面扉の上には、「1500」という年号と「ヘアトン・アーンショー」という名前が刻まれている。

2）1771年の夏（※）、ヒンドリーが 14 歳（37）になっていることから、彼の誕生した年代と時機が推定される。

3）→ 2）

4）ヒンドリーが死亡した時点（1784年9月）で医師ケネスが、ネリーとヒンドリーがともに 27 歳だと述べているため（186）。これは彼女が 1780年夏に 22 歳（78）であることとは両立するが、1800年10〜11月に「45 歳になるかならないか」（231）であったこととはわずかにずれている。しかし、ヒンドリーとネリーが同じ年であることは、他の箇所（35・66）でも暗示されているため、ケネスの発言は正しいと考えてよいであろう。サンガーは、ネリーの年齢の矛盾について、「中年の人々が自分の年を間違うことがあるのは当然であり、この過失はエミリ・ブロンテの側からわざと仕組まれたものかもしれない」と述べている（Sanger, pp.75-76）。

5）1801年8月または 9月ころ（※）、エドガーは 39 歳（282）で死ぬ。

6）→ 5）

7）1780年夏（※）、ヒースクリフは 16 歳（68）。

8）→ 7）

9）1771年夏（※）、キャサリンⅠは「6歳になるかならないか」（36）である。また 1780年夏（※）に 15 歳（66）。

10）→ 9）

11）1777年11月20 日ころ（※）、イザベラは 11 歳（48）。また 1783年秋（※）には 18 歳（101）。

12）ヒンドリーは、1784年（※）に 27 歳（186）で死亡。彼がこのとき 14 歳（37）であることから、年代が推定される。

13）アーンショー夫人の死は、ヒースクリフが WH に来てから「2年とたたぬころ」（38）とあることから、年代と時期が推定される。

14）→ 13）

15）ヒンドリーは 3年後（46）に父親の葬式に帰る。そのとき、すなわち

II・20			ネリーの物語終わる。ヘアトンとキャサリンII、散歩から帰る。 ロックウッド、立ち去る。 ロックウッド、教会を通って行き、墓の回りを歩く。終幕。
	1803	1月1日(336)	ヘアトンとキャサリンII 結婚し、TGへ移転。[69] ［キャサリンII:18 歳、ヘアトン:24 歳］

		翌日、夜中過ぎ(332)	ヒースクリフ帰宅し、居間に閉じこもる。
		4:00am(332)	ヒースクリフ、ネリーに自分の未作成の遺言状や葬式の話をする。
		明け方	ヒースクリフ自室に戻る。
		午後(334)	ヒースクリフ、居間でひとりで過ごす。
		夕暮れ(334)	ヒースクリフ自室に戻る。 一晩中ヒースクリフの奇声が聞こえる。
		翌日	ヒースクリフ、部屋に鍵をかけて閉じ込もる。
		夜(334)	〈大雨〉
		翌日・4月～5月初めころ[67]、朝(334)	〈雨〉ヒースクリフ死亡。 ネリー、箱寝室でヒースクリフの遺体を発見。 ［ヒースクリフ:37歳、キャサリンI:死後18年目］
		その後	ヒースクリフ、埋葬される。 ヒースクリフの幽霊が出る噂が流れる。
		8月ころ[68]、夜(336)	〈雷が鳴りそうな暗い夜〉ネリー、ヒースクリフと女性の幽霊を見たと言う少年に出会う。
II・18		9月、正午ころ(305)	ロックウッド、旅行中ギマトン近辺に来る。
		日暮れ前(306)	〈爽やかな暖かい天気〉ロックウッド、TGに立ち寄り、ネリーが不在と知る。 〈月の輝き〉ロックウッド、WHを訪問。ヘアトンとキャサリンIIの仲睦まじい光景を見る。 ロックウッド、ネリーと対面し、物語の続き(1802年1月または2月～現在)を聞く。

II・18		1月末〜2月初めころ[64]	ネリー、暇を取ったジラの代わりにWHへ呼ばれる。
		その後	キャサリンII、ヘアトンへの態度を改める。 ヒースクリフ、他人との同座を嫌うようになる。
		3月初め(312)	ヘアトン、怪我のため数日間台所で過ごす。
		3月末ころ[65]・月曜日(312)	ヘアトンとキャサリンII和解する。
II・19		翌日(317)[火曜日]朝	キャサリンIIとヘアトン花壇を造る。
		朝食時(317)	ヒースクリフとキャサリンII衝突する。
		昼食時(321)	ヒースクリフ外出。
		夕暮れ(322)	ヒースクリフ帰宅。ヘアトンとキャサリンIIがいっしょに勉強をしている光景を目撃。 [ヘアトン:23歳、キャサリンII:18歳(322)] ヒースクリフ、自分の変化についてネリーに打ち明ける。
II・20		その後数日間(326)	ヒースクリフ、人との同座を避け、1日1食になる。
		ある夜(326)	ヒースクリフ、夜通し歩き回る。
		翌日・4月、朝食後(326)	〈爽やか、暖かい〉ヒースクリフ、歓喜の表情を浮かべて帰宅。この日から絶食。[66]
		正午(327)	ヒースクリフ、食卓で急に食欲を失い、庭に出て歩き回る。
		1〜2時間後(328)	ヒースクリフ、微笑みながら家に入ってきて、居間でひとり過ごす。
		8:00pm(329)	ネリー、窓辺にいるヒースクリフの異様な形相に驚く。
		翌日、朝食時(330)	ヒースクリフ、幻影を見ている様子。その後外出。

		夜明け(31)	〈晴れ、寒い〉ロックウッド、WHを去る。
		12:00pm(31)	ロックウッド、TGに到着。
I・4		夕暮れ(33)	ロックウッド、家政婦ネリーと話す。ネリー、物語(1771年夏～1777年12月25日)を始める。
I・7		11:00pm(62)	ネリー中断したあと、再び語り始める。
I・9		翌日、1:30am(90)	ネリー、物語(1778年6月～1783年3月)を打ち切る。
I・10			ロックウッド、4週間(90)病気で寝込む。
		3週間後[60]	ヒースクリフ、ロックウッドに雷鳥を贈る。
		1週間後(91)	ヒースクリフ、ロックウッドを見舞い、1時間話をして帰る。 ネリー、物語の続き(1783年3月～1784年3月15日)を語る。
I・14			ネリー、医者を出迎えるため、物語を中断。
II・1		1週間後(157)	ロックウッド、回復に向かう。それまでに折々ネリーから聞いた物語(1784年3月19日～現在)を記す。
II・16	1802[61]	1月第2週(298)	ロックウッド、ネリーの物語を記録し終わる。
II・17		1～2日後(298)、11:00am(299)	〈晴れた穏やかな日、霜〉ロックウッド、WHを訪問し、キャサリンIIにネリーからの手紙を渡す。キャサリンII、ヘアトンを侮り激怒させる。
		昼食時(299)	ヒースクリフ帰宅。ロックウッド、来週TGを去りロンドンへ出発する旨を告げ、WHを去る。
		翌日[62]	ロックウッド、前日の出来事を記す。
		数日後[63]	ロックウッド、ロンドンへ旅立つ。

		翌日[水]、3:00am (283)	キャサリンII、WHからTGへ逃げ帰る。エドガー、娘と対面して死ぬ。
		昼食時(284)	弁護士グリーンがTGを訪れ、ヒースクリフの指図に従って屋敷を処理する。
II・15			ヒースクリフ、キャサリンIの棺桶を開ける。
		夜(289)	ヒースクリフ、キャサリンIの傍らに眠る夢を見る。[53]
		翌日[54]・9月[55]	エドガーの葬式。
		夜(286)	〈月光〉ヒースクリフ、TGを訪れる。ネリーに過去18年間の苦悩を打ち明ける。ヒースクリフとキャサリンII、WHへ立ち去る。
II・16		その後	キャサリンII、リントンを看病。[56]
		10月〜11月中旬[57]夜(293)	リントン死亡。
		翌日、朝(294)	キャサリンII、病気で2週間寝込む。
		2週間後・日曜日、午後(295)	キャサリンII初めて居間に下りる。ヘアトンの好意を拒絶する。
		11月最後の週ころ[58]	ネリー、WHを訪れ、女中ジラから話を聞く。
I・1		11月終り〜12月初めころ[59]	ロックウッド、WHを訪問。TGを借り、地主ヒースクリフに挨拶。
		午後(9)	〈霧、寒い〉
I・2		翌日、1:00pm過ぎ(9)	ロックウッド、WHを再訪。〈雪〉ロックウッド、WHの住人たちに会う。
		夜(14)	〈吹きすさぶ風と雪の渦〉悪天候のため、ロックウッド帰宅困難となる。住人たちから冷遇され、犬に嚙まれる。
I・3			ロックウッド、ジラに寝室へ案内される。部屋でキャサリンIの25年前の日記を発見する。
		翌日	ロックウッド悪夢を見る。
		3:00am前(28)	ロックウッド、ヒースクリフに悪夢の話をする。

		12:00pm(242)	キャサリンIIとネリー、WHから退散。［キャサリンII：ほぼ17歳(242)］
		翌日、朝(243)	ネリー、病気で寝込む。(3週間) キャサリンII、この日より毎晩リントンを訪問、6:30pm ～ 8:30pmの間WHで過ごす。(247)
II・10		3週間目の末	ネリーの病気治る。キャサリンII、WH訪問を中止。
		2日目、夜(245)	キャサリンII、WHを訪問。 〈月光〉ネリー、キャサリンIIの帰宅を目撃。キャサリンII、秘密をネリーに告白。 ネリー、エドガーに告げ口する。
	1801 [50)	翌日、朝(255)	エドガー、キャサリンIIにWH行きを禁じる。
II・11		数日後、2月、午後(257)	〈霧〉エドガー、キャサリンIIの将来についての不安をネリーに明かす。
		キャサリンIIの誕生日(258)［3月20日］	〈雨〉エドガー、リントンに手紙を書く。［キャサリンII：17歳(258)］
		その後	リントン、ヒースクリフの監視下でしばしばエドガーに手紙を書く。
		6月(259)	エドガー衰弱。
II・12		8月、木曜日 [51)	〈蒸し暑い〉キャサリンIIとネリー、約束の場所で異常な容態のリントンに会う。来週の木曜日に再会の約束。
II・13		8月、1週間後・木曜日(265)	〈すばらしい天候〉キャサリンIIとネリー、約束の場所へ赴き、瀕死のリントンの嘆願によりWHへ行く。 ヒースクリフ、キャサリンIIとネリーを監禁。
		翌日［金曜日］[52)、7:00am(276)	キャサリンIIのみ監禁を解かれる。 キャサリンIIとリントン結婚。ネリー5晩4日閉じ込められる。(277)
II・14		木曜日から5日目［火］、午後(278)	ネリー監禁を解かれ、TGへ帰る。［エドガー：39歳(282)］

		夜	ジョウゼフがTGを訪れ、ヒースクリフからの伝言を告げる。
II・6		翌日、5:00am(204)	ネリー、リントンをWHへ連れて行く。
		6:30am(207)	WHに到着。
II・7		朝	キャサリンII、リントンの不在を知って悲しむ。
	1800[47)]	3月20日(212)	〈美しい春の日〉キャサリンIIの誕生日。 ［キャサリンII:16歳(212)］ キャサリンIIとネリー、散歩中ヒースクリフに出会い、WHへ行く。 キャサリンII、リントンとヘアトンに再会する。 ［リントン:15歳(215-16)］
		午後(221)	キャサリンIIとネリー、TGに帰宅。
		翌日［3月21日］ 朝(221)	キャサリンII、昨日の出来事についてエドガーに報告。
		夜(223)	キャサリンII、リントンに手紙を書く。
		その後	キャサリンII、リントンと秘密で文通を続ける。
		ある日、夜(224-45)	ネリー、キャサリンII宛のリントンの手紙を発見。
		翌日	〈雨〉ネリー、キャサリンIIにリントンとの文通をやめるよう説得。
II・8		10月初めころ[48)]	刈り入れの季節。
		10月上〜中旬	〈じめじめとした冷え込む日〉刈り入れ最後の日。エドガー、風邪から肺を患う。
		10月または11月初め、午後(229)	〈すがすがしい、雨降り〉キャサリンIIとネリー、散歩中にヒースクリフに出会い、リントンの病気を知らされる。［ネリー:45歳足らず[49)]］ (ヒースクリフその後1週間不在)
II・9		翌日(235)、朝(236)	〈霧、半ば氷結、霧雨〉ネリーとキャサリンII、WHを訪れ、リントンと再会。

		朝(166)	〈晴れたうららかな天候〉ネリー、キャサリンIの穏やかな死顔を見る。
		火曜日[3月21日]、日暮れ(170)	ネリー、ヒースクリフを遺体に対面させる。
		金曜日(169)[3月24日]	〈晴れ〉キャサリンIの葬式、埋葬。
II・15		夜(289)	〈雪、あられ混じりの風〉ヒースクリフ、キャサリンIの墓を暴く。彼女の気配を感じて、棺の蓋を開けずに帰る。[37]
II・3		[3月25日]1:00am前(177)	ヒースクリフ、WHに帰宅。ヒンドリー、ヒースクリフの殺害を試みて失敗。[38]
		11:30am(180)	イザベラ、WHから逃亡。
			〈雪〉イザベラ、TGに到着。ネリーに話をしたあと、旅立つ。
		9月ころ[39]	イザベラ、リントンを出産。
		同じころ[40]、午後(187)	ヒンドリー部屋に閉じ込もり、一晩中酒を飲む。
		翌日[41]、朝(187)	ヒンドリー死亡。ネリー、WHを訪れる。
			[ヒンドリー・ネリー:27歳(186)]
II・4	1797[42]	2〜3月ころ[43]	イザベラ、病を患う。
		6〜7月ころ[44]	イザベラ、エドガーに手紙を書く。
			エドガー、ロンドンにイザベラを訪ねる。
		7月、8:00am(192)[45]	キャサリンII、WHへ行き、ヘアトンに出会う。
			[キャサリンII:13歳(194)、ヘアトン:18歳(193)]
		午後のお茶の時間(192)	ネリー、WHへ行き、キャサリンIIを連れ帰る。
II・5		その後	旅先のエドガーから、イザベラの死の知らせが届く。
		エドガーの旅立ち後3週間目(191)、夕方(199)	エドガー、リントンを連れてTGに帰宅。 [リントン:12歳[46]]

I・11	1784	1月初めころ[27]、月曜日(124)	ヒースクリフ、TGを訪問し、イザベラを誘惑。キャサリンIとイザベラの口論。エドガーとヒースクリフの衝突。
		夜(124)	キャサリンI、発作を起こして自室に閉じこもる。
		翌日(118)[火曜日]	キャサリンI、断食。
I・12		水曜日、夜[28]	ヒースクリフとイザベラ、TGの植え込みで会う。
		木曜日、夜〜金曜日午前(123)	キャサリンI、3日目に鍵を開け、食事をする。ネリーに話をしながら、錯乱状態に陥る。
		2:00am(129)	ヒースクリフとイザベラ逃亡。ネリー、直後に発見。
I・13		その後	キャサリンI、2か月間(134)脳膜炎に冒される。
		2月下旬ころ[29]	イザベラ、エドガーに手紙でヒースクリフとの結婚を報告。
		3月初め(134)	キャサリンI快方に向かい、初めて部屋から出る。
		3月上旬[30]夜(136) 翌日[31]	ヒースクリフとイザベラ、WHに到着。 イザベラ、ネリーに手紙を書く。
I・14		3月15日・水曜日[32]	ネリー、イザベラの手紙を読んでWHを訪問。ヒースクリフ、キャサリンIと会うための手引きをネリーに頼む。
II・1		3月19日[33]・日曜日(157)午前中[34]	〈暖かい快い天候〉ネリー、ヒースクリフの手紙をキャサリンIに渡す。ヒースクリフとキャサリンI最後の対面。
		昼過ぎ(163)	エドガー帰宅。キャサリンIが気絶し、ヒースクリフ退去する。
II・2		翌日・3月20日[35][月]、12:00am(166)	キャサリンII誕生。(7か月児)
		2:00am[36]	キャサリンI死亡。 [キャサリンI:18歳、ヒースクリフ:19歳]
		日の出後(167)	ネリー、戸外にいるヒースクリフにキャサリンの死を告げる。

I･8	1778(63)	6月、朝(64)	ヘアトン誕生。
		冬[21]、夜(65)	フランセス死亡。
		その後	ヒンドリー堕落。［キャサリンI:15歳(65)］
I･9	1780[22]	夏(84)、午後(68)	〈雨〉エドガー、WHを訪問し、キャサリンIに求婚。［ヒースクリフ:16歳(68)］
		夜(84)	キャサリンI、ネリーに告白。［ネリー:22歳(78)[23]］ ヒースクリフ、WHを去る。
		夜中(85)	〈嵐、暴風、雷〉キャサリンI、ヒースクリフを捜す。
		翌日、12:30am(85)	キャサリンI家に入り、濡れたまま夜通し過ごす。
		朝(87)	〈爽やか、涼しい〉キャサリンI熱病で倒れる。
		夏～秋	リントン夫人、キャサリンIをたびたび見舞い、快方に向かった時TGに引き取る。 リントン夫妻、熱病に感染して相次ぎ死亡。 キャサリンI、WHに帰宅。
I･10	1783[24]	3月終わりころ[25]	エドガーとキャサリンI結婚。ネリー、付き添ってTGへ。［ヘアトン:約5歳(89)］
		9月、夕方(93)	〈穏やかな快い風、月光〉 ヒースクリフ、失踪後3年目に(91・97) TGに再来。
		その後	ヒンドリー、ヒースクリフと賭博に明け暮れる。
		11月末～12月初め[26]	キャサリンIとイザベラ口論。［イザベラ:18歳(101)］
		翌日(104)	キャサリン、ヒースクリフにイザベラの恋を明かす。

巻･章	年代	時	出来事・〈天候〉・［登場人物の年齢］
	1500(4)		アーンショー家の先祖ヘアトン・アーンショーがWHを建てる。[1]
	1757[2]	夏以前[3] 9月以前[4]	ヒンドリー誕生。 ネリー誕生。
	1762[5]	9月以前[6]	エドガー誕生。
	1764[7]	夏以前[8]	ヒースクリフ誕生。
	1765[9]	夏[10] 11月末[11]	キャサリンI誕生。 イザベラ誕生。
I･4	1771[12]	夏、朝(36)	〈晴れ〉アーンショー氏、リヴァプールへ行く。
		3日後、11:00pmころ(36)	アーンショー氏、ヒースクリフを連れて帰宅。 ［キャサリンI:6歳(36)、ヒンドリー:14歳(37)］
	1773[13]	春ころ[14]	アーンショー夫人死亡。
I･5	1774[15]		ヒンドリー、大学へ行く。
	1777[16]	10月、夜(43)	〈嵐〉アーンショー氏死亡。
I･6		2～3日内	アーンショー氏の葬式。ヒンドリー、妻フランセスを伴って帰る。
		その後	ヒンドリー、ヒースクリフを虐待。 ［ヒースクリフ:13歳[17]、キャサリンI:12歳[18]］
I･3		11月20日前後[19]、	〈土砂降り〉キャサリンI、日記を書く。[20]
I･6		日曜日、夜(47)	ヒースクリフとキャサリンI、TGへ行く。キャサリンI、負傷してTGに滞在。
I･7		12月24日(55) 翌日(55)［12月25日］	キャサリンI、WHに帰宅。 リントン兄妹、WHを訪問。ヒースクリフだけパーティーから締め出される。

『嵐が丘』年代記とその推定方法

付録

◆「年代記」研究史については、本書第 4 章（◘物語の年代記）を参照。
◆凡例
◎作品中に時間に関する記述が見られる場合は、その項目の後に（ ）を付し、Penguin 版テクスト（ed. Nestor）の該当頁数を示した。
◎年月日等の算出方法は、すべて後の「注——年代記の推定方法——」において明らかにした。ただし、前後関係から自明と思われるものについては省略した。
◎各登場人物の年齢は、原則として、作品中に言及があった場合に［ ］内に記す。ただし、特に重要な項目については、登場人物の年齢を、誕生日をもとにして算出し書き添える場合がある。
◎天候を〈 〉内に記す。
◎ C. P. Sanger や Inga-Stina Ewbank などの年代記（本書第 4 章参照）との比較は原則として省き、特に興味深い点や本論と関わりのある項目についてのみ「注——年代記の推定方法——」で触れた。
◎略号は次のとおり。

WH：嵐が丘屋敷
TG：スラッシュクロス屋敷
（※）：年代記の該当箇所およびその注を参照

プロップ, ウラジミール『昔話の形態学』北岡誠司・他（訳）. 水声社, 1987.
柳五郎（編）『エミリ・ブロンテ論』開文社, 1998.
山本史郎『名作英文学を読み直す』講談社選書メチエ, 2011.
山脇百合子（著訳）『ブロンテ姉妹』（講座イギリス文学作品論 4）英潮社新社, 1978. ［*Notes on Literature* (The British Council, 1978) 収録］
リューティ, マックス『ヨーロッパの昔話 —— その形式と本質』小澤俊夫（訳）. 岩崎美術社, 1969 [Max Lüthi. *Das Europäische Volksmärchen: Form und Wesen*. Bern: Francke Verlag, 1947].
——.『昔話と伝説——物語文学の二つの基本形式』高木昌史・他（訳）. 法政大学出版, 1995 [Max Lüthi. *Volksmärchen und Volkssage: Zwei Grundformen Erzählender Dichtung*. Bern und München: Francke Verlag, 1961].
——.『民間伝承と創作文学 —— 人間像・主題設定・形式努力』高木昌史（訳）, 法政大学出版, 2001 [Max Lüthi. *Volksliteratur und Hochliteratur: Menchenbild-Thematik-Formstreben*. Bern und München: Francke Verlag, 1970].

1993.
川口喬一『小説の解釈戦略――「嵐が丘」を読む』福武書店, 1989.
――『「嵐が丘」を読む――ポストコロニアル批評から「鬼丸物語」まで』みすず書房, 2007.
グリーン、ミランダ・J『ケルト神話・伝説事典』井村君江（監訳）. 東京書籍, 2006.
菅沼英二「旧約聖書における荒野の救済伝承」. 北海道大学『基督教学』第13号. 1978. 58-67.
谷本誠剛「キリスト教の神話と自然の神話――児童文学との関わりから」. 関東学院大学キリスト教と文化研究所『キリスト教と文化』第1号. 2003. 3-12.
中岡洋・内田能嗣（編）『ブロンテ姉妹を学ぶ人のために』世界思想社, 2005.
丹羽隆昭『恐怖の自画像――ホーソーンと「許されざる罪」』英宝社, 2000.
バタイユ, ジョルジュ『文学と悪』山本功（訳）. ちくま学芸文庫, 1998 [Georges Bataille. *La Littérature et le Mal*. Gallimard, 1967].
波多野裕造『物語 アイルランドの歴史――欧州連合に賭ける“妖精の国”』中公新書, 1994.
廣野由美子『批評理論入門――「フランケンシュタイン」解剖講義』中公新書, 2005.
――「ファンタジーの世界」. 中岡・内田. 34-43
――「ダウン州、パトリックの生家跡地、パトリックの母エリナーの実家――ブロンテ家のルーツを遡る」.『風に吹かれて夢の荒野を歩く――ブロンテのアイルランド』内田能嗣・清水伊津代（監修）. 大阪教育図書, 2014. 1-4.
――「映画評：Andrea Arnold 監督, *Wuthering Heights*（HanWay Films/ Ecosse Films/ Film4〔イギリス製作〕, 2011）」、『ブロンテ・スタディーズ』第5巻・第6号. 2014.
――「〈不運〉の美学――『帰郷』に見られるハーディ文学の特質」. 英国小説研究同人『英国小説研究』第25冊. 2015. 77-100.
――「ブランウェル・ブロンテ――一家の希望の星、あるいは敗北者」. 岩上・惣谷. 23-43.

Collection of Critical Essays. New Jersey: Prentice-Hall, 1968.
Ward, Mrs Humphry. "Introduction" to the Haworth edition of *Wuthering Heights*. 1900. Partially reprinted in Allott. *EBWH*. 103-17.
Watson, Melvin R. "Tempest in the Soul: The Theme and Structure of *Wuthering Heights*." *Nineteenth-Century Fiction*. 4. 1950.
Wilks, Brian. *The Brontës: An Illustrated Biography*. London: Hamlyn, 1975.
Winnifrith, Tom & Edward Chitham. *Charlotte and Emily Brontë: Literary Lives*. London: Macmillan, 1989.
Wion, Philip K. "The Absent Mother in *Wuthering Heights*." Included in Peterson. 315-29.
Woolf, Virginia. *The Common Reader*. 1st Series. London: Hogarth Press, 1925.
Wright. William. *The Brontës in Ireland: Or, Facts Stranger Than Fiction.* 1893.
Yablon, G. Anthony & Turner, John R. *A Brontë Bibliography*. London: Ian Hodgkins & Co., 1978.
Yamahara, Midori. "A Study on the Problem of Evil in *Wuthering Heights*: In Comparison with *The Book of Numbers.*" A Thesis Presented to the Faculty of Integrated Human Studies. Kyoto University, 2014.
Yeats, William Butler. *Irish Fairy and Falk Tales*. Foreword by Paul Muldoon. New York: Modern Library 2003.
Yorkshire Tyne Tees. [Script] *The Brontë Connection*. [DVD: Films for the Humanities & Sciences, Films Media Group, 2008]
青山誠子『ブロンテ姉妹――女性作家たちの十九世紀』朝日選書 , 1995.
アリストテレース／ホラーティウス『アリストテレース「詩学」／ホラーティウス「詩論」』松本仁助・岡道男（訳）, 岩波書店, 1977.
井村君江『ケルトの神話――女神と英雄と妖精と』ちくま文庫, 1990.
岩上はる子・惣谷美智子（編）『ブロンテ姉妹と 15 人の男たちの肖像――作家をめぐる人間ドラマ』ミネルヴァ書房, 2015.
内田能嗣「『嵐が丘』における「語り」の構造」.『イギリスの語りと視点の小説』小名公男・他（著）, 東海大学出版会, 1983. 47-85.
――（編）『ブロンテ姉妹の世界』ミネルヴァ書房, 2010.
河合隼雄・中村雄二郎『トポスの知――箱庭療法の世界』TBS ブリタニカ,

——. "Introduction" to *Wuthering Heights*. Edited by Ian Jack. 1995. Included in Jack.

——. *Brontë Transformations: The Cultural Dissemination of Jane Eyre and Wuthering Heights*. Hertfordshire: Prentice Hall, 1996.

Sutherland, John. *Is Heathcliff a Murderer?: Puzzles in 19th-Century Fiction*. Oxford: Oxford UP, 1996.

——. "Who Gets What from Heathcliff's Will?" *Can Jane Eyre Be Happy?: More Puzzles in Classic Fiction*. Oxford: Oxford UP, 1997. 64-67.

Swinburne, A. C. "Emily Brontë." *Athenaeum*. 16 Jun. 1883. Partially reprinted in Allott. *EBWH*. 94-99.

Tanner, Tony. *Adultery in the Novel: Contract and Transgression*. Baltimore & London: Johns Hopkins UP, 1979.

Tayler, Irene. *Holy Ghosts: The Male Muses of Emily and Charlotte Brontë*. New York: Columbia UP, 1990.

Thompson, Wade. "Infanticide and Sadism in *Wuthering Heights*." 1963. Reprinted in McNees. Vol.2. 271-80.

Thopson, Nicola Diane. *Reviewing Sex: Gender and the Reception of Victorian Novels*. London: Macmillan, 1996.

Thormählen, Marianne. *The Brontës and Religion*. Cambridge Cambridge UP, 1999.

—— (ed.). *The Brontës in Context*. Cambridge: Cambridge UP, 2012.

Todorov, Tzvetan. *The Fantastic: A Structural Approach to a Literary Genre*. Trans. Richard Howard. New York: Cornell UP, 1975 [Source: *Introduction à la littérature fantastique*. 1970].

Tymms, Ralph. *Doubles in Literary Psychology*. Cambridge: Bowes & Bowes, 1949.

Van de Laar, Elizabeth Theodora Maria. *The Inner Structure of Wuthering Heights: A Study of an Imaginative Field*. The Hague : Mouton, 1969.

Van Ghent, Dorothy. *The English Novel: Form and Function*. 1953; rpt. New York: Harper & Row, 1961.

Varma, Devendar P. *The Gothic Flame*. New York: Russell & Russell, 1957.

Visick, Mary. *The Genesis of Wuthering Heights*. Hong Kong: Hong Kong UP, 1958.

Vogler, Thomas A. (ed.). *Twentieth Century Interpretations of Wuthering Heights: A*

Pritchett, V. S. "Implacable, Belligerent People of Emily Brontë's Novel, *Wuthering Heights*." 1946. Reprinted in Lettis & Morris. 71-76.

Ratchford, Fannie E. *Gondal's Queen: A Novel in Verse by Emily Jane Brontë*. 1955; rpt. New York: McGraw-Hill, 1964.

Reid, T. Wemyss. *Charlotte Brontë: A Monograph*. 1877. Partially reprinted in Allott. *EBWH*. 86-89.

Robinson, Mary. *Emily Brontë*. 1883. Partially reprinted in Allott. *EBWH*. 89-93.

Sabol, C. Ruth & Todd K. Bender. *A Concordance to Brontë's Wuthering Heights*. New York: Garland Pub., 1984.

Sale, William M., Jr & Richard J. Dunn (eds.). *Wuthering Heights: Authoritative Text, Background, Criticism*. Norton Critical Edition Series. New York: Norton, 1963.

Sanger, C. P. *The Structure of Wuthering Heights*. 1926. Reprinted in McNees. Vol.2. 71-82.

Schapiro, Barbara. "The Rebirth of Catherine Earnshaw: Splitting and Reintegration of Self in *Wuthering Heights*." *Nineteenth-Century Studies* 3. 1989.

Schorer, Mark. "Fiction and the Matrix of Analogy." 1949. Partially reprinted in McNees. Vol.2. 183-87.

Shapiro, Arnold. "*Wuthering Heights* as a Victorian Novel." *Studies in the Novel*. 1. 1969. 284-95.

Smith, Anne (ed.). *The Art of Emily Brontë*. London: Vision Press, 1976.

Solomon, Eric. "The Incest Theme in *Wuthering Heights*." *Nineteenth-Century Fiction*. Vol. 14. 1. 1959.

Spark, Muriel. *The Essence of the Brontës*. London: Peter Owen, 1993.

—— & Stanford, Derek. *Emily Brontë: Her Life and Work*. London: Peter Owen, 1953.

Spencer, Luke. "*Wuthering Heights* as a Version of Pastoral." *Brontë Society Transactions*. Vol.23. Part 1. Apr. 1998. 46-53.

Stewart, Amy. *From the Ground Up: The Story of a First Garden*. New York: St. Martin's Griffin, 2001.

Stoneman, Patsy (ed.). *Wuthering Heights*. New Casebooks Series. London: Macmillan, 1993.

McGuire, Kathyrn B. "The Incest Taboo in *Wuthering Heights*: A Modern Appraisal." *Ameirican Imago*. 45. 1988. 217-24.

McNees, Eleanor (ed.). *The Brontë Sisters: Critical Assessments*. 4 vols. Mountfield: Helm Information, 1996.

Mendelson, Edward. *The Things That Matter: What Seven Classic Novels Have to Say about the Stages of Life*. New York: Pantheon, 2006.

Mengham, Rod. *Emily Brontë: Wuthering Heights*. Penguin Critical Studies Series. Harmondsworth: Penguin, 1988.

Miller, J. Hillis. *The Disappearance of God: Five Nineteenth-Century Writers*. Cambridge, Massachusetts: Belknap Press of Harvard UP, 1963.

——. *Fiction and Repetition: Seven English Novels*. Oxford: Basil Blackwell, 1982.

Miller, Lucasta. *The Brontë Myth*. London: Vintage, 2001.

Moser, Thomas. "What is the Matter with Emily Jane?: Conflicting Impulses in *Wuthering Heights*." *Nineteenth-Century Fiction*. 17. 1962.1-19.

Muir, Edwin. *The Structure of the Novel*. London: Hogarth, 1928.

——. *Essays and Literature and Society*. Rev. ed. London: Hogarth, 1965.

O'Neill, Judith (ed.). *Critics on Charlotte and Emily Brontë*. Coral Gables: U of Miami P, 1968.

Paddock. Lisa & Carl Rollyson. *The Brontës A to Z: The Essential Reference to Their Lives and Work*. New York: Checkmark Books, 2003.

Paglia, Camille. *Sexual Personae: The Androgyne in Literature and Art*. Diss. Yale, 1974.

Passel, Anne. *Charlotte and Emily Brontë: An Annotated Bibliography*. New York: Garland Pub., 1979.

Pater, Walter. "Postscript." *Appreciations*. 1889. Partially Reprinted in Allott. *EBWH*. 99.

Peterson, H. Linda (ed.). *Wuthering Heights*. Case Studies in Contemporary Criticism Series. Boston: Bedford Books of St. Martin's Press, 1992.

Pollard, Arthur. *The Landscape of the Brontës*. London: Webb &Bower, 1988.

Prentis, Barbara. *The Brontë Sisters and George Eliot*. Totowa: Barnes & Noble Books, 1988.

Keppler, C. F. *The Literature of the Second Self.* Tucson: U of Arizona P, 1972.
Kermode, Frank. "A Modern Way with the Classic." 1974. Reprinted in McNees. Vol.2. 340-57.
Kettle, Arnold. *An Introduction to the English Novel*. 2vols. 1951; rpt. New York: Harper & Brothers, 1960. Vol.1.
Knoepflmacher, U. C. *Wuthering Heights: A Study*. Athens: Ohio UP, 1994.
Leavis, F. R. *The Great Tradition: George Eliot, Henry James, Joseph Conrad*. 1948; rpt. Harmondsworth: Penguin, 1972.
Leavis, Q. D. "A Fresh Approach to *Wuthering Heights*." *Lectures in America*. By F. R. Leavis & Q. D. Leavis. New York: Phantheon, 1969.
Lee, Vernon. "On Literary Construction." 1895. Partially reprinted in Allott. *EBWH*. 100-01.
Le Guin, Ursula K. *Cheek by Jowl*. Seattle: Aqueduct, 2009.
Lettis, Richard & Eilliam E. Morris (eds.). *A Wuthering Heights Handbook*. New York: Odyssey Press, 1961.
Macovsky, Michael. "Voicing a Silent History: *Wuthering Heights* as Dialogic Text." 1987. Partially reprinted in Stoneman. *WH*. 100-17.
Marks, Herbert (ed.). *The English Bible, King James Version: The Old Testament*. Norton Critical Edition. New York: Norton, 2012.
——, and Austin Busch. *The English Bible, King James Version: The New Testament and The Apocrypha*. Norton Critical Edition. New York: Norton, 2012.
Marsh, Nicholas. *Emily Brontë: Wuthering Heights*. Analysing Texts Series. London: Macmillan, 1999.
Massingham, H. G. & Hugh Massingham (eds.). *The Great Victorians*. London: Ivor Nicholson & Watson, 1932.
Mathison, John K. "Nelly Dean and the Power of *Wuthering Heights*." 1956. Reprinted in McNees. Vol.2. 216-34.
Maugham, W. Somerset. "The Ten Best Novels: *Wuthering Heights*." 1948. Reprinted in McNees. Vol.1, 627-38.
Mayne, Isobel. "Emily Brontë's Mr Lockwood." *Brontë Society Transactions*. Vol. 15. Part 78. 1968. 207-13.

Frank, Katherine. *A Chainless Soul: A Life of Emily Brontë*. Boston: Houghton Mifflin, 1990.

Frankl, Viktor E. *The Unheard Cry for Meaning: Psychotherapy and Humanism*. New York: Simon and Schuster, 1978.

Gardiner, Juliet. *The World Within: The Brontës at Howorth; A Life in Letters, Diaries and Writings*. London: Collins & Brown, 1992.

Gaskell, Elizabeth. *The Life of Charlotte Brontë*. 1857; rpt. Harmondsworth: Penguin, 1975.

Gates, Barbara T. *Victorian Suicide: Mad Crimes and Sad Histories*. Princeton: Princeton UP, 1988.

Gérin, Winifred. *Emily Brontë: A Biography*. London: Oxford UP, 1971.

Gilbert, Sandra M. & Susan Guber. *The Mad Woman in the Attic: The Woman Writer and the Ninteenth-Century Literary Imagination*. New Haven and London: Yale UP, 1979.

Glen, Heather (ed.). *The Cambridge Companion to the Brontës*. Cambridge: Cambridge UP, 2002.

Gose, Elliott B. Jr. *Imagination Indulged: The Irrational in the Nineteenth-Century Novel*. Montreal & London: McGill-Queen's UP, 1972.

Green, Dudley. *Patrick Brontë: Father of Genus*. 2008; rpt. Gloucestershire: 2010.

Hafley, James. "The Villain in *Wuthering Heights*." *Nineteenth-Century Fiction*. 13. Dec. 1958. 199-215.

Hartley, L. P. *The Novelist's Responsibility*. London: Hamish Hamilton, 1967.

Heilbrun, Carolyn G. *Toward a Recognition of Androgyny*. New York: Norton, 1982.

Heywood, Christopher."Yorkshire Slavery in *Wuthering Heights*." *The Review of English Studies*, n.s. 38. 150. 1987.

Hewish, John. *Emily Brontë: A Critical and Biographical Study*. London: Macmillan, 1969.

Homans, Margaret. "Repression and Sublimation of Nature in *Wuthering Heights*." 1978. Reprinted in Bloom. 91-107.

Joseph, M. K. "Introduction." *Frankenstein*. By Mary Shelley. Oxford: Oxford UP, 1980.

Collins, Norman. *The Facts of Fiction*. London: Victor Gollancz, 1932.

Conger, Syndy McMillen. "The Reconstruction of the Gothic Feminine Ideal in Emily Brontë's *Wuthering Heights*." 1983. Included in Fleenor. Reprinted in McNees. Vol.2. 401-17.

Crandall, Norma. *Emily Brontë: A Psychological Portarait*. 1957; rpt. New York: Kraus Reprint, 1990.

Daley, A. Stuart. "The Moons and Almanacs of *Wuthering Heights*." *Huntington Library Quarterly*. Vol.37. No.4. Aug. 1974. 337-53.

Davies, Stevie. *Emily Brontë: The Artist as a Free Woman*. Manchester: Carcanet, 1983.

——. "The Language of Familial Desire." 1988. Partially reprinted in Stoneman. *WH*. 161-75.

——. *Emily Brontë: Heretic*. London: The Women's Press, 1994.

Dawson, Terence. "The Struggle for Deliverance from the Father: The Structural Principle of *Wuthering Heights*." *The Modern Language Review*. Vol.84, Part 2. Apr. 1989. 289-304.

Delafield, E. M. (ed.). *The Brontës: Their Lives Recorded by Their Contemporaries*. Hogarth Press, 1935.

Eagleton, Terry. *Myths of Power: A Marxist Study of the Brontës*. London: Macmillan, 1975.

——. *Heathcliff and the Great Hunger: Studies in Irish Culture*. London: Verso, 1995.

Esslin, Martin. *An Anatomy of Drama*. New York: Hill and Wang, 1977.

Ewbank, Inga-Stina. "The Chronology of *Wuthering Heights*" (Appendix V). Included in Marsden & Jack (eds.). 487-96.

Fermi, Sarah. *Emily's Journal*. Cambridge: Pegasus, 2006.

Fine, Ronald F. "Lockwood's Dreams and the Key to *Wuthering Heights*." *Nineteenth-Century Fiction*. 24. 1970. 16-22.

Fleenor, Juliann E. (ed.). *The Female Gothic*. Montreal: Eden, 1983.

Forster, E. M. *Aspects of the Novel*. Ed. Oliver Stallybrass. 1927; rpt. Harmondsworth: Penguin, 1990.

——. *The Brontës: The Critical Heritage*. London: Routledge, 1974.

Armstrong, Nancy. "Emily Brontë In and Out of Her Time." *Genre*, 15. 1982. 243-64.

Barclay, Janet M. *Emily Brontë Criticism 1900-1982: An Annotated Checklist*. Westport, Connecticut & London: Meckler Publishing, 1984.

Barnard, Robert & Louise Barnard. *A Brontë Encyclopedia*. West Sussex: Blackwell, 2013.

Bentley, Phyllis. *The Brontës*. London: Home & Van Thal, 1947.

——. *The Brontë Sisters*. Rev. ed. London: Longmans, Green, 1959.

Berg, Maggie. *Wuthering Heights: The Writing in the Margin*. New York: Twayne, 1996.

Bersani, Leo. *A Future for Astyanax: Character and Desire in Literature*. Boston: Little, Brown, 1969.

Bloom, Harold (ed.). *The Brontës*. Modern Critical Views Series. New York : Chelsea House, 1987.

Brinton, Ian. *Brontë's Wuthering Heights*. London & New York: Continuum, 2010.

Byers, David Milner. *An Annotated Bibliography of the Criticism on Emily Brontë's Wuthering Heights, 1847-1947*. Michigan: University Microfilms, 1973.

Campbell, Joseph. *The Hero with a Thousand Faces*. 3rd edition. California: New World Library, 2008.

Carey, John."Introduction." *The Private Memoirs and Confessions of a Justified Sinner*. By James Hogg. Oxford: Oxford UP, 1981.

Cecil, David. *Early Victorian Novelists: Essays in Revaluation*. 1934; rpt. Harmondsworth: Penguin, 1948.

Chase, Richard. "The Brontës: A Centennial Observance." *Kenyon Review*. 9. Autumn, 1947. 487-506.

Chitham, Edward. *The Brontës' Irish Background*. New York: St. Martin's Press, 1986.

——. *A Life of Emily Brontë*. Oxford: Basil & Blackewell, 1987.

——. *The Birth of Wuthering Heights: Emily Brontë at Work*. London: Macmillan, 1998.

——. *A Brontë Family Chronology*. New York. Palgrave Macmillan, 2003.

小野寺健（訳）『嵐が丘』（上・下）光文社文庫, 2010.
河島弘美（訳）『嵐が丘』（上・下）岩波文庫, 2004.
河野多恵子（抄訳）『嵐が丘、ジェーン・エア』（グラフィック版 世界の文学 13）世界文化社, 1978.
工藤昭雄（訳）『嵐が丘／詩』（世界文学全集 23）講談社, 1974.
鴻巣友季子（訳）『嵐が丘』新潮文庫, 2003.
田中西二郎（訳）『嵐が丘』新潮文庫, 1953.
豊田実（注釈）*Wuthering Heights*（研究社英米文学叢書 31, 32）, Vol. I, II. 研究社, 1954-55.
中岡洋（訳）『嵐が丘』（ブロンテ全集 7）みすず書房, 1996.
永川玲二（訳）『嵐が丘』集英社文庫, 1979.
大和資雄（訳）『嵐が丘』角川文庫, 1979.

詩

Gezari, Janet (ed.). *Emily Jane Brontë: The Complete Poems*. Harmondsworth: Penguin, 1992.
Hatfield, C. W. (ed.). *The Complete Poems of Emily Jane Brontë*. New York: Columbia UP, 1941.
川股陽太郎（訳）『詩集』（ブロンテ全集 10）みすず書房, 1996.
中岡洋（訳）『エミリ・ジェイン・ブロンテ全詩集』国文社, 1991.

＜研究文献＞

Alexander, Christine & Jane Sellars. *The Art of the Brontës*. Cambridge: Cambridge UP, 1995.
—— & Margaret Smith. *The Oxford Companion to the Brontës*. Oxford: Oxford UP, 2003.
Allen, Walter. *The English Novel: A Short Critical History*. 1954; rpt. Harmondsworth: Penguin, 1958.
Allot, Milliam (ed.). *Emily Brontë: Wuthering Heights*. Casebook Series. London: Macmillan, 1970.

参考文献

＜作品＞

小説

＊本書においては『嵐が丘』のテクストとして、Penguin Classics 版（Ed. Pauline Nestor, 2003）を用いた。テクストからの引用は拙訳による。引用箇所を示すさい、第 1 巻（第 1 章〜第 14 章）を I 、第 2 巻（第 1 章〜第 20 章）を II と略記した。

Eichenberg, Fritz (illustrated with wood engravings). *Wuthering Heights*. New York: Random House, 1943.

Gezari, Janet (ed.). *The Annotated Wuthering Heights*. Cambridge, Massachusetts: Belknap Press of Harvard UP, 2014.

Jack, Ian (ed.). *Wuthering Heights*. Introduction and Notes by Patsy Stoneman. Oxford World's Classics Series. Oxford: Oxford UP, 1995.

Marsden, Hilda & Ian Jack (eds.). *Wuthering Heights*. The Clarendon Edition of the Novels of the Brontës. Oxford: Oxford UP, 1976.

Nestor, Pauline (ed.). *Wuthering Heights*. Introduction and Notes by Nestor. Preface by Lucasta Miller. London: Penguin, 2003.

Peterson, Linda H. (ed.). *Wuthering Heights*. Case Studies in Contemporary Criticism Series. Boston: Bedford Books of St. Martin's Press, 1992.

Sale, William M., Jr & Richard J. Dunn (eds.). *Wuthering Heights*. Norton Critical Edition Series. New York: Norton, 1963.

阿部知二（訳）『嵐が丘』（上・下）岩波文庫, 1960-61.

あとがき

二〇〇一年に刊行した『「嵐が丘」の謎を解く』(創元社)が絶版となってから、十数年の歳月が流れた。そこで、このたび旧版を全面改訂するとともに、新たに三章(第8章〜第10章)を付け加えて、『謎解き「嵐が丘」』と改題し、増補新版として本書を刊行した。

旧版での「謎解き」が、『嵐が丘』のテクスト内部をひたすら見つめることから得られた考察であったのに対して、新しい章では、作品の外側の世界——神話やファンタジー、伝説など——にも目を向けて、この作品の新たな断面に切り込むことに挑戦してみた。そのきっかけのひとつとなったのは、二年前に『嵐が丘』の舞台ハワースを初めて訪れたことである。いかに書物を読み、映画や写真を見ても、それまで私にとっての〈荒野〉は、あくまでも自分の想像の世界に属していた。本書の序説で、テクスト内の「空白」は読者の想像力を掻き立てる効果があると述べたが、それと同様、舞台を実際に見たことがないという知識・

経験上の「空白」もまた、私の頭のなかのイメージをどんどん膨張させる結果となった。現実とイメージとの乖離に対する漠然とした不安が募っていたおり、ようやく『嵐が丘』の舞台に足を運び、実際にこの目で確かめてみることができたため――あたかも一八年ぶりに柩のなかのキャサリンの姿を目にしたヒースクリフが“Now since I've seen her, I'm pacified—a little”（II・第一五章）と言ったごとく――心が休まった。そうして初めて、〈荒野〉についての論考（第8章、第10章）を文字にすることができたのである。

一五年前に自分自身が書いた文章を推敲するのは、予想以上に苦しい作業だった。まるで他人が書いたものに対峙しているような感があり、途中で筆が進まなくなってしまうこともあった。若いころの自分の文章の大袈裟さに閉口し、あたかもネリーやロックウッドにつぐ第三の語り手の声を聞くかのような錯覚を感じたことさえある。とはいえ、内容上の変更のない部分では、ある程度以前の文体を留めざるをえなかった。

第4章の時間論や第7章の第二世代論でも指摘したように、『嵐が丘』の世界では、一八年をサイクルとして物語が転換してゆく。対して、私と『嵐が丘』との関係を振り返ってみると、ほぼ一五年で一区切りの周期が刻まれてきたような気がする。初めてこの本に出会った小学校五年生のころから、大学でドイツ文学を専攻したのち、英文学に転向し、大学院でこの作品の研究を始めるまでが、約一五年。『嵐が丘』の論文を初めて書いた修士課程二回生のときから一五年目に、自分の研究の一区切りとして発表したのが、旧版『「嵐が丘」の謎を解く』である。その後、約一五年を経て、こうして新版を出すことになった（いまから一五年後にはどうなっているか、生きているかどうかさえ、知る由もない）。十数年を周期に人生が転換してゆくという本論における自説は、こうして偶然の結果ではあるが、自分自身の経験からも実感として裏付けられたような気がしている。

『嵐が丘』は、昔も今も、学生の卒業論文や修士論文のテーマとして、根強い人気のある作品だ。私自身、最近は学会での講演のほか、ＮＨＫ文化講座（二〇一三年に梅田教室、二〇一五年に神戸教室）をはじめ、一般向けに『嵐が丘』について講演する機会が何度かあった。熱心に聴講する人々の年齢は、若者から高齢者まで層が厚く、『嵐が丘』が、それぞれの人生のなかで何か「気になる作品」であるという思いが、こちらにもじわじわと伝わってくる。この作品の謎を探究したいという欲求が、研究者の世界を超えて広がっていることを、実感する次第である。『嵐が丘』の深奥へと近づくための何らかのきっかけとして、本書が読者諸氏のお役に立てれば、著者としては望外の喜びである。

本書が世に出るにあたっては、さまざまな方々のお世話になったが、ここではそのなかのわずかな方々のお名前を挙げるに留めさせていただく。ドイツ文学専攻だった京都大学での学生時代、客員教授として『嵐が丘』の講義をされた故臼田昭先生は、この作品の世界の素晴らしさに、初めて私の目を開かせてくださった。その後英文学に転向し、神戸大学大学院で研究を始めて間もないころ、宮崎芳三先生に『嵐が丘』を教材として、マンツーマンの演習でご指導いただいたことは、私がこれまで研究者を続けてくるための土台となった（付録の作品年代記は、そのころ作成したレポートのひとつである）。お二人の先生方に、深い感謝の意を表したい。また、最後になったが、本書の企画から編集、出版に至るまで、細やかなご配慮とひたむきなご尽力によって支えてくださった松籟社編集者の木村浩之氏に、厚くお礼申し上げる。

二〇一五年九月

廣野 由美子

初出一覧

次の初出論考は、本書をまとめるにあたって、それぞれ加筆修正を施した。

●第1章　『「嵐が丘」の謎を解く』（創元社、二〇〇一年四月）

●第2章　「「許されざる者」とは誰か――『嵐が丘』の神学的解釈」、京都大学総合人間学部英語部会『英文学評論』第七三集（二〇〇一年一月）

●第3章　「『嵐が丘』におけるドッペルゲンガーのモチーフ」、日本英文学会第67回大会研究発表（一九九五年五月）⬇日本ブロンテ協会『ブロンテ・スタディーズ』第二巻第五号（一九九六年一〇月）

●第4章　「『嵐が丘』の時間体系」、日本英文学会中国四国支部第47回大会研究発表（一九九四年一〇月）⬇「同題」山口大学『英語と英米文学』第二九号（一九九四年一二月）

●第5章　「『嵐が丘』における空間的イメジャリー――エミリー・ブロンテの異端思想」、山口大学『英語と英米文学』第三一号（一九九六年一二月）

●第6章　「隠された会話――『嵐が丘』における劇的瞬間」、山口大学『英語と英米文学』第三三号（一九九八年一二月）
●第7章　『嵐が丘』第二世代論」、神戸英米研究会『神戸論叢』第一七号（一九八七年七月）
●第8章　「荒野から庭へ――『嵐が丘』のファンタジー性」、日本ブロンテ協会公開講座講演（二〇一二年六月）➡「同題」、石田久教授喜寿記念論文集刊行委員会編『イギリス文学と文化のエートスとコンストラクション』（大阪教育図書、二〇一四年八月）
●第9章　『嵐が丘』の起源――新・旧〈伝説〉をめぐって」、日本ブロンテ協会関西支部夏季大会講演（二〇一四年七月）➡「同題」、京都大学大学院人間・環境学研究科英語部会『英文学評論』第八七集（二〇一五年二月）
●第10章　「『嵐が丘』のトポス――〈荒野〉物語についての比較文学的考察」、日本比較文学会関西支部例会研究発表（二〇一四年四月）
●おわりに　『「嵐が丘」の謎を解く』（前掲書）。
●付録　「*Wuthering Heights* 年代記」、阪南大学学会『阪南論集人文・自然科学編』第二八巻第一号、一九九二年六月）

53-54, 57-58, 64-66, 70, 72, 81, 123, 278, 306-307
ユング　Carl Gustav Jung　80, 236
予言小説　prophetic fiction　44
吉田喜重　16, 312
『ヨハネの第一の手紙』 *The First Letter of John*　65
『ヨブ記』 *Job*　54

［ラ行］

ライト　William Wright　242-243, 246-247, 270, 313
ラスキン　John Ruskin　305
ラッチフォード　Fannie Ratchford　71
リアリズム　realism　39, 41-44, 47, 80-81, 221, 223-224, 291
リーヴィス, F. R.　F. R. Leavis　39
リーヴィス, Q. D.　Q. D. Leavis　43, 216, 312
リューティ　Max Lüthi　260, 314
ルイス　M. G. Lewis　82
『ルカによる福音書』 *Luke*　65, 280
ル＝グウィン　Ursula K. Le Guin　226-228, 313
ロウ・ヘッド校　Roe Head School　262, 264, 303
ロー・ヒル校　Law Hill School　248, 252, 303
ロゴテラピー　logotherapy　309
ロシア・フォルマリスム　Russian Formalism　16-17, 259
ロビンソン, メアリ　Mary Robinson　79, 154
ロビンソン夫人　Lydia Robinson　46
ロマン主義　romanticism　39-40, 44, 82, 153-154, 283
ロマンス　romance　39, 47, 101
ロンドン　Jack London　315

［ワ行］

ワイラー　William Wyler　23
ワイルダー　Laura Ingalls Wilder　290
『ワイルドフェル・ホールの住人』 *The Tenant of Wildfell Hall*　43
「私の魂は臆病ではない」 “No coward soul is mine”　73, 155
ワディントン　Elizabeth Waddington　250
ワトソン　Melvin Watson　182

78
ペイター　Walter Pater　39
ベイツ　John Bates　256-257
ベントリー　Phyllis Bentley　17
ポー　Edgar Allan Poe　309
ホーソーン　Nathaniel Hawthorne　307
ボードレール　Charles Baudelaire　45
ホーマンズ　Margaret Homans　185
ポストコロニアル批評　postcolonial criticism　16, 78
ホッグ　James Hogg　82-83, 283
ホフマン　E. T. A. Hoffmann　40, 82-83, 283
ホメロス　Homer　45
『本格小説』　16, 304
ポンデン・ハウス　Ponden House　253-254, 256

［マ行］

マクアリスター　William McAllister　242
マコフスキー　Michael Macovsky　160, 185
『マタイによる福音書』　*Matthew*　53-54, 65, 280
マチュリン　Charles Maturin　307
マルクス主義（批評）　Marxist criticism　16, 22, 81, 213
『マルコによる福音書』　*Mark*　65, 280
『マンク』　*The Monk*　82
ミシュレ　Jules Michelet　45
水村美苗　16, 304
ミュア　Edwin Muir　45, 125
ミラー　J. Hillis Miller　15, 20, 37, 73, 115, 299, 301, 304
ミルトン　John Milton　63, 65, 68, 73, 192, 306-307
『民数記』　*Numbers*　279-280, 315
メイン　Isabel Mayne　22
メソジスト主義　Methodism　51, 73, 307
メンガム　Rod Mengham　132, 197-198
メンデルソン　Edward Mendelson　225
モーザー　Thomas Moser　46, 191
モーム　Somerset Maugham　191
モーリス　Frederick Maurice　155
黙説法　paralipse　27, 29-30
物語論　narratology　17, 27

［ヤ行］

『屋根裏の狂女』　*The Mad Woman in the Attic*　306
山本史郎　313
ユーバンク　Inga-Stina Ewbank　108, 110, 321
許されざる罪　the unpardonable sin

ファイン　Ronald F. Fine　57, 306
ファン・ジェント　Dorothy Van Ghent　37, 144
ファンタジー　fantasy　42, 221-227, 230-231, 235, 237, 275, 290, 300, 313, 315
ファン・デ・ラー　Elisabeth Theodora Maria Van De Laar　150
諷刺　47, 73, 78, 133
フェミニズム（批評）　feminist criticism　16, 21, 33, 80, 192, 306
フェルミ　Sarah Fermi　261-264, 266-270
フォースター　E. M. Forster　44, 111, 186
福音主義　Evangelicalism　51
プライス　Susan Price　290
『ブラックウッズ誌』　*Blackwood's Magazine*　81, 83
プラトン　Plato　84
ブランウェル, エリザベス　Elizabeth Branwell　13, 51, 303
フランクル　Victor Emil Frankl　102
『フランケンシュタイン』　*Frankenstein*　68, 72, 82, 97, 154, 307
ブランティ　Hugh Brunty　242-243, 245-247, 284
ブリュッセル　Brussels　14, 303
ブルーム　Harold Bloom　155
ブレイク　William Blake　45, 307
『フレイザーズ誌』　*Fraser's Magazine*　81
フロイト　Sigmund Freud　46, 56-57, 309, 311
プロテスタント　Protestant　51
プロップ　Vladimir Propp　259-261
ブロンテ, アン　Anne Brontë　13-14, 43, 71, 190, 263
ブロンテ, エリザベス　Elizabeth Brontë　303
ブロンテ, シャーロット　Charlotte Brontë　13-15, 66, 71, 151, 190, 257, 263, 270-271, 303
ブロンテ, パトリック　Patoric Brontë　13, 51, 242-243, 246, 253, 257, 270, 284, 315
ブロンテ, ヒュー → ブランティ
ブロンテ, ブランウェル　Branwell Brontë　15, 46, 71, 78-79, 190, 254, 270, 308, 312
ブロンテ, マライア（ブロンテ夫人）　Mrs Maria Brontë　13
ブロンテ, マライア　Maria Brontë　303
ブロンデル　Jacques Blondel　152
『文学と悪』　*La Littérature et le Mal*　45
文化批評　cultural criticism　16
分身小説　47, 81, 83-84, 100-101, 299, 308
ヘイウッド　Christopher Heywood

トウェイン　Mark Twain　315
道徳小説　43
ドーソン　Terence Dawson　21, 43
読者反応批評　reader-response criticism　16
独立戦争　26, 252, 304
トドロフ　Tzvetan Todorov　40
『トムは真夜中の庭で』 *Tom's Midnight Garden*　235

［ナ行］

内在意志　Immanent Will　287, 289
ニコルズ　Arthur Bell Nicholls　257
ニュー・クリティシズム　New Criticism　16
丹羽隆昭　307
『ねじの回転』 *The Turn of the Screw*　41
『眠れる森の美女』 *The Sleeping Beauty*　226
年代記小説　47

［ハ行］

バーグ　Maggie Berg　43
バーサニ　Leo Bersani　191
ハーディ　Thomas Hardy　286, 290-291
バーネット　Frances Eliza Burnett　235
ハイルブルーン　Carolyn G. Heilbrum　89
バイロン　George, Gordon Byron　71, 79, 283
箱庭療法　236
バターフィールド　Mary Butterfield　253-254, 256-257, 314
バタイユ　Georges Bataille　45, 311
パチェット　Elizabeth Patchett　248
バニヤン　John Bunnyan　307
バフチン　Mikhail Bakhtin　312
ハフリー　James Hafley　22
パロディ　parody　47, 289-290
ハワース　Haworth　13, 253-254, 262-263
犯罪小説　47
バンフォード　Sheila Bunford　315
ピアス　Philippa Pearce　235
『ヒースクリフは殺人犯か？』 *Is Heathcliff a Murderer?*　295
ヒートン, エリザベス　Elizabeth Heaton　256-257
ヒートン, マイクル　Michael Heaton　254
ヒートン, ロバート　Robert Heaton III　254
ヒートン, ロバート　Robert Heaton IV　254
『美女と野獣』 *Beauty and the Beast*　41, 221
『秘密の花園』 *The Secret Garden*　235, 313

『種の起源』 *On the Origin of Species* 286
受容理論 reception theory 25
『小説と反復』 *Fiction and Repetition* 299
『小説の構造』 *The Structure of the Novel* 45
『小説の諸相』 *Aspects of the Novel* 44
省略法 ellipse 27, 29
ショーラー Mark Schorer 36, 305
『シンデレラ』 *Cinderella* 42, 221
『申命記』 *Deuteronomy* 279
新歴史主義 new historicism 16
神話 16, 33, 68, 191, 227, 230, 237, 259, 283-286, 290-291, 300
スウィンバーン A. C. Swinburne 39
推理小説 20, 46
スカバラ Anne Scarbrough 254, 256
スコット Walter Scott 39, 81, 283
スタンフォード Derek Stanford 154
スティーヴンソン Robert Louis Stevenson 308
ステッド Sam Stead 251
スチュワート Amy Stewart 236
ストウンマン Patsy Stoneman 153-154, 262
スパーク Muriel Spark 154
清教徒革命 254
精神分析批評 psychoanalytic criticism 16, 56, 80, 311
セシル David Cecil 33, 36, 128, 192, 305, 311
『創世記』 *Genesis* 54
ソフォクレス Sophocles 38
ソロモン Eric Solomon 78, 80, 88

［タ行］

ダーウィン Charles Darwin 286
『大草原の小さな家』 *Little House on the Prairie* 290
『第二の自我の文学』 *The Literature of the Second Self* 84
多声的物語 polyphonic narrative 159
タナー Tony Tanner 45-46
谷本誠剛 315
タビー Tabby 51
チェイス Richard Chase 33, 191
チタム Edward Chitham 247, 313
チャールズ二世 Charles II 256
長老派 Presbyterian 242, 314
デイヴィス Stevie Davies 167, 225
ディケンズ Charles Dickens 43, 81, 110-111
ディコンストラクション deconstruction 16, 37, 301
テイラー Irene Tayler 144
デイリ A. Stuart Daley 108
田園詩 pastoral 47

ケトル　Arnold Kettle　42, 213
ケプラー　Carl Francis Keppler　84-85, 87-88, 92, 308-309
原型　archetype　16, 33, 41-42, 221, 234, 237, 278
幻想文学　the fantastic　41
構造主義　structuralism　16-17
『高慢と偏見』 *Pride and Prejudice*　111, 309
ゴーズ　Elliott B. Gose, Jr　41-42, 133, 221, 312
ゴシック小説　Gothic novel　40, 47, 79, 81-82, 84, 100, 152, 224, 283, 290
コズミンスキー　Peter Kosminsky　23, 312
ゴドウィン　William Godwin　82, 97
コンガー　Syndy McMillen Conger　40
ゴンダル　Gondal　71, 79, 263-264, 313

［サ行］

サザーランド　John Sutherland　46, 212, 295-298
サッカレー　W. M. Thackeray　81
サド　D. A. F. de Sade　45, 152
『サムエル記』 *Samuel*　54
サンガー　C. P. Sanger　43-44, 107-110, 115, 202, 304, 321, 324
「死」 "Death"　126, 155
『ジーキル博士とハイド氏』 *The Strange Case of Dr Jekyll and Mr Hyde*　97, 308
ジェイムズ　Henry James　41
ジェイラン　Winifred Gérin　79, 83, 248, 251, 253
『ジェイン・エア』 *Jane Eyre*　14, 78
シェリー，パーシー　Percy Shelley　153-154
シェリー，メアリ　Mary Shelley　68, 82-83, 154, 283
自叙伝　46
『失楽園』 *Paradise Lost*　63, 66, 68, 306-307
『詩篇』 *Psalms*　54
「自問」 "Self-Interrogation"　125
シャープ　Jack Sharp　79, 241, 248-253, 258, 269
『シャーロット・ブロンテ伝』 *The Life of Charlotte Brontë*　14
社会小説　43
シャピロ, アーノルド　Arnold Shapiro　43
シャピロ, バーバラ　Barbara Schapiro　91
ジャンル　genre　38-41, 47, 81-82, 291, 299
『出エジプト記』 *Exodus*　279
ジュネット　Gérard Genette　27, 29

38, 183
『大いなる遺産』 *The Great Expectations* 110-111
オースティン Jane Austen 31, 33, 81, 111
お伽噺 41-42, 197, 221-222
『オリヴァー・ツイスト』 *Oliver Twist* 43

［カ行］

カーモード Frank Kermode 37, 199, 300
怪奇小説 290
カウアン・ブリッジ校 Cowan Bridge School 303
カエサル Julius Caesar 284
『蛙の王子』 *The Frog Prince* 42
カッソン, ジョン John Casson 256
カッソン, ヘンリ Henry Casson 79, 241, 253-254, 256-258, 269
『ガラスの棺』 *The Glass Coffin* 42
『ガリア戦記』 *Commentarii de Bello Gallico* 284
カルヴィン主義 Calvinism 73
感傷的誤謬 pathetic fallacy 36
姦通小説 46
ギェドロイツ Coky Giedroyc 312
『帰郷』 *The Return of the Native* 286-287, 289-290
『義とされた罪人の私的回想と告白』 *The Private Memoirs and Confessions of a Justified Sinner* 82-83
ギャスケル夫人 Elizabeth Gaskell 14, 271
キャンベル Joseph Cambell 259
『饗宴』 *Symposium* 84
『教授』 *The Professor* 190
恐怖小説 Shauerroman 82
教養小説 Bildungsroman 22, 43
ギルバート Sandra Gilbert 33, 52, 63, 73, 80, 91, 191, 306-307
近親相姦 33, 56, 80, 183, 306
グーバー Susan Guber 33, 52, 63, 73, 80, 91, 191, 306-307
グノーシス主義 Gnoticism 155
クランダル Norma Crandall 46
グリーン Dudley Green 313
『グリム童話』 *Grimm's Fairy Tales* 42
クレイトン, ジョン John Clayton 263
クレイトン, ロバート Robert Clayton 79, 261-264, 266-267, 269
クロムウェル Oliver Cromwell 254
ゲイツ Barbara T. Gates 132-133, 297
『ケイレブ・ウイリアムズ』 *Caleb Williams* 82, 97
ゲーテ Johann W. von Goethe 307
劇的小説 dramatic novel 45

◉ 索引 ◉

［ア行］

アーノルド　Andrea Arnold　78, 308
アームストロング　Nancy Armstrong　305
『アグネス・グレイ』 *Agnes Grey*　14, 190
悪の文学　45
『悪魔の霊液』 *Die Elixiere des Teufels*　82
アドラー　Alfred Adler　309
「『嵐が丘』の構造」 *The Structure of Wuthering Heights*　107
アリストテレス　Aristotle　183
「荒野を超えて」 "Across the Field"　290
アングリア　Angria　71
イーグルトン　Terry Eagleton　22, 78, 213
イーザー　Wolfgang Iser　25
イェイツ　William Butler Yeats　315
イギリス国教会　Anglican Church　13, 51, 284
ウィオン　Philip K. Wion　56, 80, 311
「ウィリアム・ウィルソン」 "William Wilson"　97, 309
ウィルソン　Walter L. Wilson　123
ウェズリー　John Wesley　51
ウェルシュ　Welsh　79, 241-247, 258, 269
ウォーカー, キャロライン　Caroline Walker　248, 252
ウォーカー, ジョン　John Walker, Sr.　248-250
ウォーカー, ジョン　John Walker, Jr.　249-252
ウォード夫人　Mrs Humphry Ward　40, 83, 212
ウォルタークロー・ホール　Waltherclough Hall　248-252
臼田昭　305
ウルフ　Virginia Woolf　23
エスリン　Martin Esslin　185
『演劇の解剖』 *An Anatomy of Drama*　185
「エピサイキディオン」 *Epipsychidion*　153
『エミリ・ブロンテの日記』 *Emily's Journal*　261-262, 264, 266
『オイディプス王』 *Oedipus Rex*

【著者紹介】

廣野由美子（ひろの・ゆみこ）

1958年生まれ。1982年、京都大学文学部（独文学専攻）卒業。1991年、神戸大学大学院文化学研究科博士課程（英文学専攻）単位取得退学。学術博士。英文学、イギリス小説専攻。1996年、第4回福原賞受賞。現在、京都大学大学院人間・環境学研究科教授。著書に『小説読解入門――「ミドルマーチ」教養講義』（中公新書）、『批評理論入門――「フランケンシュタイン」解剖講義』（中公新書）、『ミステリーの人間学――英国古典探偵小説を読む』（岩波新書）、『深読みジェイン・オースティン』（NHK出版）、『一人称小説とは何か』（ミネルヴァ書房）ほか。翻訳書にジョージ・エリオット『ミドルマーチ』全4巻（光文社古典新訳文庫）、ティム・ドリン『ジョージ・エリオット』（彩流社）ほか。

謎解き「嵐が丘」

2015年11月30日　初版第1刷発行　　定価はカバーに表示しています
2022年 5月20日　改版第1刷

著　者　廣野由美子

発行者　相坂　一

発行所　松籟社（しょうらいしゃ）
〒612-0801　京都市伏見区深草正覚町1-34
電話　075-531-2878　振替　01040-3-13030
url　http://www.shoraisha.com/

Printed in Japan

印刷・製本　モリモト印刷株式会社
装丁　安藤紫野

ISBN978-4-87984-339-5　C0098